R.L.Stine
Fear Street · Klauen des Todes

Alle Taschenbücher der Reihe *Fear Street*:

FEAR STREET

R.L.Stine

Klauen des Todes

FSC

Mix
Produktgruppe aus vorbildlich
bewirtschafteten Wäldern und
anderen kontrollierten Herkünften

Zert.-Nr. SGS-COC-1940
www.fsc.org
© 1996 Forest Stewardship Council

ISBN 978-3-7855-6214-7
2. Auflage 2009
© für diese Taschenbuchausgabe 2008 Loewe Verlag GmbH, Bindlach
Erschienen unter den Originaltiteln
Cat (© 1997 Parachute Press, Inc.)
und *Bad Moonlight* (© 1995 Parachute Press, Inc.)
Alle Rechte vorbehalten inklusive des Rechts zur vollständigen
oder teilweisen Wiedergabe in jedweder Form.
Veröffentlicht mit Genehmigung des Originalverlags, Pocket Books, New York.
Fear Street ist ein Warenzeichen von Parachute Press.
Als deutschsprachige Ausgabe erschienen in der Serie Fear Street
unter den Titeln *Mörderische Krallen* (© 2002 Loewe Verlag GmbH, Bindlach)
und *Mondsüchtig* (© 2004 Loewe Verlag GmbH, Bindlach).
Aus dem Amerikanischen übersetzt von Johanna Ellsworth und Sabine Tandetzke.
Umschlagillustration: Silvia Christoph
Printed in Germany (007)

www.loewe-verlag.de

Mörderische Krallen

Der Tod kommt auf leisen Pfoten

Prolog

Ich habe Katzen noch nie ausstehen können. Noch nicht einmal ganz kleine Kätzchen.

Außerdem bin ich allergisch gegen sie. Wenn ich mit einer Katze in einem Zimmer bin, fange ich an, zu husten und zu niesen. Und mein Gesicht schwillt an wie ein Marshmallow.

Und sie wirken bösartig auf mich.

Warum haben sie so einen starren Blick und fixieren einen mit ihren glühenden Augen?

Was denken sie?

Warum schleichen sie auf leisen Pfoten umher? Als hätten sie etwas zu verbergen!

Ja, ja, ich weiß.

Manchmal übertreibe ich etwas.

„Reg dich ab, Marty", sagt mein Dad immer. „Geh nicht gleich in die Luft, Marty. Bleib auf dem Teppich, Marty." Er hat lauter solche niedlichen Redewendungen auf Lager.

Ich muss zugeben, er hat recht. Ab und zu vergesse ich mich. Und dann gehe ich zu weit.

Manchmal verliere ich die Kontrolle.

Als Teenager darf ich das doch, oder?

Aber wenn ich sage, ich hatte nie vor, die Katze zu töten – dann spreche ich die Wahrheit.

Die Katze hat mich wahnsinnig gemacht. Sie hat das ganze Basketballteam genervt, als sie sich unter den Bänken der Sporthalle eingenistet hat. Sie ist immer dann aufgetaucht, wenn wir trainieren wollten, und uns zwischen die Füße gelaufen.

Ja, die Katze hat uns ganz kirre gemacht.

Aber ich wollte sie nicht töten. Und glaubt mir, ich habe für ihren Tod bitter bezahlt.

Wir alle mussten hart dafür büßen.

1

Mitten im Dienstagstraining verlor Coach Griffin plötzlich die Geduld mit mir und den anderen Jungs.

„Marty! Was ist heute mit dir los?", polterte er. „Du und die beiden anderen Clowns, verschwindet von meinem Spielfeld! Macht euch gefälligst Gedanken über euer bodenlos schlechtes Spiel!"

Die Decke der Sporthalle der Shadyside Highschool war fast zehn Meter hoch und von weißen und rotgelben Scheinwerfern übersät. Auf beiden Seiten des Courts – der „Schulseite" und der „Straßenseite" – standen Sitzbänke.

An einem Ende führte eine Flügeltür zum Schulgebäude. Am anderen Ende hing das Scoreboard über der Tür, hinter der die Umkleidekabinen lagen.

Barry, Dwayne und ich gingen hinüber zu den Bänken an der Straßenseite. Auf dem Court wurde weitertrainiert.

„Was hat der Trainer bloß?", fragte Barry. „Das ist schließlich eine Highschool und nicht die Basketball-Liga."

Dwayne schnaubte verächtlich. „Er hat wohl das Gerücht gehört, dass er ein netter Kerl sei. Aber wir fallen darauf nicht rein!"

Ich lachte.

Dwayne Clark war der Witzbold unserer Gruppe. Es gab nichts, was er ernst nahm. Er und Barry Allen waren schon immer meine besten Freunde gewesen.

„Ich meine es ernst", knurrte Barry. „Vielleicht sind wir heute nicht gerade in Topform, aber deshalb muss er uns doch nicht gleich vom Court schicken."

Ich hob einen Basketball von der Bank auf und zielte auf Barrys Brustkorb. Barry fing ihn mit der Linken auf und gab den Ball an Dwayne weiter. So ging das eine Weile hin und her.

Barry und Dwayne sind völlig unterschiedlich. Dwayne ist blond. Für einen Basketballspieler ist er ein bisschen zu kurz geraten. Außerdem könnte er locker ein paar Kilo weniger haben.

Barry hingegen ist groß, dünn und dunkelhaarig. Ein paar der Mädels finden, dass er wie der Typ aussieht, der im Fernsehen Superman gespielt hat. Abgesehen von seiner Brille kann ich allerdings keine Ähnlichkeit feststellen. Wenn Barry nicht Basketball spielt, trägt er eine schwarze Nickelbrille.

Auch in seinem Wesen ist Barry das Gegenteil von Dwayne. Barrys Problem ist, dass er viel zu ernst ist und ziemlich schnell ausrastet. Zu schnell. Sein hitziges Gemüt bringt ihn öfter in Schwierigkeiten.

Der Rest des Teams rannte in der Sporthalle auf und ab. Ich passte den Ball zu Dwayne hinüber und merkte, dass Trainer Griffin uns beobachtete.

„Regt euch ab, Leute", sagte ich. „Der Coach ist ganz okay. Wir sind heute einfach nicht in Höchstform. Vielleicht brauchen wir nur ein paar Minuten Pause. Das Spiel am Freitag ist sehr wichtig."

„Für dich ist doch jedes Spiel wichtig, Marty", erwiderte Dwayne. „Schließlich willst du dein Basketball-Stipendium kriegen."

Dwayne zog mich gern mit meinem Basketball-Stipendium fürs College auf. Aber ein Stipendium würde mir und meinen Eltern das Leben sehr viel einfacher machen. Und auch wenn Dwaynes Witze harmlos waren, vermutete ich doch, dass er ein ganz kleines bisschen neidisch war.

Barry war ein anderes Kapitel. Bei ihm war ich *überzeugt*, dass er auf mein Stipendium neidisch war.

„Für die Shadyside Tigers ist jedes Spiel wichtig, Dwayne", gab ich bissig zurück. „Was mir wichtig ist, ist unser Team."

„Hört, hört", sagte Dwayne spöttisch.

Dann lachten die beiden hämisch.

Dwayne und Barry sind das genaue Gegenteil voneinander. Ich selbst würde mich irgendwo in der Mitte zwischen beiden einordnen. Ich bin weder zu groß noch zu klein, weder dick noch dünn und habe hellbraunes Haar.

Das bin ich. Absoluter Durchschnitt.

Außer wenn es um Basketball geht.

Wir drei haben seit der dritten Klasse in der Kurve am Ende meiner Straße Basketball gespielt. Und das zahlte sich jetzt aus.

Die Tigers erlebten gerade ihr erfolgreichstes Jahr seit Langem. Das war vor allem Dwayne, Barry und mir zuzuschreiben. Mir am meisten.

Alle sagten, ich sei der Star unseres Teams. Ich bemühte mich redlich, mir nichts darauf einzubilden. Aber das war nicht gerade leicht.

Wir setzten uns zu Joe Gimmell, Kevin Hackett und ein paar anderen Spielern auf die Bänke.

Kit Morrissey war auch dabei. Ich war überrascht, sie dort zu sehen. Ich glaube, ich habe sie noch nie beim Training gesehen.

„Hey, Dwayne", neckte ich ihn. „Kit sitzt da oben und schaut zu dir her, Kumpel. Vielleicht kriegst du sie doch noch dazu, mit dir auf den Abschlussball zu gehen."

„Sie hat mich längst gefragt, Marty", prahlte er. „Natürlich musste ich ihr einen Korb geben. Schließlich will ich meinen guten Ruf nicht damit ruinieren, dass man mich mit ihr in der Öffentlichkeit sieht."

„Klar, Mann", sagte ich verächtlich und fegte seine Angebereien mit einer lässigen Handbewegung weg.

Die meisten Jungen halten Kit Morrissey für das schönste Mädchen von Shadyside. Aber ich kenne keinen einzigen Typen, der den Mut hätte, sie um ein Date zu bitten.

Dwayne würde auf der Stelle tot umfallen, wenn Kit jemals ein Wort zu ihm sagen würde.

Ich verfolgte ein paar Minuten lang das Training. Der Coach schrie mal wieder Larry Burns an.

Dann nahm ich ein kleines Handtuch und wischte mir das Gesicht ab. Kevin Hackett, der ein Stück weiter auf meiner Bank saß, wühlte in einer Kühlbox herum.

„Ist noch was zu trinken übrig, Hackett?", fragte ich.

„Nur noch ein Sportdrink", antwortete er und zuckte die Schultern.

„Hey", flüsterte Barry und stieß mich an. „Schau mal, wer da ist."

Ich drehte den Kopf zum Eingang der Sporthalle. Gayle Edgerton und Riki Crawford standen an der Eingangstür. Die rothaarige Gayle sah sich suchend in der Halle um, bis sie mich entdeckte. Dann zog sie Riki am Ärmel, und beide kamen auf uns zu.

„Oh Mann", seufzte ich. „Das ist das Letzte, was ich jetzt brauche."

„Willst du verschwinden?", fragte Barry. „Ich gebe dir Rückendeckung."

„Nein, ich werde nicht weglaufen", entschied ich. „Ich habe keinen Grund, mich zu verstecken. Ich habe schließlich nichts verbrochen."

„Okay, dann sieh zu, wie du klarkommst", murmelte er.

Die Spieler auf dem Court riefen und winkten Gayle und Riki zu, als sie am Rand vorbeigingen. Kevin bot Gayle einen Sportdrink an, doch sie schenkte ihm keine Beachtung.

„Armer Kevin", dachte ich. „Seit vier Jahren rennt er hinter Gayle her. Und sie hat nicht mal ein Lächeln für ihn übrig."

„Hi, Jungs", zwitscherte Gayle durch ihre Drahtzähne und lächelte. Sie ist die einzige Schülerin der Oberstufe, die noch eine Zahnspange trägt. Doch das scheint ihr nichts auszumachen. Sie hält sich nie die Hand vor den Mund, wenn sie grinst oder lacht. Ich finde es echt cool von ihr, dass sie so selbstbewusst ist.

„Hör zu, Marty", sagte Gayle. „Ich schreibe für die Schülerzeitung einen Artikel über die Tigers und will euch dafür interviewen. Du weißt schon. Wegen eurem Spitznamen ‚Die drei Musketiere'. Riki macht die Fotos."

„Na toll", dachte ich. Das hatte mir gerade noch gefehlt.

Riki und ich waren ein paarmal miteinander ausgegangen. Nichts Ernstes – einmal ins Kino, einmal zum Pizzaessen beim Italiener und einmal ein Stadtbummel.

Als ich sie danach nicht mehr anrief, flippte sie aus. Sie fauchte, wenn ich mit ihr Schluss machen wollte, hätte ich ihr das sagen sollen, anstatt sie einfach zu ignorieren.

Ich konnte gar nicht fassen, dass sie sich deswegen so aufführte.

„Du machst also Stars aus uns?", witzelte Dwayne. „Na, wird auch langsam Zeit!"

Riki sah mich erwartungsvoll an. Vielleicht dachte sie, ich würde mich entschuldigen. Aber ich hatte ihr nichts mehr zu sagen.

Deshalb war ich sehr erleichtert, als Barry mich mit dem Ellbogen anstieß.

„Marty – die Katze!", rief er und zeigte mit dem Finger auf sie. „Dahinten ist sie! Los – hol sie!"

2

Ich drehte mich um, und im selben Moment schoss die Katze unter der Bank hervor.

Der Trainer fluchte.

Dave Ionello setzte gerade an, den Ball in den Korb zu werfen. Da huschte ihm die Katze zwischen die Füße. Fast wäre er über den grauschwarzen Schatten gestolpert. Er verlor den Ball, und dieser hüpfte weg.

Die Katze brachte sich auf der anderen Seite der Halle in Sicherheit. Sie raste an den Sitzbänken vorbei.

„Packt sie!", schrie Dwayne und rannte hinterher.

„Nicht!", protestierte Gayle. „Das ist Tierquälerei!"

Dwayne lief auf die Katze zu. Sie hockte unter dem Korb neben der Doppeltür. Als sie Dwayne kommen sah, floh sie die Seitenlinie entlang.

Barry und ich rannten quer über den Court, um ihr den Weg abzuschneiden. Der Trainer schrie uns an, doch wir wussten, dass er nicht wirklich sauer auf uns war.

Die Katze zu jagen war schon zu einem Punkt der Tagesordnung geworden. Für uns war es ein Spiel.

Aber wir erwischten sie nie. Irgendwie schaffte sie es immer zu entkommen. Der Coach meinte, die Katze sei einfach zu schnell für uns.

Wie auch immer.

„Du hattest Glück, Marty", keuchte Barry, während er neben mir herlief. „Ich glaube, Riki wollte wieder mal einen Streit mit dir anzetteln."

„Ja", bestätigte ich. „Die Katze war meine Rettung."

„Schnappt sie euch, Jungs!", rief Dave Ionello, als Barry und ich ihn überholten.

Wieder pfiff der Coach uns zurück. Ich wandte mich um und sah, dass er grinste. Also konnte ich davon ausgehen, dass wir keine allzu großen Schwierigkeiten bekommen würden, wenn wir seine Anweisungen ignorierten.

Die anderen Spieler blieben mitten auf dem Court stehen und sahen zu, wie Dwayne die Katze jagte und Barry und ich versuchten, ihr den Weg abzuschneiden.

Gayle und Riki schrien, wir sollten die Katze in Ruhe lassen.

„Ich habe sie aufgescheucht!", rief Dwayne. „Sie rennt in eure Richtung, Marty!"

Die Katze flüchtete vor Dwayne. Sie hatte Barry und mich noch nicht entdeckt. Wenn sie uns sah, würde sie wahrscheinlich wie immer unter die Bänke der Tribüne schlüpfen.

Sie hatte sich dort seit mindestens einem Monat eingenistet. Ich wusste, dass einige Schüler sie regelmäßig mit Nahrung und Wasser versorgten.

Die Cheerleaders waren ganz verrückt nach ihr und gaben ihr lauter alberne Kosenamen wie Puffy und Baby.

Gayle verfasste sogar einen kurzen Artikel für die Schülerzeitung über die Katze, die in der Sporthalle lebte. Ich weiß noch, dass ich beim Lesen schmunzeln musste, weil Gayle in ihrem Bericht ein gutes Zuhause für die Katze gesucht hatte.

Nach und nach wurde die Katze das heimliche Maskottchen der Tigers. Und wenn sie gestreift gewesen wäre, hätten wir sie vielleicht sogar zu unserem offiziellen Maskottchen ernannt.

Doch leider war sie es nicht. Sie hatte ein silbergraues Fell und einen schwarzen Fleck auf der Stirn, der die Form eines Diamanten hatte.

Wir überlegten uns nie ernsthaft, was wir mit der Katze machen würden, wenn wir sie je erwischen sollten. Unser Direktor sagte, dass ein Tier in der Sporthalle ein Gesundheitsrisiko darstellte. Also hätten wir wahrscheinlich das Tierheim von Shadyside benachrichtigt.

Doch es ging nicht darum, die Katze tatsächlich zu fangen. Der besondere Reiz lag darin, sie zu jagen.

„Komm her, miez, miez!", rief Barry. „Na, komm, Kätzchen!"

Barry und ich verstellten der Katze den Weg. Sie starrte uns aus funkelnden Augen an und fauchte.

Ich streckte die Hand nach ihr aus, um sie zu packen.

In diesem Moment zwängte sie sich durch den Spalt unter den Bänken und verschwand.

„Harper!", rief Coach Griffin.

Ich drehte mich auf den Fersen um. Hoffentlich war er nicht allzu wütend auf uns. Als ich sah, dass er immer noch lächelte, war ich erleichtert.

„Wenn ihr mit euren dummen Spielchen fertig seid, möchtest du und die anderen Clowns dann vielleicht noch ein bisschen Basketball spielen?", fragte der Trainer.

„Na klar!", antwortete ich.

In der zweiten Halbzeit des Trainings teilte der Coach das Team immer in zwei Gruppen auf, die gegeneinander spielten. Als ich zurück zum Court joggte, kam ich an Gayle und Riki vorbei.

„Clowns?", fragte Gayle. „Ich dachte, der Coach nennt euch die ‚die drei Musketiere'?"

„Nur wenn er mit uns zufrieden ist", erklärte ich. „Wenn wir nicht so gut drauf sind, nennt er uns die drei Clowns."

Ich hörte Gayle lachen, während ich auf den Court lief. Barry spielte in der Center-Position. Er passte sofort den Ball zu mir, und wir rannten den Court entlang auf den Korb zu.

Ich gab den Ball an Dwayne weiter und er wiederum an Barry in der linken Ecke. Barry täuschte einen Drei-Punkte-Versuch vor und schoss mir den Ball zu. Ich musste hochspringen und machte den Korb.

Wir waren wieder einmal in Höchstform.

Als ich auf die andere Seite des Courts rannte, bemerkte ich, wie Riki und Gayle an der Seitenlinie standen und sich unterhielten. Redeten sie etwa über mich?

Mir gefiel die Vorstellung, Riki könnte Gayle ihre Sicht des Ganzen erzählen, gar nicht. Vor allem, da Gayle einen Artikel über mich für die Schülerzeitung schreiben wollte.

Barry nahm den Gegnern den Ball ab und warf ihn quer über das Spielfeld zu mir. Fast hätte ich ihn verfehlt.

„Kopf hoch, Harper!", rief Coach Griffin von der Seitenlinie.

Während ich wieder den Court hinunterlief, warf ich einen Blick über die Schulter auf die Mädels. Riki zeigte in meine Richtung. Jetzt war ich sicher, dass sie über mich redeten!

„Marty!", rief Barry. „Pass auf, wo du hin–"

„Huch!" Ich schaute auf den Boden und sah, dass die silbergraue Katze mir direkt vor die Füße lief.

Zu spät. Mein rechter Fuß erfasste die Katze am Bauch.

Ich versuchte, das Gleichgewicht zu halten, aber es gelang mir nicht.

Ich hörte den wütenden Schrei der Katze, als ich über sie stolperte und auf sie fiel.

Etwas in meinem Knie knirschte. Dann schoss ein brennender Schmerz durch mein Bein.

3

„Tut das weh?", fragte mich die Schulkrankenschwester.

Sie drückte mir mit drei Fingern gegen das Knie. Ich zuckte vor Schmerz zusammen, biss aber die Zähne aufeinander.

„Oh ja", stöhnte ich. „Bitte nicht noch einmal!"

„Was meinen Sie?", fragte Coach Griffin.

„Ich glaube, die Katze hat gerade acht ihrer neun Leben aufgebraucht", warf ich grimmig ein.

„Marty, ich rede gerade mit Mrs Nathanson", entgegnete der Trainer unwirsch.

„Ich bin Ihrer Meinung, Coach", sagte Mrs Nathanson seufzend. „Wahrscheinlich ist es bloß eine Verstauchung. Aber Marty braucht unbedingt ein paar Tage Ruhe, sonst könnte es noch schlimmer werden. Marty, ich werde dir jetzt einen Verband anlegen, damit die Schwellung zurückgeht."

Als Mrs Nathanson wieder verschwunden war, wandte sich Coach Griffin an mich.

„Die Sache ist entschieden, Harper", verkündete er. „Du spielst am Freitag nicht mit."

„Bitte nicht!", stieß ich entsetzt aus. „Das soll wohl ein Witz sein!"

„Oh Mann", stöhnte Dwayne. „Dann gewinnen wir nie. Die anderen werden uns fertigmachen und uns keine Chance lassen."

„Coach, wir brauchen Marty", flehte Barry.

„Die blöde Katze", zischte ich. „Das verfluchte Vieh soll sich bloß nicht so bald wieder blicken lassen!"

„Jetzt hör mir mal gut zu, Harper", sagte Trainer Griffin verärgert und richtete drohend seinen Zeigefinger auf mich. „Wenn ihr die Katze nicht so gequält hättet, wäre das Ganze nie passiert."

„Aber Coach, Sie wissen doch, dass das nicht stimmt", sagte ich stöhnend. „Als ich gestürzt bin, haben wir die verdammte Katze ja gar nicht gejagt. Sie ist einfach aufs Spielfeld gerannt, und ich bin über sie gestolpert."

Er runzelte die Stirn und sah mich grimmig an. „Wenn du die Verantwortung für dein verletztes Knie nicht übernehmen willst, auch wenn du Blödsinn gemacht hast, ist das deine Sache. Aber Basketballspiele zu gewinnen ist meine Sache, und du spielst eine wichtige Rolle in unseren Plänen für die Meisterschaft. Also schone dich gefälligst, Marty!"

Ich nickte stumm, ich war zu wütend und aufgebracht, um zu antworten.

Schlurfend verließ das Team das Spielfeld. Griffin folgte ihnen.

Dwayne und Barry blieben bei mir.

Gayle und Riki hatten alles vom Rand aus beobachtet. Als alle anderen weg waren, kamen sie herüber.

„Na, das ist aber eine schlechte Nachricht", bemerkte Dwayne. „Dafür muss ich am Freitag beim Spiel glatt mein Hawaii-Hemd mit den besonderen Zauberkräften anziehen."

Dwayne hatte für alle Gelegenheiten einen witzigen Spruch auf Lager und passend dazu ein grauenhaftes Hawaii-Hemd. Dieses Jahr wollte das Team zusammenlegen, um Dwayne ein spezielles Spieloutfit mit einem besonders grässlichen bunten Hawaii-Druck schneidern zu lassen.

Dwayne und Barry packten mich an den Armen und halfen mir beim Aufstehen. Ich verlagerte mein Gewicht auf mein gesundes Knie.

„Wie fühlt es sich an, Marty?", fragte Riki.

„Es tut weh, kapiert?", gab ich bissig zurück.

„Hey, dafür kann *ich* doch nichts!", rief sie.

„Tut mir leid", murmelte ich. „Ich bin nicht sauer auf euch, sondern auf die blöde Katze. Auf alle Fälle tut mein Knie zwar weh, aber ich kann noch laufen."

„Du wirst auf keinen Fall am Freitag spielen können, Marty", sagte Barry.

„Ja", stimmte ich missmutig zu. „Aber nächste Woche bin ich definitiv wieder in Ordnung. Egal, was der Coach sagt."

„Das musst du auch", sagte Barry. „Vergiss dein Stipendium nicht!"

„Ich weiß noch nicht mal, ob ich das überhaupt kriege!", stieß ich hervor.

Eine ganze Zeit lang herrschte betretenes Schweigen.

„Aber ...", fing Dwayne schließlich an. „Ich dachte, dass du das Stipendium schon in der Tasche hast."

„Das hatte ich auch", stammelte ich. „In gewisser Weise. Aber es ist noch nicht ganz entschieden. Die Universität hat noch einen anderen Typen in der engeren Wahl."

„Warum hast du uns nicht die Wahrheit erzählt?", wollte Gayle wissen.

Dann erinnerte ich mich daran, warum Gayle heute überhaupt in die Sporthalle gekommen war.

„Gayle, das ist nicht für die Schülerzeitung bestimmt", erklärte ich. „Das bleibt zwischen uns, okay?"

Gayle sollte auf keinen Fall in der ganzen Schule verbreiten, dass ich mit einem Stipendium angab, das ich noch gar nicht sicher hatte.

„Also, spuck's aus, Harper", drängte Barry mich.

„Na ja, ihr kennt mich ja", sagte ich zögernd. „Ich war wohl ein bisschen zu voreilig. Als ich von der Uni gehört habe, dass ich in die engste Wahl gekommen bin, habe ich gedacht, die Sache sei gebongt."

Ich seufzte. „Ich weiß, das war bescheuert von mir. Aber – als ich einmal davon erzählt hatte, konnte ich es nicht mehr rückgängig machen und euch die Wahrheit sagen. Das wäre echt peinlich gewesen."

Einige Sekunden lang schwiegen alle. Dann lächelte Riki und versetzte mir einen Stoß in die Rippen. „Mach dir deswegen keine Sorgen, Marty", sagte sie. „Ich bin sicher, du bekommst dein Stipendium."

Mir war zwar klar, dass Riki nur nett sein wollte, aber ihre Aufmunterung tat mir trotzdem gut. „Danke, Riki."

Dann wandte ich mich zu den anderen. „Lasst uns von hier verschwinden."

„Aaaauuu!", schrie ich, als ich losmarschieren wollte. „Mann, tut das weh! Ich hatte mein blödes Knie schon fast wieder vergessen."

„Sei vorsichtig", warnte Barry mich. „Ich glaube nicht, dass wir das Turnier ohne dich gewinnen können."

„Ich bin *sicher*, dass ihr ohne mich nicht gewinnen werdet", scherzte ich.

Ich humpelte mit meinen Freunden auf die Tür der Sporthalle zu.

Und da war sie.

Die silbergraue Katze stand an der Tür. Sogar aus dieser Entfernung sah ich, wie ihre grünen Augen mich böse anfunkelten.

„Sie ist mutig", murmelte Riki.

„Sie ist strohdumm", zischte ich. „Fangt sie, Jungs."

4

„Nicht schon wieder!", schrie Gayle.

Barry und Dwayne rannten, so schnell sie konnten, der Katze nach. Ich humpelte hinter ihnen her, entschlossen, mich an ihr zu rächen. Die Katze raste wie ein silberner Blitz an der Wand der Sporthalle entlang.

Dieses Mal verkroch sie sich nicht unter den Sitzbänken, sondern sprang die Stufen der Tribüne hoch. Barry und Dwayne rannten ihr hinterher.

Während ich die ersten paar Stufen hinaufhumpelte, umzingelten Barry und Dwayne das Tier ganz oben auf der Tribüne. Die Katze sah sich suchend nach einem Fluchtweg um.

Ich eilte die Treppe hinauf und hasste die Katze bei jedem schmerzhaften Schritt nur noch mehr. Schließlich war es ihre Schuld, dass ich am Freitagabend nicht mitspielen konnte.

„Hey, hört auf!", rief Gayle von unten. „Es ist doch nur eine Katze. Marty, komm schon! *Du* hast nicht auf deine Füße geschaut!"

Ich ignorierte Gayles Rufe. Wenn ich mit der Katze fertig war, würde das Vieh nicht mehr in der Sporthalle herumschleichen. Dann würde sie ein hübsches neues Zuhause im Tierheim von Shadyside haben.

„Komm her, miez, miez", rief Dwayne.

Ein stechender Schmerz schoss durch mein Knie, als ich Dwayne erreicht hatte, der in der obersten Reihe war. Barry stand am Rand, zwei Schritte von der Katze entfernt, die in der Falle hockte. Diesmal würden wir sie nicht entkommen lassen.

Ich trat noch einen Schritt auf sie zu, das Gesicht schmerzverzerrt, weil mein Knie so wehtat. Jetzt, da ich die Stufen hinaufgestiegen war, pochte der Schmerz noch heftiger.

„Das ist alles deine Schuld, du blöde Katze", zischte ich.

Die Katze machte einen Buckel und fauchte mich an.

„Marty! Lass die Katze in Ruhe!", rief Riki von unten. „Bitte!"

Ich griff nach der Katze, packte sie an den Vorderbeinen und hob sie hoch.

Sie fauchte und zuckte. Mit ihren messerscharfen Krallen zerkratzte sie meine Hand. Aber ich ließ sie nicht los.

Jetzt begann sie, sich wild in meinen Händen zu winden. Dann senkte sie den Kopf – und vergrub ihre Zähne in meinem Unterarm.

Bevor ich aufschreien konnte, hatte die Katze mir mit ihren Krallen quer über die Stirn gekratzt. Ich stolperte nach hinten auf den Rand der Tribüne zu.

Ein scharfer Schmerz durchfuhr meinen Arm und mein Gesicht. Blut tropfte mir in die Augen.

„Marty, pass auf!", schrie Barry.

Ich versuchte, mein Gleichgewicht zu halten, doch mein verstauchtes Knie gab nach. Ich fiel auf den Rand der Tribüne. Wenn ich nichts fand, woran ich mich festhalten konnte, würde ich abstürzen.

Riki stieß einen schrillen Schrei aus.

„Marty!", brüllte Dwayne.

Ich drehte den Kopf und erblickte Dwayne. Sofort ließ

ich die Katze los und streckte den Arm nach seiner Hand aus. Er zog mich zurück auf die sichere Tribüne.

Ich wandte mich um und sah im selben Moment die Katze fallen. Im Sturz drehte sie sich und kam in einem ungeschickten Winkel auf dem Holzboden auf.

Ein dumpfes Krachen hallte durch die Sporthalle.

Die Katze rührte sich nicht mehr.

„Ich dachte, Katzen landen immer auf den Pfoten", murmelte Barry.

„Ich auch", erwiderte ich.

Dann hörte ich Gayles entsetzten Schrei: „Du – du hast sie umgebracht!"

5

Gayle starrte zu mir hoch. Ihre Augen funkelten vor Zorn. „Ich kann es gar nicht fassen, dass du so bösartig sein kannst", schrie sie.

„Was?" Die Sporthalle drehte sich vor meinen Augen. Ich setzte mich auf eine der Bänke.

„Die Katze!", brüllte Riki. „Du hast die Katze von der Tribüne geschmissen!"

Die beiden Mädchen starrten mich an. Vor Schreck waren sie ganz bleich geworden.

„Nein!", protestierte ich. „Komm schon, Riki … Gayle. Ich habe die Katze nur losgelassen, damit ich mich an Dwayne festhalten konnte."

„Stimmt", mischte sich Dwayne ein, der langsam die Stufen der Tribüne nach unten ging.

Doch Gayle war nicht zu beruhigen.

„Du bist ein ganz gemeiner Kerl, Marty", fauchte sie. „Du hast die arme Katze umgebracht!"

„Na, hör mal, Gayle", sagte ich flehend. „Wir haben es nicht absichtlich getan. Du hast doch selber gesehen –"

„Ich sage dir, was ich gesehen habe!", schrie Gayle. „Ihr drei Vollidioten habt die Katze gejagt und von der Tribüne geworfen! Du hast ein kleines hilfloses Tier ermordet, Marty. Du bist ein … ein –"

„Hey, Jungs", rief Dwayne zu uns nach oben. „Wie wäre es mit etwas Katzeneintopf?"

Barry lachte. Aber mir war nicht nach Lachen zumute, als ich die Stufen zum Court hinunterhumpelte.

Gayle verzog angewidert den Mund, und die Tränen standen ihr in den Augen.

Dwayne hielt die tote Katze am Schwanz hoch. Gayle und Riki stießen einen gellenden Schrei aus. Dwayne hatte ein paar Blutstropfen auf seinem Hawaii-Hemd, doch das schien er gar nicht zu merken.

„Komm schon, Gayle", stöhnte Dwayne. „Wen kümmert die doofe Katze? Sie hat doch immer bloß das Training gestört. Zwischen einer streunenden Katze und einer Ratte gibt's doch gar keinen Unterschied."

„Du Idiot", zischte Gayle. „Ratten sind Schädlinge. Katzen sind schöne und edle Tiere."

„Ich bin auch schön und edel", gab Dwayne grinsend zurück.

Gayle wurde rot im Gesicht vor Wut. Riki stand schweigend neben ihr und schüttelte den Kopf.

„Du kennst mich jetzt seit vier Jahren", erinnerte ich Gayle. „Glaubst du wirklich, ich würde eine Katze absichtlich töten? Oder überhaupt ein Tier? Jetzt hör bloß auf!"

„Ich weiß, was passiert ist, Marty", entgegnete Gayle. „Versuche nicht, mir einzureden, ich hätte mir das alles eingebildet. Ich stand genau hier und habe alles mit eigenen Augen gesehen. Schließlich bin ich nicht blöd."

„Das habe ich auch nie behauptet", sagte ich besänftigend. „Aber Gayle, du weißt doch, wie sehr ich zum Beispiel Teddy liebe. Wenn ich die Katze umgebracht hätte, wäre das dasselbe, als ob ich meinen eigenen Hund Teddy töten würde. Ich könnte doch keinem Tier was zuleide tun."

Dwayne hielt immer noch die Katze hoch.

„Hey, Gayle, brauchst du vielleicht einen Pelzkragen?", fragte er. Dann brachen Barry und er in lautes Gelächter aus.

„Das reicht. Ich verschwinde von hier!", schrie Gayle empört.

„Hört auf, Jungs!", brüllte ich. Langsam wurde ich echt wütend. „Das ist nicht witzig."

Ich wandte mich an Riki. „Hilf mir bitte, Riki", flehte ich. „Du weißt doch, dass ich niemals ein Tier töten würde. Ja, okay, ich war echt sauer auf die Katze. Und ich habe sie auch gejagt. Okay, ich wollte sie loswerden. Aber nicht, indem ich sie *umbringe!*"

Riki fuhr sich mit der Hand durch ihr kurzes blondes Haar.

„Riki?", fragte ich bittend.

„Ich habe gedacht, ich würde dich gut kennen", sagte sie leise. „Aber ich habe es auch gesehen, Marty. Vielleicht hast du es nicht absichtlich getan. Vielleicht war es wirklich ein Unfall. Aber es sah nicht so aus."

„Oh Mann, ihr seid ja alle verrückt!", schrie ich und hob verzweifelt die Hände.

Dann wandte ich mich wieder an Riki, doch sie wich meinem Blick aus.

„Also gut", stammelte ich. „Wie auch immer. Du und Gayle – glaubt ruhig, was ihr wollt! Ich gehe jetzt. Ich muss mein Knie schonen, damit ich nächste Woche Basketball spielen kann."

„Verschwinde doch", sagte Gayle bissig. „Was hält dich denn noch hier?"

„Ich glaube es einfach nicht!", stieß ich aus. „Erst ruiniert diese blöde Katze mein Knie. Dann versuche ich, sie aus der Sporthalle zu holen, und sie zerkratzt mir den Arm und das Gesicht. Übrigens blute ich, falls ihr das noch nicht bemerkt haben solltet!"

Ich wischte mir das Blut von der Stirn. Keines der beiden Mädchen schien Mitleid mit mir zu haben.

„Hey, es tut mir leid, dass die Katze tot ist, ich habe das nicht gewollt", beharrte ich.

Weder Gayle noch Riki antworteten.

„Hat die Katze eure Zunge gefressen?", fragte Barry.

„Halt's Maul, Barry!", schrie ich. „Du und Dwayne – ihr benehmt euch wie Schwachköpfe. Warum sagt ihr nichts zu meiner Verteidigung?"

Stumm standen Dwayne und Barry da. Wenigstens war ihnen jetzt das Lachen vergangen.

„Na, was ist?", drängte ich.

„Komm schon, Marty", sagte Dwayne schließlich und zuckte mit den Schultern. „Wen interessiert schon eine Katze?"

„Und außerdem", fügte Barry hinzu, „sind wir deine besten Freunde. Wer wird uns glauben, wenn wir behaupten, du hättest die Katze nicht umgebracht?"

Sie hatten recht. Die Leute würden viel eher Gayle glauben. Schließlich waren wir „die drei Musketiere". Deswegen war Gayle hergekommen, um über uns zu schreiben.

Nur dass die Geschichte jetzt etwas anders aussah.

„Gayle, bitte –", fing ich wieder an.

„Es gibt nichts, worüber ich noch mit dir reden müsste", unterbrach sie mich. „Marty, du bist nicht so, wie ich dachte. Diese Sache wird ein Nachspiel für dich haben."

Gayle starrte mich einen Augenblick lang kalt an, dann drehte sie sich um und stürmte davon. Riki folgte ihr auf den Fersen.

Auch Dwayne und Barry eilten aus der Halle. Ich sah, dass sie die tote Katze in den Mülleimer am Ausgang der Sporthalle warfen.

Ich schauderte, als ich Gayles Blick vor Augen hatte.

Sie war so wütend. So angewidert.

Der Tod der Katze war ein Unfall gewesen. Ich gab ja zu, dass es wirklich schade um das Tier war. Aber ganz ehrlich – was war eigentlich Gayles Problem? Was war daran so schrecklich, dass sie mich deswegen so behandelte?

Natürlich hatte ich an diesem Nachmittag noch keine Ahnung, wie zornig Gayle tatsächlich war.

Und ich konnte nicht wissen, dass der Tod der streunenden Katze erst der Anfang war.

Und dass noch ganz andere sterben würden, bevor das Schuljahr vorbei war.

6

Als ich am Mittwochmorgen in die Schule fuhr, war ich fest entschlossen, mit Gayle zu reden. Sie war immer eine gute Freundin gewesen. Ihre Meinung über mich war mir sehr wichtig.

Ich war so fertig gewesen, als ich am Abend davor nach Hause gekommen war, dass ich noch nicht mal meinen Eltern erzählt hatte, was geschehen war. Wir haben eigentlich ein sehr enges Verhältnis zueinander, doch ich war über das Ereignis in der Sporthalle zu geschockt, um darüber reden zu können.

Als ich das Auto meiner Mutter auf dem Parkplatz der Shadyside Highschool abstellte, regnete es in Strömen. Ich humpelte über die Straße zum Eingang.

Ein grauer Wagen hielt am Straßenrand, und Lydia James stieg aus. Sie hielt sich ihren Rucksack schützend über den Kopf.

„Hallo, Lydia", rief ich.

Lydia drehte sich um, sah mich und schaute sofort wieder weg. Dann rannte sie vor mir die Stufen hinauf.

Der graue Wagen fuhr davon. Am Steuer saß Lydias Mutter. Während sie auf die Straße einbog, warf sie mir einen bösen Blick zu.

„Huch!", dachte ich. „Was hat *die* denn gegen mich?"

Ich rannte hinter Lydia die Schultreppe hinauf und hielt die Tür auf, bevor sie vor meiner Nase zufiel.

„Lydia?", wiederholte ich. „Ich habe Hallo gesagt."

Ein paar Mädchen gingen kichernd an uns vorbei. Lydia eilte wortlos in ihr Klassenzimmer.

Wir waren beide spät dran, daher wagte ich es nicht, ihr hinterherzurennen. Außerdem war mir in der Zwischenzeit klar geworden, was los war.

Gayle.

Anscheinend hatte sie schon mit ein paar unserer gemeinsamen Freunde gesprochen. Doch was genau hatte sie ihnen erzählt?

Dass ich ein Katzenmörder sei?

Und wie konnte einer von ihnen glauben, dass ich fähig wäre, so etwas Grausames zu tun?

Und wem würde Gayle es als Nächstes erzählen? Würde sie es in der Schülerzeitung veröffentlichen?

Seufzend humpelte ich den Flur entlang und wich ein paar anderen Schülern aus, die auch spät dran waren. Die Tür zu meinem Klassenzimmer stand noch offen. Von drinnen ertönten Stimmen.

Als ich eintrat, läutete die Glocke, aber die meisten der anderen standen auch noch herum und unterhielten sich.

Der Schultag begann immer erst dann, wenn unsere Klassenlehrerin Mrs Howe sagte, wir sollten uns setzen, und um Ruhe bat.

„Marty, du hast dich verspätet", sagte Mrs Howe bissig.

Das überraschte mich total. „Tut mir leid, Mrs Howe", sagte ich.

„Setz dich hin", befahl sie. „Du kannst froh sein, dass ich dich nicht nachsitzen lasse."

„Nachsitzen?", fragte ich. „Aber was habe ich denn …"

„Setz dich!", bellte sie.

Sie starrte mich erbost an, bis ich an meinem Platz angekommen war. Alle anderen Schüler saßen mittlerweile schon.

„Du solltest dich schämen", murmelte Mrs Howe, als sie an meinem Tisch vorbeikam.

Erstaunt riss ich die Augen auf. Ach, das war es also! Sie hatte auch gehört, dass ich die doofe Katze getötet hatte.

Gayle hatte ganze Arbeit geleistet.

Ich ließ den Blick durch das Klassenzimmer schweifen und sah mich suchend nach Unterstützung um. Ein paar der Jungs grinsten, doch andere wirkten richtig wütend. Die meisten Mädchen sahen mich böse an.

„Na toll", dachte ich. „Jetzt wird keines der Mädchen aus der Schule je wieder mit mir ausgehen!"

„Gayle ist zu weit gegangen", sagte ich später in der Cafeteria zu Dwayne und Barry. „Dwayne, deine kleine Schwester hat mich in der großen Pause nicht mal gegrüßt, als ich sie auf dem Flur traf. Alle in der Schule halten mich für einen psychotischen Katzenkiller!"

Barry verschlang sein Sandwich, als wäre er am Verhungern. Dwayne und ich hatten uns für die Mini-Hamburger entschieden. Ketchupflecken verzierten Dwaynes orange-blau gemustertes Hawaii-Hemd.

„Wisst ihr", murmelte Dwayne mit vollem Mund, „der Burger schmeckt irgendwie nach Katze."

Barry verschluckte sich vor Lachen und hustete.

„Hört auf damit!", bat ich. „Macht mich nicht fertig. Das ist eine ernste Sache."

Sie versuchten, sich zu beherrschen. Barry nahm seine Brille ab und wischte sich die Tränen aus den Augen, die er gelacht hatte.

Dwayne bemühte sich, ruhig zu atmen. Dann sahen die beiden sich an und brachen wieder in Gelächter aus.

Ihre Show zog die Blicke der anderen Schüler und der Kellner hinter der Theke auf sich.

„Hey, danke für eure Unterstützung!", flüsterte ich wütend.

„Okay, okay", stimmte Barry mir zu. „Gayle hat sich wirklich blöd benommen. Aber was können wir schon dagegen tun?"

„Barry hat recht, Mann", sagte Dwayne. „Wir haben allen gesagt, wie es wirklich passiert ist. Aber anscheinend will keiner die Wahrheit hören."

„Hey, Marty, hast du gewusst, dass Gayle Vorsitzende des Clubs für Tierschutz ist?", fragte Barry.

„Ich habe es heute früh erfahren", knurrte ich. „Wahrscheinlich war sie bisher auch das einzige Vereinsmitglied. Ich wette, jetzt hat sie die halbe Schule dazu gebracht, dem Verein beizutreten."

Nach dem Mittagessen ging ich zurück in den Unterricht. Vor einem der Schwarzen Bretter, die vor dem Büro des Schulpsychologen hängen, hatte sich eine Gruppe von Schülern versammelt.

Ich blieb hinter ihnen stehen und verrenkte meinen Hals, um den Aushang zu sehen, der ihre Aufmerksamkeit erregt hatte. Während ich ihn durchlas, rutschte mir das Herz in die Hosen.

Auf dem Poster stand in großen schwarzen Buchstaben: TIERQUÄLEREI! Darunter kündigte es eine Versammlung an, die nächste Woche stattfinden sollte. Mein Name war auch erwähnt. Und direkt darunter war eine Reihe von grausamen Bildern gequälter und misshandelter Tiere zu sehen.

Während ich völlig schockiert und wie angewurzelt dastand, drehte sich das Mädchen vor mir um. Erschrocken riss es die Augen auf, als es mich erkannte, und stieß hastig den Jungen an, der neben ihr stand. Und plötzlich starrten mich mindestens zwanzig Schüler mit empörten Gesichtern an.

Ich schämte mich so, dass ich nichts zu meiner Verteidigung herausbringen konnte. Also drehte ich mich schweigend um und ging weg.

Wie konnte Gayle mir das nur antun? Sie hatte mich über Nacht zum verhasstesten Schüler der ganzen Schule gemacht, und das, indem sie einen Unfall völlig verfälscht dargestellt hatte.

Dann kam mir ein schrecklicher Gedanke.

Wenn das in meine Schulakte kam, würde ich das Stipendium nie kriegen!

Ich musste etwas dagegen unternehmen.

Aber was?

Später fand ich Gayle und Riki zusammen mit einem halben Dutzend anderer Mädchen und zwei Jungen aus dem Leichtathletikteam in der Sporthalle.

„Gayle, wir müssen reden", sagte ich. „Du musst aufhören, Lügen über mich zu verbreiten."

„Habt ihr etwa irgendwas gehört?", fragte ein blondes Mädchen überheblich.

Gayle ignorierte mich.

„Komm schon, Gayle, bis gestern waren wir doch noch Freunde", flehte ich.

„Das stimmt, Marty", erwiderte sie kühl. „Wir waren Freunde. Bis gestern."

„Also gut! Wenn es das ist, was du willst!", schrie ich, und meine Stimme überschlug sich. „Du bist eine richtig blöde Zicke, Gayle!"

Einer der Jungs, Aaron Hatcher, trat ein paar Schritte auf mich zu.

„Halt dich da raus, Aaron", zischte ich. „Das ist nicht dein Problem."

„Ja, Aaron, halt dich raus", sagte Gayle. „Sonst macht er mit dir das Gleiche wie mit der Katze."

„Oh Mann …", stöhnte ich.

Aaron packte mich am Arm.

Wenn Dwayne und Barry nicht da gewesen wären und mich weggezerrt hätten, wäre ich wahrscheinlich auf ihn losgegangen.

„Bleib cool, Marty", flüsterte Barry. „Oder willst du von der Schule fliegen? Das kannst du dir nicht leisten, und unser Basketballteam auch nicht."

„Tschüss, Marty", stieß Gayle verächtlich aus. „Du wirst bald wieder von mir hören."

„Und ich habe gedacht, echte Freunde würden zu einem halten!", rief ich ihr hinterher.

Sie schenkte mir keine Beachtung.

Riki hatte die ganze Zeit über kein einziges Wort gesagt. Jetzt kam sie auf mich zu.

Sie nahm mich am Arm und führte mich aus der Sporthalle auf den Flur.

„Was sollte das denn?", fragte sie. „Ist nicht alles

schon schlimm genug, auch ohne dass du dich wie ein absoluter Schwachkopf aufführst?"

„Du hast ja recht. Aber es ist alles so …", stammelte ich.

„Wenn du den Mund hältst, kannst du nächste Woche vielleicht wieder mitspielen. Deinem Bein scheint es ja wieder besser zu gehen", sagte sie, um das Thema zu wechseln.

„Na ja, das Knie tut mir immer noch weh", gab ich zu. „Der Coach lässt mich am Freitag nicht spielen. Aber nächste Woche bin ich dabei."

„Wenn du dich richtig benimmst", betonte sie.

„Ja." Ich seufzte.

Andere Schüler kamen auf dem Weg in ihre Klassenzimmer an uns vorbei. Ein paar von ihnen starrten mich an. Es hatte mir immer unheimlich gefallen, auf dem Spielfeld im Mittelpunkt zu stehen. Aber das hier war etwas anderes. Das hier gefiel mir gar nicht.

„Komm schon, Riki. Kannst du nicht mal mit Gayle reden? Ich weiß ja, dass wir beide nicht gerade die besten Freunde sind, aber du siehst doch, was sie mir antut."

„Es tut mir sehr leid, dir das sagen zu müssen", gab sie zurück. „Aber ich bin auf Gayles Seite. Ich finde das, was du mit der Katze gemacht hast, schrecklich. Meiner Meinung nach hast du Strafe verdient. Aber ich will nicht, dass das Team wegen dir die Qualifizierung zum Turnier nicht schafft."

„Ich weiß zwar nicht, was deiner Ansicht nach auf der Tribüne passiert ist", widersprach ich, „aber ich hatte nie vor –"

Plötzlich sah Riki mich so schockiert an, dass ich

mich mitten im Satz unterbrach. Ihre Augen waren auf mein Gesicht gerichtet. Ich berührte meine Stirn. Dann ließ ich die Hand sinken und starrte auf meine Finger. Sie waren rot und feucht.

Blut lief darüber.

7

„Marty, du blutest ja!", stieß Riki aus.

„Das sehe ich selber!", gab ich sarkastisch zurück.

„Das ist die Stelle, an der die Katze mich gestern gekratzt hat. Ich dachte, die Wunde sei zugeheilt. Sie
muss aufgeplatzt sein."

„Sieht so aus."

„Wir reden später miteinander", sagte ich und ging
zur Toilette, ohne ihre Antwort abzuwarten.

Dort wusch ich mir das Gesicht und trocknete es mit
einem Papiertuch. Dann nahm ich ein frisches Tuch
und tupfte mir vorsichtig die Stirn ab.

Nach ein paar Minuten hörte die Wunde auf zu bluten.
Ich hatte keine Ahnung, wie sie aufgeplatzt war. Doch
sie würde bestimmt bald heilen.

Als ich aus der Toilette kam, entdeckte ich Coach
Griffin. Er stand in der Tür zur Cafeteria und sah sich
suchend um.

Ich hatte keine Lust, mich mit ihm zu unterhalten.
Deswegen lief ich in die andere Richtung und eilte zu
meinem Schließfach.

„Harper!", rief Griffin. Er hatte mich entdeckt. „Hast
du mal eine Minute Zeit?"

Widerstrebend drehte ich mich zu ihm um.

Entschlossen kam er auf mich zu.

„Ja, Coach?", fragte ich. „Was gibt's?"

Er sah mich durchdringend an. „Ich glaube, du weißt,
was Sache ist, Marty", erwiderte er.

„Nicht auch noch der Coach", dachte ich verzweifelt.

„Coach, falls es um die Katze geht …"

„Ja?"

Ich erzählte ihm meine Version der Geschichte. Wie ich gestolpert war und aus Versehen die Katze losgelassen hatte.

Griffin sah mich wütend an. „Marty", sagte er streng. „Ist dir klar, wie unglaubwürdig deine Story klingt?"

„Na ja, sie mag unglaubwürdig klingen", gab ich zu. „Aber Coach, genau so war es. Ich würde nie ein Tier umbringen. Sie wissen doch, ich habe selbst ein Haustier."

Er starrte mich noch einen Augenblick lang forschend an, dann veränderte sich seine Miene.

„Ich glaube dir", sagte er. „Und den meisten Lehrern der Schule geht es genauso. Keiner kann sich vorstellen, dass du so bösartig sein könntest."

„Das bin ich auch nicht", beharrte ich. „Ich schwöre es. Aber ich wünschte, Mrs Howe würde so denken wie Sie."

„Das Problem liegt nicht bei den Lehrern", sagte Coach Griffin. „Das wahre Problem sind die Schüler. Und was noch wichtiger ist: die Eltern."

„Was?", stieß ich aus. „Was ist mit den Eltern?"

Der Trainer runzelte die Stirn. „Wenn die Sache in die Schülerzeitung kommt, könnte die Schule sehr schlecht dastehen. Du weißt doch, eine Schule ist auf ihren guten Ruf angewiesen."

Ich dachte an mein Stipendium fürs College und sah es dahinschwinden.

Plötzlich wurde mir schlecht.

„Ich bin ein Egoist", gab der Coach zu. „Alles, was

mich interessiert, ist mein Basketballteam. Alles, was ich will, ist, die Meisterschaft zu gewinnen. Und irgendwelche negativen Artikel in der Schülerzeitung werden dem Team sehr schaden."

Er runzelte die Stirn. „Es wird herumerzählt, du hättest die Katze umgebracht. Und Dwayne und Barry hätten dir dabei geholfen."

„Was wollen Sie damit sagen, Coach?", fragte ich nervös. „Wollen Sie mich aus dem Team schmeißen?"

Seine Stirnfalten wurde immer tiefer. „Nein, Marty. Ich will dich so schnell wie möglich wieder im Team haben. Das Problem ist, dass der Club für Tierschutz die Sache an die große Glocke hängt. Wenn du nächste Woche mitspielen willst, na ja, dann …"

„Was dann, Coach?", drängte ich. „Was soll ich tun? Ich mach alles, was Sie verlangen."

„Der Rektor hat mich gebeten, mit dir zu reden. Er möchte, dass du dich morgen vor dem Schülergericht den Anschuldigungen des Clubs stellst."

„Aber das ist nicht fair!", protestierte ich. „Im Schülergericht sitzen lauter Freunde von Gayle. Wenn ich von denen vor Gericht gestellt werde, fressen die mich mit Haut und Haaren auf!"

„Sie werden Gerechtigkeit walten lassen", sagte Griffin leise.

Doch ich wusste genau, dass sie das nicht tun würden. Ich war verloren.

8

Das Schülergericht versammelte sich schon am nächsten Tag während der Mittagspause in der Sporthalle.

Sie trugen ein Lehrerpult für den Richter herein. Es stand unter dem Basketballkorb und war mit Blick auf die Tribüne gerichtet.

Daneben stand ein Holzstuhl, der als Zeugenstand dienen sollte.

Ich nahm auf einem anderen Stuhl mit dem Gesicht zum Richtertisch Platz. Alle anderen saßen auf der Tribüne.

Eine Menge Schüler und Lehrer waren erschienen. Suchend ging ich mit den Augen die Reihen durch und atmete erleichtert auf, als ich sah, dass meine Eltern nicht anwesend waren.

Am Abend zuvor hatte ich ihnen die ganze Geschichte erzählt. Sie hatten großes Verständnis gezeigt und mir angeboten, heute bei der Verhandlung dabei zu sein, um zu zeigen, dass sie hinter mir standen.

Dafür war ich ihnen dankbar. Doch ich hatte ihnen gesagt, dass ich allein damit fertig würde.

Doch würde ich das wirklich?

Als ich vor allen Versammelten auf meinem Stuhl saß, war ich unglaublich nervös. Meine Hände waren eiskalt. Meine Kehle fühlte sich so trocken an, dass ich dauernd schlucken musste.

Ich fragte mich, ob mir alle meine Unruhe ansehen konnten.

Ich schlug ein Bein über das andere und bemühte mich, gelassen zu wirken. Das war leichter gesagt, als getan.

Aber schließlich wusste ich ganz genau, dass ich unschuldig war.

Doch wie würde das Urteil des Gremiums lauten? Und wenn sie mich für schuldig befanden, wie würde dann meine Strafe ausfallen?

Riki wurde als Erste in den Zeugenstand gerufen. Auch sie wirkte nervös. Doch sie erzählte ihre Sicht des Geschehens klar und einfach.

Dwayne und Barry waren als Nächste dran. Sie schlugen sich erstaunlich gut. Dwayne riss keine dummen Witze. Und Barry sagte allen, wie sehr ich meinen Hund liebe und dass ich keinem Tier etwas zuleide tun könnte.

Ich hatte das Schülergericht immer als albernes Theater abgetan. Doch plötzlich musste ich es wirklich ernst nehmen.

Mein Ruf und meine Collegekarriere hingen davon ab.

Als Nächstes bat Mrs Howe Gayle, in den Zeugenstand zu treten. Ich hörte nicht mehr hin. Wenigstens versuchte ich es. Aber nach einer Minute konnte ich nicht länger weghören.

„… und dann packte er sie und warf sie über den Rand der Tribüne", sagte Gayle. „Danach schleuderten er, Dwayne und Barry die tote Katze herum und machten geschmacklose Witze. Da bin ich gegangen."

„Das ist nicht wahr!", rief ich und sprang von meinem

Stuhl auf. Meine Stimme versagte. Ein paar Schüler fingen an zu lachen.

„Setz dich, Marty", befahl Mrs Howe.

„Aber ich –"

„Marty. Setz dich wieder hin. Du wirst noch aufgerufen."

Ich setzte mich.

Schließlich durfte ich meine Sicht der Geschichte vortragen. Ich wurde von einem Mädchen namens Jessica Wells befragt. Sie hatte die Rolle der Anwältin, die den Club für Tierschutz vertrat, übernommen. Auch ich hatte einen Anwalt, der mich befragen durfte, wenn Jessica fertig war.

„Marty, du behauptest also, du hättest Gayle nicht mit der toten Katze geärgert. Und du hast die Katze auch nicht in die Mülltonne geworfen?", fragte Jessica, bemüht, wie eine richtige Anwältin zu klingen.

„Genau so war es", erklärte ich. „Dasselbe haben Barry und Dwayne auch schon ausgesagt. Sogar Riki hat es bestätigt! Ich habe die Katze nicht mehr angerührt, nachdem …"

„Nachdem was passiert ist?", fragte Jessica scharf. „Wann hast du die Katze zuletzt berührt?"

„Na ja, als ich sie fallen lassen habe."

„Als du sie fallen lassen hast?", wiederholte Jessica laut. „Ich verstehe. Nur noch eine letzte Frage."

„Okay", murmelte ich.

„Hast du zu deinen Freunden gesagt, dass du die Katze *entsorgen* würdest?"

Aus dem Publikum war ein entsetztes Raunen zu hören.

„Na ja, also – ich bin mir nicht ganz sicher, ob ich so

etwas gesagt habe … aber wenn doch, dann war es nicht so gemeint …"

Keiner hörte mehr zu. Alle tuschelten aufgeregt miteinander.

Die Geschworenen blieben fünfzehn Minuten lang auf dem Flur vor der Sporthalle. Als sie den Raum wieder betraten, wichen einige von ihnen meinem Blick aus.

Trotzdem überraschte mich ihr Urteil.

„Die Jury befindet den Angeklagten Marty A. Harper bezüglich der Anklage auf Mord an einer Katze für *nicht schuldig*", las Carey Donovan vor.

Ich hörte Stöhnen und erstauntes Raunen auf der Tribüne. Ein paar Schüler klatschten Beifall.

Ich stieß einen langen Seufzer der Erleichterung aus.

„Bezüglich der Anklage auf Tierquälerei befindet die Jury ihn jedoch für *schuldig*", las Carey weiter vor.

Dann hob sie den Kopf und sah mich an. „Du fieses Schwein!"

„Hey!", protestierte ich.

„Carey, das reicht", tadelte Mrs Howe sie. „Vielen Dank. Und danke an alle, die den Fall ernst genommen und sich die Entscheidung nicht leicht gemacht haben."

Die Lehrerin beugte sich über den Tisch. „Marty, da du der Tierquälerei für schuldig befunden worden bist, musst du zur Strafe dreißig Stunden im Tierheim von Shadyside abarbeiten. Dein Dienst fängt diese Woche an."

Dreißig Stunden?

Durch die Schule und das Basketballtraining würde ich in den nächsten Wochen nicht eine Minute übrig haben!

Ich fing an zu protestieren. Doch dann sah ich, wie sich unter den Sitzbänken der Tribüne etwas bewegte.

Ich sah einen Schatten.

Ein dunkles Wesen schlüpfte unter den Bänken hervor.

Grüne Augen funkelten mich an. Über den Augen war ein schwarzer Fleck, der wie ein Diamant geformt war.

„Oh neiiiin", stöhnte ich.

Es war die Katze. Die silbergraue Katze.

9

„Sie – da ist sie!", brachte ich mühsam heraus.

Ich zeigte auf das grüne Augenpaar, das unter den Bänken funkelte. „Die Katze – sie lebt!"

Ich sprang auf. Meine Beine zitterten, als ich auf die Tribüne zurannte.

Mehrere Schüler sprangen auf, um unter die Sitze zu spähen.

Ich hörte Gelächter. Viele verschiedene Stimmen, die durcheinandersprachen.

„Da ist keine Katze!", sagte jemand.

„War es das, was du gesehen hast?", fragte ein Mädchen. Sie hob einen hohen Turnschuh hoch, den sie unter ihrem Sitz verstaut hatte.

„Sie war da!", beharrte ich und zeigte wieder auf die Stelle. „Wirklich!"

„Das reicht, Marty", rief Mrs Howe. „Hör auf damit! Das ist nicht lustig."

„Sie haben recht", stimmte ich ihr zu. „Das ist überhaupt nicht lustig."

Am selben Nachmittag nahm ich mein Geschichtsbuch mit ins Training. Ich saß am Rand des Courts und las den Text durch, den der Lehrer uns aufgegeben hatte.

Es war nicht mehr sehr lange hin bis zur Abschlussprüfung. Ich wollte rechtzeitig mit dem Lernen anfangen.

Wie gewöhnlich saßen mehrere Mädchen hinter mir

auf den Sitzbänken und schauten dem Training zu. Darunter war auch Jessica Wells.

Sie stieg herunter und setzte sich neben mich. Jessica war besonders hübsch, mit großen, glänzenden grünen Augen, einem umwerfenden Lächeln und langem, glattem braunem Haar.

„Hallo."

„Hi."

„Ich wollte bloß sagen, dass es mir leidtut", fing sie an. „In Sozialkunde ist es Pflicht, dass wir auch mal als Anwalt beim Schülergericht mitmachen. Und ich war gerade an der Reihe. Ich wollte dich aber nicht in Schwierigkeiten bringen."

„Wow", erwiderte ich verblüfft. „Vielen Dank. Die meisten meiden mich gerade wie die Pest. Schließlich bin ich doch ein böser Katzenkiller."

Sie runzelte die Stirn. „Ich bin froh, dass sie dich in diesem Anklagepunkt für unschuldig befunden haben."

Die Tigers rannten auf dem Spielfeld auf und ab. Doch während ich in Jessicas grüne Augen sah, hatte ich sie fast vergessen.

„Hey, Harper!", rief Dwayne. Als ich mich zum Court umdrehte, hielten er und Barry die Daumen hoch.

Ich musste lachen, und Jessica auch. Das war ein gutes Zeichen.

Dann sah ich Riki.

Sie stand am offenen Eingang zur Sporthalle und starrte Jessica und mich wütend an.

„Hey!", rief ich zu ihr hinüber. Ich lächelte und winkte ihr zu, wie ich es mit allen Freunden machen würde.

„Hallo, Riki!", rief Jessica.

Riki drehte sich auf den Fersen um und eilte erhobenen Hauptes aus der Halle.

„Was hat die denn für ein Problem?", wunderte Jessica sich.

Ich wollte es nicht in allen Einzelheiten erklären, aber ich fand, dass eine halbe Antwort immer noch besser war als gar keine.

„Wir sind ein paarmal miteinander ausgegangen", gab ich zu. „Und sie kann nicht verstehen, warum ich sie plötzlich nicht mehr angerufen habe."

„Und warum hast du sie nicht mehr angerufen?"

Die Frage kam für mich überraschend. „Ich weiß nicht", antwortete ich schließlich. „Wahrscheinlich wollte ich einfach nichts Festes mit ihr anfangen."

Jessica und ich schauten eine Weile schweigend dem Basketballtraining zu. Das Team spielte gut. Vielleicht konnten sie morgen Abend sogar ohne mich gewinnen.

Als Jessicas Freunde von der Tribüne herunterkamen und zum Ausgang gingen, stand sie auf. „Meine Freunde gehen jetzt. Ich muss auch los. Also mach's gut", sagte sie seufzend.

Ich lächelte ihr zu, dann hob ich mein Geschichtsbuch wieder auf und las weiter.

Ein paar Minuten später hörte ich einen leisen Laut.

Als er noch einmal ertönte, wusste ich, dass es das Miauen einer Katze war.

10

Mit einem erschrockenen Aufschrei sprang ich auf meinen Sitz.

Die Katze miaute und fauchte.

Ich drehte mich um – und sah drei Mädchen, die ein paar Stufen weiter oben saßen.

Sie lachten.

Hatten sie die Katzengeräusche gemacht?

Warum waren bloß alle so gemein zu mir?

Nach dem Training kam Coach Griffin auf mich zu.

„Du hättest das Training besser verfolgen sollen, Marty", schimpfte er. „Ich wollte deine Meinung hören, wie wir dich bis zu deiner Rückkehr am besten ersetzen können."

„Das ist ganz einfach, Coach", antwortete ich. „Lenny geht in die Mitte. Dwayne und Barry spielen beide vorne. Die Verteidiger können bleiben, wo sie sind."

Der Trainer lächelte. „Du hast also doch aufgepasst!"

„Ein bisschen schon", erwiderte ich.

„Hör zu, Marty, du sollst wissen, dass du heute richtig gehandelt hast, als du für dein Recht eingestanden bist. Das Schülergericht hat an dir ein Exempel statuiert." Er schüttelte den Kopf. „Ich finde das nicht fair. Ich werde versuchen, das Strafmaß zu verringern. Es ist wichtig, dass du bis zum Spiel am nächsten Freitag wiederhergestellt bist und genug Zeit zum Trainieren hast."

„Das wird schon klappen, Coach", versprach ich.

„Aber ich habe darüber nachgedacht. Ich habe die Katze zwar nicht getötet, aber vielleicht habe ich sie doch ein bisschen gequält. Ich finde, ich sollte die Strafe annehmen und die gesamten dreißig Stunden abarbeiten."

Erstaunt riss Griffin die Augen auf.

„Marty, du bist ein guter Junge", flüsterte er. „Aber wenn du das weitererzählst, werde ich dir jeden Tag des Trainings zur Hölle machen, bis die Saison vorbei ist."

Ich grinste. „Herzlichen Dank, Coach."

Nach dem Abendessen büffelte ich bis nach zehn Uhr Geschichte. Mein Hund Teddy, ein chinesischer Sharpei, lag auf meinen Bett und schlief fest. Immer mal wieder hob er den Kopf und schüttelte sich, dann bewegten sich die samtigen Falten seines Fells.

Als ich in Geschichte nichts mehr in den Kopf bekam, versuchte ich es mit Trigonometrie.

Doch alle Augenblicke dachte ich über die letzten drei Tage nach. Über Jessica Wells und Coach Griffin und über die Bemerkungen meiner Mitschüler.

Ich grübelte auch viel über Gayle und Riki nach, und sogar über die arme, blöde Katze.

Und ich erinnerte mich, dass ich die Katze während der Gerichtsverhandlung unter den Sitzen gesehen hatte. Und an das Miauen und Fauchen während des Trainings.

Fing ich jetzt an, Dinge zu sehen und zu hören, die es nicht gab?

Oder spielten die anderen mir einen bösen Streich?

Das Telefon klingelte, und ich schrak hoch. Während ich den Hörer abnahm, warf ich einen Blick auf die Uhr. Es war inzwischen schon Viertel nach elf.

„Hallo?"

Schweigen.

„Wer ist da?", fragte ich.

Dann hörte ich ein Atmen. Kein Keuchen wie das der meisten anonymen Anrufer. Nein, nur ein leises Atmen.

„Hallo? Wer ist da?", wiederholte ich in schärferem Ton.

Dann schlug ich den Hörer auf die Gabel.

Wieder läutete das Telefon.

Ich starrte es an.

Es läutete noch einmal.

Ich schluckte schwer.

Beim dritten Klingelzeichen hob ich wieder ab.

„Dafür wirst du büßen, Marty", flüsterte eine dumpfe weibliche Stimme. „Hast du verstanden? Du wirst für das, was du getan hast, büßen! Hörst du?"

„Hey – wer ist da?", rief ich.

Dann erkannte ich ihre Stimme.

11

„Was ist eigentlich dein Problem, Riki?", fragte ich wütend.

„Was ist *dein* Problem?", erwiderte sie wie aus der Pistole geschossen.

„Zum letzten Mal: Ich habe die Katze nicht umgebracht!", beharrte ich.

„Ich rufe nicht wegen der Katze an", sagte Riki erbost. „Ich weiß, was du getan hast, du Schwein!"

Ich ließ mich neben Teddy aufs Bett fallen. Seufzend starrte ich aus dem Fenster.

„Riki, ich bin müde und will ins Bett gehen. Warum verrätst du mir nicht einfach, weshalb du mich mitten in der Nacht so anschnauzt? Dann können wir beide das Gespräch beenden, und ich kann endlich schlafen."

Wolken zogen über den Mond. Ich ließ mich auf mein Kopfkissen sinken und sah hinauf in den Himmel.

„Also, Riki?", fragte ich.

„Du hast mit Jessica Wells geflirtet. Und dann hast du mir zugewinkt, als sei alles in bester Ordnung!"

„Oh Mann, ich glaub's nicht!"

Ich seufzte und schloss frustriert die Augen. „Was geht es dich an, mit wem ich mich unterhalte? Zum allerletzten Mal: Ich bin nicht dein Freund, Riki! Außerdem dachte ich, du hasst mich jetzt, weil ich doch die Katze auf dem Gewissen habe."

„Jessica ist bloß die Krönung von allem", zischte sie.

„Außerdem habe ich gehört, dass du auch an Kit Morrissey interessiert bist."

„Du lieber Himmel", stöhnte ich. „Welcher Typ in der Schule ist an Kit denn nicht interessiert?"

„Und Gayle hat mir heute erzählt", fuhr Riki fort, „dass sie dich an dem Abend, als du mir abgesagt hast, mit Lisa Greene gesehen hat. Mir hast du gesagt, du seist krank."

Sie stieß einen tiefen Seufzer aus. „Marty, du bist ein solcher Lügner. Und ich kann es auf den Tod nicht ausstehen, angelogen zu werden."

Was konnte ich darauf erwidern?

Riki hatte recht. Aber ich musste trotzdem was sagen, um sie loszuwerden.

„Weißt du was, Riki? Du hast recht. Ich bin an dem Abend wirklich mit Lisa statt mit dir ausgegangen. Es war nicht gerade der Hit, aber das ist dir ja egal. Ich habe dich angelogen, weil ich geglaubt habe, das sei besser, als deine Gefühle zu verletzen." Ich holte tief Luft. „Vielleicht hätte ich mich nicht weiter um deine Gefühle scheren sollen", sagte ich, „aber ich habe gehofft, dass wir trotzdem Freunde bleiben können. Anscheinend habe ich mich geirrt."

„Und wie du dich geirrt hast!", schrie sie so laut, dass ich den Hörer weit von mir weghalten musste.

„Ach, du bist ja so einfühlsam, Marty, und willst meine Gefühle nicht verletzen!", kreischte sie schrill. „Wenn du meine Gefühle wirklich nicht verletzen wolltest, dann hättest du mich erst gar nicht anlügen sollen! Ich hasse dich! Wie ich dich hasse!"

„Kümmere dich lieber um dein eigenes Leben, Riki", gab ich zurück.

Sie schmiss den Hörer auf die Gabel.

Das Freizeichen im Ohr, starrte ich hinauf in den nächtlichen Himmel.

Am nächsten Tag in der Schule mied ich die anderen. Ich hatte keine Lust, mich mit irgendjemandem noch weiter über die tote Katze herumzustreiten.

Die meisten Schüler taten so, als sei nichts passiert. Der Alltag war fast wieder eingekehrt.

Am Ende des Unterrichts ging es mir wieder viel besser. In meinem Knie war zwar immer noch ein pochender Schmerz, doch ich war gut gelaunt. Vielleicht hatte ich die ganze verdammte Geschichte schon überstanden.

Nach dem Abendessen fuhr mein Vater mich zu dem Basketballspiel. Ich hoppelte durch die Hintertür in die Umkleidekabine.

Griffin nickte mir kurz zu.

Ich blieb an der Tür stehen, die in die Sporthalle führte, und hörte seiner anfeuernden Rede zu, die er vor jedem Spiel hielt. Während das Team an mir vorbeijoggte, klopften viele Spieler mir auf die Schulter oder hielten den Daumen hoch.

Die Zuschauermenge schrie begeistert, als wir die Sporthalle betraten. Doch bald darauf hörte ich noch ein anderes Geräusch.

Es war ein Miauen. Das gegnerische Team verspottete mich.

Vor Scham und Wut wurde mir ganz schlecht.

Ich senkte den Kopf und wünschte mir, auf der Stelle im Boden zu versinken.

Dwayne schrie die Gegner an, ruhig zu sein. Barry,

Kevin und ein paar der anderen Teammitglieder fingen auch an zu brüllen.

Doch die andere Mannschaft hörte erst auf, als Coach Griffin quer über das Spielfeld marschierte und ihrem Trainer etwas zuflüsterte.

Endlich kehrte Ruhe ein.

Als das Spiel begann, hörte ich jedoch ein anderes Miauen, das von der Tribüne kam. Ich versuchte, mich auf das Spiel zu konzentrieren.

Aber es gelang mir nur mit viel Mühe.

Zur Halbzeit berührte mich eine Hand sanft an der Schulter.

„Alles in Ordnung?", erkundigte sich Jessica Wells.

„Ja, alles okay", antwortete ich seufzend. „Aber ich wüsste zu gern, wer immer noch das Gerücht verbreitet, ich hätte die Katze umgebracht!"

Sie zuckte mit den Schultern. „Vermutlich ist es Gayle, glaubst du nicht auch?"

„Wer sonst?"

„Weißt du", fuhr sie fort, „ich denke nicht, dass sie sich über dich lustig machen, weil du die Katze getötet hast."

„Aber warum sonst?"

„Ich glaube, sie nehmen dich auf den Arm, weil du vor dem Schülergericht etwas durcheinander warst. Du weißt schon, als du gesagt hast, du hättest eine Katze gesehen."

„Ich habe die Katze wirklich gesehen!", beharrte ich.

Jessica schaute mich nachdenklich an.

„Ich weiß nicht, ob es dieselbe Katze war", fügte ich hinzu. „Aber sie sah genauso aus. Ich weiß auch nicht. Ich will einfach, dass diese blöde Geschichte bald vorbei ist."

„Das wird sie auch, Marty", versicherte sie mir. „Gayle und der Club für Tierschutz haben zwar eine Demo gegen Tierquälerei organisiert. Aber sobald die vorbei ist … hab einfach ein bisschen Geduld."

„Ja. Geduld", murmelte ich.

„Ach, übrigens", sagte sie beiläufig. „Ich habe gehört, dass du mit Lisa Greene gehst."

Ich musste grinsen.

„Was ist daran so witzig?", wollte sie wissen.

„Na ja", gab ich zu, „die Tatsache, wie schnell sich an dieser Schule Gerüchte verbreiten."

„Du bist also nicht mit Lisa zusammen?"

„Wir hatten ein einziges Date", antwortete ich. „Aber das war auch schon alles. Wir sind bloß Freunde."

Jessica grinste. „Freut mich."

Wir lächelten uns an. Dann senkten wir beide den Blick.

Ich freute mich. Sollten die anderen sich ruhig über mich lustig machen – was machte mir das schon aus, solange Mädchen wie Jessica mich so nett anlächelten?

Ich kam erst kurz vor zehn nach Hause zurück. Am liebsten wäre ich ins Bett gesunken und erst am nächsten Morgen wieder aufgewacht. Aber mir war klar, dass ich in den nächsten zwei Wochen durch die Arbeit im Tierheim nicht viel für die Schule tun konnte.

Also setzte ich mich an meinen Schreibtisch. Dann klappte ich mein Mathebuch auf und fing an zu lesen.

Was war das?

Ich sprang auf, als ich draußen Katzen schreien hörte.

Wieder hellwach geworden, kroch ich über mein Bett zum Fenster und schaute hinaus.

Ich konnte sie zwar nicht sehen, doch irgendwo da draußen in der Dunkelheit kämpften offenbar zwei Katzen miteinander. Ihre Schreie klangen grauenhaft – und sehr nahe an unserem Haus.

Ich kniete mich aufs Bett und schloss das Fenster.

Aber das half auch nichts.

Immer noch hörte ich, wie sie miteinander rauften, hörte ihr Kreischen und Fauchen.

Plötzlich erklang ein markerschütternder Schrei.

Dann war alles still.

„Puh." Ich stieß einen Seufzer der Erleichterung aus, ließ mich wieder auf meinen Schreibtischstuhl fallen und machte das Geschichtsbuch auf. Doch ich war zu müde, um mich zu konzentrieren.

Als ich das dritte Mal gähnte, beschloss ich, das Lernen für heute abzuschließen. Ich klappte das Geschichtsbuch zu und streckte mich.

Doch was war das? Etwas kratzte an der Fensterscheibe über meinem Bett.

Ich sprang so heftig vom Schreibtisch auf, dass der Stuhl umkippte.

Erschrocken starrte ich zum Fenster.

Da war nichts.

Dann hörte ich wieder ein Scharren. Krallen, die an der Scheibe kratzten.

Mein Herz klopfte bis zum Hals.

Ich hörte ein leises Fauchen.

Und wieder kratzte es am Fenster.

Was immer da draußen war – es wollte unbedingt herein.

12

„Hey, was soll das!", schrie ich. Ein Gegenstand hatte gegen die Scheibe geschlagen.

Vielleicht ein Stock?

Dann prasselten ein paar Kieselsteine gegen das Fenster.

„Mann, ich dreh noch völlig durch!", murmelte ich.

Es war keine Katze, die an der Fensterscheibe kratzte.

Ich spähte hinaus in den Garten. Unter der dicken Eiche standen Dwayne und Barry. Sie winkten mir und gaben mir ein Zeichen, herunterzukommen.

Ich hinkte zu meinem Schrank und holte ein dunkelblaues Sweatshirt heraus. Dann kroch ich über mein Bett und machte das Fenster auf.

Ich streckte die Arme nach dem Baum aus, packte mit beiden Händen einen dicken Ast und zog meine Beine nach. Diesen Trick hatte ich schon öfter gebracht, doch noch nie mit einem verletzten Knie. Der Schmerz schoss durch mein Bein. Beinahe hätte ich das Gleichgewicht verloren und wäre in den Büschen gelandet.

Ich ignorierte den Schmerz, hangelte mich am Ast entlang und rutschte den Stamm hinunter.

„Hey, tolles Hawaii-Hemd hast du da an!", sagte ich zu Dwayne.

„Wieso?", fragte er misstrauisch und sah prüfend an seinem lila-grün gemusterten Hawaii-Hemd herunter. „Was ist daran nicht in Ordnung?"

„Na ja", gab ich zu, „es gefällt mir immer noch besser als das blaue mit den rosa Flamingos."

„Das ist gar kein Hawaii-Hemd", mischte Barry sich ein. „Das war mal ein weißes Hemd. Bis einer Dwayne draufgekotzt hat."

Barry und ich lachten.

„Also, wo gehen wir hin?", fragte ich.

„In die *Corner*", erwiderte Barry. „Wohin sonst?"

Die *Corner* ist ein beliebtes Schülerlokal in Shadyside, das nur einen Block von der Schule entfernt ist.

Wir waren oft in diesem Schuppen. Und wenn mir nicht einfiel, wohin ich mit einem Date gehen sollte, endete ich mit dem Mädchen meistens dort.

Wir stellten uns in die Schlange vor der Essenstheke und setzten uns dann in eine Nische im hinteren Teil des Restaurants. Von dort aus hatten wir im Blick, wer hereinkam. Wenn jemand auftauchte, den wir kannten – vor allem von den Mädels –, würden wir sie nicht übersehen.

„Also, Marty", nuschelte Barry, während er sich ein Stück Pizza in den Mund schob. „Was ist gestern beim Schülergericht eigentlich genau passiert? Schließlich bist du doch ausgerastet."

Ich erstarrte. „Wie meinst du das?"

„Du weißt schon, als du die Katze gesehen hast."

Ich antwortete nicht.

„Marty, die Katze. Die Katze! Hallo, hörst du noch zu? Du hast doch gesagt, du hättest die tote Katze unter den Bänken der Tribüne gesehen", erinnerte er mich.

Doch ich brauchte nicht daran erinnert zu werden. Ich sah Dwayne an, aber der wich meinem Blick aus.

„Ich habe die Katze *wirklich* gesehen", beharrte ich.

„Ich bin doch nicht bescheuert! Sie saß da und starrte mich an."

Barry und Dwayne wirkten schockiert.

„Ungefähr so, wie ihr mich gerade anglotzt", fügte ich bissig hinzu.

„Wow!", stieß Barry aus. „Warte mal! Du glaubst wirklich, das war dieselbe Katze, die alle von der Tribüne fallen und sterben sahen? Dieselbe Katze, die Dwayne und ich in die Mülltonne geworfen haben?"

„Genau."

Ich wusste, es klang völlig unglaubwürdig. Aber die beiden waren meine besten Kumpels. Wenn ich ihnen schon nicht die Wahrheit sagen konnte, wem dann?

„Ach, komm!", rief Barry. „Du willst uns bloß auf den Arm nehmen!"

„Ich habe die Katze gesehen", wiederholte ich. „Vielleicht ist sie doch nicht so mausetot, wie wir geglaubt haben. Oder vielleicht haben sich mehrere Katzen in der Sporthalle eingenistet."

Beide starrten mich an. Sie sagten kein Wort.

Später hatten wir es ziemlich eilig, zu mir nach Hause zu kommen. Wenn meine Mutter nach elf in mein Zimmer schaute, um nach mir zu sehen, und mich dort nicht vorfand, würde ich große Probleme kriegen.

Mein Knie fühlte sich wieder besser an. Aber ich konnte auf keinen Fall den Baum hinaufklettern, um in mein Zimmer zu gelangen. Also blieb mir nur die Eingangstür. Ich hoffte nur, dass meine Eltern schon schliefen.

Einen Block vor meiner Straße bog ich links ab.

„Wohin willst du?", fragte Dwayne. „Findest du etwa dein eigenes Haus nicht in der Dunkelheit?"

„Wir gehen durch die Gärten", erklärte ich. „Das ist eine Abkürzung."

Ich ging auf das Haus der Millens zu. Eine Reihe hoher Bäume trennte ihren Garten von unserem ab. Wir schlichen die Auffahrt zu den Millens entlang. Das Haus lag im Dunkeln. Es schien, als würde die Nacht uns verschlucken.

„Unheimlich", flüsterte Dwayne.

Grillen zirpten, und der Wind brachte die Blätter über unseren Köpfen zum Rascheln. Wir gingen an der Seite des Hauses entlang. Ich sah, dass die Seitentür hinter der gläsernen Tür des Windfangs offen stand.

Als wir daran vorbeikamen, bemerkte ich einen Schatten in der Dunkelheit hinter der Tür. Jemand beobachtete uns.

„Hey, Jungs …", flüsterte ich.

Plötzlich krachte etwas von innen gegen die Tür. Wir stießen einen überraschten Schrei aus. Als ich sah, dass ein knurrender Hund zum zweiten Mal an die Tür stürzte, rannte ich weiter.

„Verflucht!", stieß Dwayne aus. „Ich bin noch zu jung für einen Herzinfarkt."

Wir hasteten durch den Garten. Endlich erreichten wir den schmalen Weg, der durch die Bäume zu unserem Grundstück führte.

„Hier durch", raunte ich meinen Freunden zu. Wir huschten durch das Wäldchen.

Ein paar Meter weiter schimmerte unser Haus durch die Bäume. Im Erdgeschoss brannte noch Licht, doch mein Schlafzimmer war dunkel. Hoffentlich hatten meine Eltern noch nicht entdeckt, dass ich verschwunden war.

Plötzlich hörte ich über meinem Kopf ein lautes Fauchen.

„Hey!", rief Dwayne erschrocken.

Es war das Kreischen eines Tiers. Und es kam von einem Ast direkt über uns.

Dann folgte ein dumpfer Schlag.

Etwas landete mit voller Wucht auf Barrys Kopf.

„Hilfe!", stieß er keuchend aus.

13

„Verscheucht es!", schrie Barry entsetzt. „Hilfe, verscheucht das Biest!"

Eine Katze!

Barry kämpfte verzweifelt mit ihr. Doch sie hielt sich mit ihren Krallen an seinem Kopf fest.

Dwayne hob einen dicken Ast auf und schwang ihn hin und her.

„Hör auf!", schrie ich. „Sonst triffst du Barry damit!"

Dwayne ließ den Ast fallen.

Mit einem Sprung war ich bei Barry. Ich packte die Katze mit beiden Händen und zog sie von seinem Kopf weg.

Dann ließ ich das fauchende Tier auf den Boden fallen.

Dwayne kickte sie mit seinem Fuß in Richtung des Wäldchens. Ich hörte, wie sie laut heulend durch die Äste und Büsche krachte.

„Oh Mann", stöhnte Barry. „Oh Mann."

„Barry, zeig mal dein Gesicht", sagte ich.

Ich blinzelte in der Dunkelheit. Seine Wangen waren zerkratzt, doch die Kratzer waren nicht sehr tief.

„Dir ist nichts passiert", sagte ich. „Aber es sollte sich jemand die Kratzwunden ansehen."

„Was war das, Marty?", fragte er verstört. „War das die Katze?"

„Nie im Leben", warf Dwayne ein. „Die ist doch tot, hast du das vergessen?"

Ich hatte es nicht vergessen. Doch obwohl es hier unter den Bäumen so dunkel war, hatte ich die Katze, die Barry angegriffen hatte, ziemlich gut gesehen. Ich war einigermaßen sicher, dass ich einen schwarzen Diamanten auf ihrer Stirn bemerkt hatte.

„Marty?", fragte Barry.

„Nein", antwortete ich entschlossen. „Das kann nicht sein. Diese Katze ist tot, Barry."

Am nächsten Abend – es war Samstag – begann ich mit meinem Dienst im Tierheim von Shadyside. Das Tierheim ist in einem flachen, rechteckigen Gebäude untergebracht, das allen möglichen Tierarten Unterkunft gewährt. Doch die meisten seiner Kunden sind streunende Katzen und Hunde.

Die Leiterin Carolyn Peters schien sehr nett zu sein. Ich fragte sie nach meinen Aufgaben. Sie sagte, ich sollte kehren, die Tiere füttern und im Notfall bei ihr zu Hause anrufen, wenn eines von ihnen krank wirkte.

Ein Kinderspiel.

An den meisten Abenden sollte ich um sieben anfangen, bevor Carolyn ihre Arbeit beendete. Irgendwann zwischen neun und elf kam ein Nachtwächter, und dann konnte ich nach Hause gehen.

Am ersten Abend fing ich mit dem Kehren an. Nach einer Weile betrat ich die Zwinger. Ich lehnte den Besen an die Wand und ging in die Hocke, um mir die Tiere anzusehen.

Auf der linken Seite dösten Hunde apathisch in zwei langen Reihen von Käfigen, von denen jeweils zwei aufeinandergestapelt waren. Auf der rechten Seite schlichen Katzen in den gleichen Käfigen umher. In ein

paar Käfigen waren mehrere Tiere zusammen untergebracht.

Eine graue Katze mit gelben Augen starrte mich aus
einem der unteren Käfige an. Ohne Vorwarnung fauchte sie und machte einen Buckel.

„Ach, wirklich? Wünsch ich dir auch", murmelte ich.

Ich dachte an das, was Barry am Abend davor passiert
war, und mir lief ein Schauer über den Rücken. Ich
wollte so wenig wie möglich in der Nähe von Katzen
sein. Um neun Uhr würde ich sie füttern. Danach konnte ich mich in das kleine Büro setzen und lernen.

Auf diese Weise müsste ich nicht viel Zeit bei den Tieren verbringen, und meine Katzenallergie würde nicht
ausbrechen.

Ich richtete mich wieder auf und griff nach dem Besen. Dann drehte ich mich um und wollte den Zwinger
verlassen.

Doch da ertönte ein dumpfer, lauter Schlag.

„Wer ist da?", fragte ich. „Ist dahinten jemand?"

Keine Antwort.

Ich sah einen Lichtschimmer über den dunklen Raum
flackern.

Dann wachten die Tiere auf.

Die Hunde fingen an zu bellen und zu jaulen. Die Katzen fauchten und schrien.

Ich hielt mir die Ohren zu, um den markerschüttern-
den Lärm nicht hören zu müssen.

„Ruhe!", brüllte ich. „Seid ruhig!"

Die Tiere warfen sich gegen die Türen ihrer Käfige.

Das Fauchen und Zetern wurde lauter. Immer lauter.

„Seid ruhig!", schrie ich. „Hört auf damit! Was ist
denn los?"

14

„Aufhören! Ruhe!", brüllte ich verzweifelt.

Ich hielt mir die Ohren noch fester zu. Doch es half nichts.

Die Katzen kratzten an ihren Käfigen, fauchten und zischten. Wütend rissen sie die Mäuler auf, und ihre Augen funkelten wild.

Die Hunde legten die Köpfe in den Nacken und heulten.

„Bitte!", flehte ich sie an. Mein Herz hämmerte laut.

Mit zugehaltenen Ohren drehte ich mich um und floh aus dem Raum. Ich schlug die Bürotür hinter mir zu, doch der Krach war auch hier nicht auszuhalten.

Ich rannte zum Schreibtisch, riss mit zitternder Hand den Hörer vom Telefon und wählte Carolyns Nummer.

„Kommen Sie schnell!", brachte ich mühsam heraus. „Bitte beeilen Sie sich! Irgendwas stimmt hier nicht! Hier ist der Teufel los!"

„Aber, Marty –", protestierte sie. „Ich bin gerade erst nach Hause gekommen. Was ist denn passiert?"

„Kommen Sie bitte her", flehte ich. „Schnell!"

Ich wartete im Büro auf sie. Das Kreischen und Bellen war noch lauter geworden. Ich konnte hören, dass die Hunde sich mit aller Wucht gegen die Türen der Käfige warfen. Dazwischen das schrille Fauchen der Katzen, das alles übertönte.

Ungefähr zehn Minuten später sah ich durch das Fenster im Büro die Scheinwerfer eines Autos. Carolyns Wagen bog auf den Parkplatz ein.

In diesem Augenblick hörte das Fauchen und Kreischen schlagartig auf.

„Was ist jetzt passiert?", stieß ich verblüfft aus.

Totenstille.

Carolyn kam zur Tür herein. Sie ging in den Zwingerbereich und ließ den Blick über die Käfige schweifen. „Marty – was läuft hier eigentlich?", fragte sie.

Am Montag beim Mittagessen erzählte ich Barry und Dwayne, was ich erlebt hatte.

Barry schüttelte den Kopf. Dwayne stieß einen langen Pfiff aus. „Äußerst seltsam", murmelte er.

„Hat die Leiterin des Tierheims dir das abgenommen?", fragte Barry.

Ich zuckte mit den Schultern. „Ich weiß nicht. Sie hat mich so komisch angesehen." Ich seufzte und schob mein Sandwich weg. „Ich weiß ja inzwischen selber nicht mehr, was ich eigentlich glauben soll."

„Hey, Kopf hoch", tröstete Dwayne mich. „Es könnte viel schlimmer sein, Marty."

„Schlimmer?", erwiderte ich. „Wie denn?"

Er überlegte. „Keine Ahnung", gab er schließlich zu.

Wir lachten, doch mein Lachen wirkte gezwungen.

Auf dem Weg aus der Schulcafeteria dachte ich über Katzen und Hunde nach – und so in Gedanken versunken rempelte ich jemanden an.

„Oh, Entschuldigung", murmelte ich.

Es war Kit Morrissey.

„Hi, Marty", sagte sie und lächelte mich strahlend an. „Wie geht's?"

Ein paar Sekunden lang konnte ich nichts herausbringen. Kit war in den Weihnachtsferien nach Shadyside gezogen. Rasch war sie eines der beliebtesten Mädchen in der Schule geworden. Ihr kastanienbraunes Haar fiel ihr auf die Schultern und rahmte ihr Gesicht ein, ihre Augen waren smaragdgrün mit goldenen Flecken darin.

„Hm", murmelte ich verlegen. „Du warst ein paar Tage nicht in der Schule, stimmt's?"

„Ja, ich war krank. Grippe oder so was", erklärte Kit. „Jetzt geht es mir wieder gut."

„Du siehst auch gut aus!", flirtete ich mit ihr.

„Du siehst auch nicht gerade schlecht aus", gab sie zurück.

„Sag mal, möchtest du nach der Schule auf ein Eis in die *Corner* gehen?", fragte ich.

Sie kniff die Augen zusammen. „Hast du denn kein Training?"

„Ich habe mir letzte Woche das Knie verstaucht", erklärte ich. „Ich kann gerade nicht trainieren. Wenn ich dem Team einmal nicht zuschaue, wird der Coach schon nicht ausrasten."

Nachdenklich legte Kit den Kopf zur Seite, dann nickte sie.

Ich traf mich mit Kit auf der Seitentreppe der Schule, und wir gingen zusammen in die *Corner*, wo wir uns fast zwei Stunden lang unterhielten. Sie war echt cool. Ich war dabei, mich in sie zu verlieben.

Als wir das Lokal verließen, spürte ich einen Blick im Rücken und drehte mich noch einmal um. Ich erstarrte.

Ganz hinten saß Riki allein in einer Nische. Sie starrte mich böse an. Ich hatte keine Ahnung, wie lange sie schon dort saß. Es war mir eigentlich auch egal.

„Vergiss es", sagte ich mir. „Du hast gerade andere Probleme."

Ich drehte mich um und ließ die Tür hinter mir zuschlagen.

Kit wohnte in der Canyon Road. Wir gingen die Straße entlang, die von Bäumen gesäumt war, und unterhielten uns angeregt, als seien wir gute alte Freunde.

Autos surrten vorbei. Mehrere Leute hupten im Vorbeifahren, doch ich schaute noch nicht einmal hin, um zu sehen, wer uns auf sich aufmerksam machen wollte.

Ich schwebte auf Wolke sieben. Etwas ganz Tolles bahnte sich zwischen Kit und mir an.

Wir bogen in ihre Auffahrt ein. Sie wohnte in einem alten Backsteinhaus, dessen Vorderseite mit Efeu bewachsen war.

„Möchtest du noch kurz reinkommen?", bot Kit an. „Oder musst du zum Abendessen nach Hause?"

„Noch nicht gleich", antwortete ich glücklich.

Kit schloss die Tür auf und trat ein. „Worauf wartest du dann noch?"

Ich folgte ihr ins Haus. Sie machte die Tür hinter mir zu. Neugierig sah ich mich im Flur um. Eine Treppe führte ins Obergeschoss, und am Ende eines langen Gangs lag die Küche. Links ging es durch eine Bogenöffnung ins Wohnzimmer.

„Schönes Haus habt ihr", bemerkte ich.

Und dann schrak ich zusammen, als eine schwarze Katze die Treppe hinunterschoss und auf uns zurannte. Ich hörte links von mir ein Miau.

Eine gestreifte Katze huschte aus dem Wohnzimmer, und aus der Küche kamen zwei weiße Kätzchen mit abstehendem Fell über den langen Gang auf uns zu.

Nur wenige Meter vor mir hockte eine graue Katze und starrte mich mit funkelnden Augen an.

Ich machte den Mund auf, um etwas zu sagen.

Doch bevor ich dazu kam, machten alle Katzen einen Buckel, rissen die Mäuler auf und stießen schrille Schreie aus.

15

„Lass sie bloß nicht zu nahe kommen!", jammerte ich ängstlich.

Kit lachte. „Marty – reg dich ab. Sie haben bloß Hunger."

Ich spürte, dass ich rot wurde.

Meine Beine zitterten. Hoffentlich bekam Kit nicht mit, wie groß meine Angst wirklich war.

„Na ja … nach der Geschichte mit der Katze in der Schule bin ich wohl ein bisschen durcheinander", gab ich zu.

„Ich habe davon gehört", sagte Kit. Sie musste schreien, um die fauchenden Katzen zu übertönen. „Es war doch ein Unfall, nicht wahr?"

„Ja", antwortete ich unbehaglich.

Sie ließ ihren Rucksack auf den Boden fallen. „Möchtest du trotzdem eine Weile dableiben? Vielleicht beruhigen die Katzen sich wieder, wenn sie dich besser kennen."

Sie wollte nicht, dass ich ging. Ich konnte es nicht fassen: Kit mochte mich wirklich!

Wären wir doch bloß nicht von diesen nervigen, fauchenden Katzen umgeben gewesen!

„Wie viele Katzen habt ihr denn?", erkundigte ich mich unbehaglich.

Sie grinste. „Schon ein paar."

Mein Blick wanderte durch den Raum. Wohin ich auch sah – überall saßen Katzen.

„Ich – ich muss jetzt echt gehen", stammelte ich.
„Wenn ich meinen Mathetest verhaue ..."

Kit wirkte gekränkt.

Ich bekam ein schlechtes Gewissen. Aber diese Katzen – sie waren mir so unheimlich.

Und außerdem war ich sehr allergisch gegen sie. Ich spürte schon, wie sich meine Nase verstopfte, meine Augen zu jucken begannen und mein ganzes Gesicht anschwoll.

„Bis später", sagte ich und ging zur Tür. „Ich rufe dich an, okay?"

Die schwarze Katze strich an meinem Bein vorbei. Dabei machte sie einen Buckel.

Eine dicke weiße Katze mit einem sehr langen Schwanz stieß einen wütenden Schrei auf der Treppe aus.

„Ich – ich sollte sie jetzt wohl lieber füttern", sagte Kit und schüttelte den Kopf. „Das ist wirklich seltsam, Marty. Ich verstehe das nicht. So haben sie sich noch nie benommen."

„Ich – ich habe halt eine besondere Ausstrahlung auf Katzen", scherzte ich.

Dann rannte ich, so schnell ich konnte, aus dem Haus.

„Bist du sicher, dass das eine gute Idee ist?", flüsterte Barry. „Wir könnten ernste Probleme kriegen."

„Jetzt übertreib nicht so", schimpfte Dwayne. „Dies wird sicherlich als der größte Streich aller Zeiten in die Geschichte der Shadyside Highschool eingehen."

„Marty, was meinst du?", fragte Barry mich zweifelnd.

„Wir müssen es tun. Gayle hat es verdient, Mann. Sie lässt die Sache einfach nicht auf sich beruhen. Wenn sie uns begegnet, tut sie so, als wären wir Luft. Ihr Bericht in der Schülerzeitung über meine Gerichtsverhandlung vor dem Schülergericht war wirklich der Hammer!"

Eigentlich hätten wir uns in der Kabine fürs Training umziehen sollen, doch Dwaynes Superidee musste sofort in die Tat umgesetzt werden. Der Club für Tierschutz versammelte sich jeden Dienstag nach der Schule in einem Klassenzimmer im Erdgeschoss.

„Es wird höchste Zeit, Gayle eine Lektion zu erteilen", flüsterte ich.

Barry wirkte immer noch besorgt.

„Komm schon, Barry", drängte Dwayne ihn. „Marty hat die ganze Katzensache auf seine Kappe genommen. Das müssen wir doch irgendwie wiedergutmachen, stimmt's?"

Barry nickte. „Stimmt."

Ich stand vor der Tür des Klassenzimmers, in dem der Club für Tierschutz sich versammelt hatte, und hörte, dass Gayle drinnen redete. Irgendwann erwähnte sie meinen Namen. Damit waren sämtliche Zweifel an dem, was wir vorhatten, weggefegt.

Ich sah auf meine Uhr. Sieben Minuten nach drei. Barry und Dwayne mussten jetzt an dem offenen Fenster sein. „Gleich geht's los", dachte ich.

Dann wurde es laut im Zimmer.

Ich hörte schrille Schreie und erschrockene Ausrufe.

„Igitt, weg damit!", kreischte ein Mädchen. „Verscheucht sie!"

„Ratten!", rief ein Junge. „Hunderte von Ratten!"

„Ach, wirklich?", dachte ich und grinste breit.

Barry, Dwayne und ich hatten ein Dutzend weißer

Ratten aus dem Biologielabor geholt und in einen Karton gesperrt. Um kurz nach drei warf Dwayne die Ratten durch das offene Fenster des Zimmers, in dem der Club für Tierschutz sich regelmäßig traf.

Die Tür wurde aufgerissen, und die Vereinsmitglieder rannten hinaus in den Flur. Ich sah ein paar Ratten an mir vorbei- und den Gang hinunterhuschen und ging zur Tür. Gayle und zwei andere Mädchen jagten den Ratten hinterher.

„Bringt sie raus!", schrie Gayle.

In diesem Augenblick entdeckte sie mich. „Hast du was damit zu tun?"

„Natürlich nicht", erwiderte ich. Doch ich konnte mir ein Grinsen nicht verkneifen.

Vor dem Fenster ertönte lautes Gelächter. Dwayne und Barry.

Gayle starrte wütend hin. Die Jungs duckten sich, doch Gayle rannte ans Fenster.

„Ich hab euch gesehen!", schrie sie. „Ich sehe euch, ihr gemeinen Kerle! Na wartet, das gibt Ärger!"

„Und für dich auch!", sagte sie bissig zu mir.

„Für mich?", fragte ich mit unschuldiger Miene. „Was habe ich denn getan?"

„Dafür krieg ich dich dran, Marty", zischte Gayle. „Das ist noch nicht das Ende. Noch lange nicht."

„Doch, das ist es", antwortete ich. „Das wirst du schon sehen."

Später erzählte ich Kit in unserer Stammkneipe davon. Sie lachte, bis ihr die Tränen über die Wangen liefen.

„Das war gar nicht nett", kicherte sie. „Aber verdammt lustig."

Die peinliche Szene vom Tag zuvor mit den Katzen in ihrem Haus war schon wieder vergessen. Sie versprach, mir mit Mathe zu helfen, und ich fragte sie, ob sie mit mir am Samstagabend ins Kino gehen würde.

Sie sagte Ja.

Und dann küsste sie mich sogar. Aber weil wir in einer Nische der *Corner* saßen, wurde es nur ein flüchtiger Kuss.

Eine Sekunde lang dachte ich an Jessica, die mir am Vormittag auf dem Schulflur zugewinkt hatte. Doch dann waren alle Gedanken an sie schon wieder verflogen. Kit Morrissey war das einzige Mädchen, an das ich denken konnte.

Später, als ich sie nach Hause begleitete, bat sie mich nicht hinein. Vielleicht wollte sie verhindern, dass sich die Szene vom gestrigen Nachmittag wiederholte.

Mir war das nur recht.

Leise vor mich hin summend verließ ich den Canyon Drive und ging nach Hause. Als ich die Fear Street erreicht hatte, zogen plötzlich Wolken auf und verdeckten die Sonne. Schlagartig wurde es kühl.

Drei Blocks von zu Hause entfernt hörte ich das erste Miauen.

Ich holte tief Luft und warf einen Blick über meine Schulter. Eine schwarze Katze trottete die Straße entlang.

Ich drehte mich wieder um und lief schneller. Nur noch zweieinhalb Blocks bis zum Haus.

Dann hörte ich links von mir ein zischendes Fauchen. Rasch drehte ich den Kopf.

Eine struppige Katze schoss über den Rasen, der vor mir lag.

Ich legte noch einen Zahn zu. Als die schwarze Katze laut hinter mir zischte und fauchte, fing ich an zu rennen.

Ein glänzender goldener Wagen war an der Ecke des nächsten Blocks geparkt. Ich raste quer über die Straße und ließ das Auto hinter mir.

Als ich zurückschaute, sah ich zwei Siamkatzen aus einer Baumkrone springen. Sie landeten auf dem Dach des Wagens, hüpften auf die Straße und gesellten sich zu der schwarzen Katze, der struppigen und einer dritten, gestreiften.

Mit einem Schlag wurde mir klar, dass sie hinter mir her waren.

Die Katzen verfolgten mich!

Sie wurden schneller. Ich raste die Straße entlang und über die Kreuzung.

Weiter vorne tauchte schon unser Haus auf.

Meine Beine arbeiteten auf Hochtouren. Der Schweiß rann mir von der Stirn, und mein Herz klopfte laut.

Ich wagte einen weiteren Blick über die Schulter.

Jetzt waren es mindestens zehn Katzen. Zehn fauchende Katzen, die hinter mir her waren und immer näher kamen.

Zehn Katzen, die mich jagten, mit glühenden Augen und auf leisen Pfoten …

So lautlos wie Gespenster.

16

Konnte ich ihnen entkommen?

Ich musste es wenigstens versuchen.

„Es sind doch bloß Katzen", sagte ich mir und versuchte nicht völlig panisch zu sein.

Aber waren sie wirklich nur Katzen?

Seit wann rotteten Katzen sich in Rudeln zusammen? Und seit wann jagten sie Menschen?

In meinem Knie pochte der Schmerz, während ich rannte. Ich hatte schon Seitenstechen.

Wieder schaute ich zurück – jetzt waren es mindestens ein Dutzend von ihnen. Ihre Augen glühten wie Feuer. Mit hoch erhobenen Schwänzen rannten sie hinter mir her.

Ich rang keuchend nach Luft und stöhnte leise auf. Unsere Auffahrt war nur noch wenige Meter entfernt.

„Au!", schrie ich, als ich spürte, wie eine Kralle sich von hinten in meinen Unterschenkel bohrte.

Ich wirbelte herum und sah, dass zwei der Katzen gerade zum Sprung ansetzten.

Rasch duckte ich mich, und sie flogen über meinen Kopf hinweg.

Gebückt und mit schmerzhaft pochendem Knie rannte ich die Auffahrt hoch. Ich sprang über die niedrigen Rosenbüsche und war mit einem Satz an der Türschwelle.

Sofort drehte und zerrte ich am Türknopf.

Oh nein! Die Tür war verschlossen.

Hastig steckte ich die Hand in die Jeanstasche und suchte nach meinem Schlüssel.

Würde ich rechtzeitig ins Haus kommen, bevor die Katzen mich angreifen konnten?

Ich zog den Schlüssel heraus – und ließ ihn fallen. Er tanzte klappernd auf der Türschwelle herum, bis er am Rand der Fußmatte liegen blieb.

„Verdammter Mist!", fluchte ich und bückte mich, um ihn aufzuheben.

Ich drehte mich um, um zu sehen, ob die Katzen mich gleich angreifen würden.

Die Katzen?

Hä? Ich schluckte schwer.

Sie waren verschwunden. Wie vom Erdboden verschluckt.

„W-wie das?", brachte ich mühsam heraus. Doch in diesem Moment war es mir egal, wie sie so schnell verschwinden konnten. Oder warum sie überhaupt aufgetaucht waren.

Ich wollte nur noch ins Haus. Ins Haus, wo ich in Sicherheit war.

Ich erwartete, dass wir wegen der Geschichte mit den Ratten Probleme bekommen würden. Doch niemand verlor darüber ein Wort.

Gayle ging im Schulflur an mir vorbei, ohne mich eines Blickes zu würdigen.

Auch Jessicas Verhalten war eisig. Anscheinend hatte sie gehört, dass ich mit Kit ausgegangen war, vermutlich von Riki.

Doch dagegen konnte ich nicht viel tun.

Ich hoffte, dass Jessica nicht allzu verletzt war. Sie

schien unheimlich nett zu sein. Ich mochte sie sehr gern – aber Kit war unwiderstehlich!

Im Nachmittagsunterricht sah Riki mich an und zog eine verächtliche Grimasse. Dann hob sie den Arm und machte eine kratzende Handbewegung, wie die Krallen einer Katze.

Später trainierte ich zum ersten Mal seit einer Woche mit dem Team. Barry, Dwayne und ich nahmen unsere Spielroutine wieder auf, als hätte ich nie gefehlt.

Am Abend büffelten Kit und ich bis nach neun Uhr Mathematik. Bevor sie ging, küssten wir uns wieder.

Nur wenn ich mit Kit zusammen war, vergaß ich meine Sorgen. Sie machte alles wieder wett.

Das Telefon klingelte.

Abrupt riss ich die Augen auf. Ich warf einen Blick auf den Wecker neben meinem Bett: Es war kurz nach ein Uhr.

Wer konnte so spät noch anrufen?

Ich hob den Hörer ab.

„Hallo?", fragte ich schläfrig.

Schweigen.

„Hallo-o-o!", rief ich verärgert.

Eine Stimme miaute in den Hörer.

„Riki, hör auf mit dem blöden Quatsch", sagte ich in scharfem Ton.

„Miauuuu."

„Riki?", fragte ich.

Schweigen.

„Verdammt – wer ist da?", rief ich wütend.

Ein schrilles Fauchen antwortete mir.

Ich legte den Hörer auf.

Das Fauchen hallte mir in den Ohren. Ein eiskalter Schauer lief mir über den Rücken. Ich musste mir die Decke über den Kopf ziehen, so sehr zitterte ich am ganzen Körper.

17

Meine Englischstunde war freitags immer direkt nach dem Mittagessen. Deshalb musste ich mich in der ersten Hälfte des Unterrichts zusammenreißen, um nicht einzuschlafen, weil ich vom Essen müde wurde.

Ich saß hinten im Klassenzimmer und starrte hinaus auf die dunklen Wolken und den schweren Regen. Ich hätte gerne zwei Zahnstocher gehabt, um damit meine Augenlider abzustützen.

Als es zur Pause klingelte, nahm ich meine Bücher und ging wie ein Schlafwandler auf den Flur.

Das Biologielabor befand sich zwei Stockwerke tiefer ganz am anderen Ende der Schule. Ich eilte den Gang entlang und versuchte, mich daran zu erinnern, wo ich meine Biohausaufgabe hingelegt hatte.

Zusammen mit ein paar Dutzend anderer Schüler schob ich mich durch die Tür vor der Treppe und ging die Stufen hinunter.

„Hey, Marty", rief jemand. „Viel Glück heute Abend!"

Am mittleren Treppenabsatz standen zwei Schüler, die sich heftig stritten.

Es waren Dwayne und Riki.

Statt sie auf mich aufmerksam zu machen, ging ich lautlos an ihnen vorbei und folgte der Masse die Treppe hinunter.

„Was hast du gesagt, Dwayne?", hörte ich Riki in scharfem Ton fragen.

„Welches Wort hast du denn nicht verstanden, Riki?",
gab Dwayne aufgebracht zurück. „Du treibst Marty
noch in den Wahnsinn. Es wird Zeit, dass du mit diesem
bescheuerten Katzentheater aufhörst. Ich will, dass du
ihn in Ruhe lässt! Kapiert? Marty muss sich auf Basketball konzentrieren."

„Ach so, alles klar", zischte Riki, als ich an ihnen vor-
beilief. „Jetzt drohst du mir auch noch, wie? Und was
machst du, wenn ich Marty nicht in Ruhe lasse?"

„Ich werde der ganzen Schule sagen, dass wir wegen
dir das Spiel verloren haben", drohte Dwayne.

Dann war ich außer Hörweite. Während der gesamten
Biologiestunde dachte ich über ihren Streit nach.

Ich beschloss, mit Dwayne zu reden und ihm zu sagen, dass ich meine Probleme selbst lösen könnte.

Egal, was für ein guter Freund Dwayne war, ich wollte trotzdem nicht, dass er mich verteidigte.

Riki kam nicht zum Spiel. Darüber war ich erleichtert.

Doch als das Team aufs Spielfeld rannte, entdeckte
ich Gayle auf der Tribüne.

„Was macht die denn hier?", murmelte ich.

„Wahrscheinlich sitzt sie dort oben, um uns mit ihrem
bösen Blick zu verhexen", gab Barry knurrend zurück,
der neben mir herlief.

Während des Spiels harmonierten Dwayne, Barry und
ich besser als je zuvor. Auch die anderen im Team
brachten Höchstleistungen, und so schlugen wir die
Truesdale Mustangs ziemlich hoch.

Ich war selten glücklicher oder aufgeregter. Der Sieg
qualifizierte uns für das Turnier auf bundesstaatlicher
Ebene.

Ich hatte das Gefühl, als könnten wir nicht mehr verlieren. Nicht mit unserem gigantischen Team. Was ich natürlich nicht wissen konnte, war, dass im Team sehr bald alles anders werden würde.

Ganz anders.

18

Nach dem Spiel schmissen wir eine wilde Party in der Umkleidekabine. Dann gingen alle nach Hause, total aufgekratzt und bereit für das Training am nächsten Montag.

Als ich von der Schule wegfuhr, war ich so aufgeregt, dass ich kaum noch klar denken konnte.

Ich fragte mich, ob das Turnier mir helfen würde, mein Stipendium doch noch zu bekommen. „Was mache ich, wenn nicht?", dachte ich. Das Stipendium bedeutete mir mehr als alles andere.

Natürlich waren die Noten auch wichtig.

Die Noten!

Meine Schulbücher waren in meinem Rucksack, der entweder in meinem Schließfach steckte oder irgendwo in der Sporthalle herumlag.

„Mist!", fluchte ich.

Dann drehte ich mitten auf der Division Street um und fuhr zurück zur Schule.

Als ich auf den Schülerparkplatz einbog, waren schon alle Lichter ausgeschaltet. Vermutlich war sogar das Hausmeisterpersonal schon heimgegangen. Keine Menschenseele war zu sehen.

Die Scheinwerfer meines Autos erleuchteten die Rückseite des Schulgebäudes.

Plötzlich schimmerte etwas im Lichtschein.

Es war Gayles rotes Haar, das im Wind flatterte, während sie über den Parkplatz rannte.

Ich beobachtete, wie sie in der Dunkelheit verschwand, und wunderte mich.

„Was macht die denn noch hier?", murmelte ich.

Ich hatte nur einen flüchtigen Blick auf ihr Gesicht werfen können. Doch sie hatte irgendwie wütend gewirkt. Ob sie vielleicht jemanden verfolgte?

Ich stieg aus meinem Auto und ging sie suchen. Doch es war zu dunkel, um hinter dem Parkplatz etwas erkennen zu können.

Also rannte ich zu der Tür, die Gayle offen gelassen hatte. „Glück gehabt", dachte ich. Ohne den Hausmeister, der die Schlüssel hatte, wäre ich nie ins Schulgebäude gekommen, um meinen Rucksack zu holen.

Ich betrat den dunklen Flur. Ein gelbes Licht brannte zwischen dem Ausgang und der Doppeltür zur Sporthalle.

Die Gummisohlen meiner Turnschuhe quietschten auf dem Fliesenboden, und das Geräusch hallte durch den leeren Gang.

Plötzlich schlug die Tür hinter mir zu. Ich zuckte zusammen.

„Hey, bleib ganz ruhig", sagte ich laut zu mir selbst.

Jetzt betrat ich die abgedunkelte Sporthalle und ging nach rechts. Ich tastete mit der Handfläche über die Wand, bis ich endlich einen Lichtschalter fand.

Mit einem Mal wurde die Sporthalle von Licht durchflutet.

Ich entdeckte meinen Rucksack in einer Ecke der Sitzbänke, die auf der Seite zur Straße hin standen. Erleichtert spurtete ich zu den Bänken hinüber, um ihn zu holen.

Doch als ich mich bückte und ihn aufheben wollte, sah ich etwas anderes unter den Sitzbänken. Ich konnte nichts Genaues erkennen.

War es ein Schuh?

Nein. Ich kniff die Augen zusammen und blinzelte. Da war doch noch etwas. Was hing an dem Schuh dran?

Ein Bein!

„Ohhhh." Ein leises Stöhnen stieg in meiner Kehle hoch. Der Rucksack fiel mir aus der Hand, und meine Beine fingen an zu zittern.

Vorsichtig trat ich noch einen Schritt näher und kniete mich auf den Boden, um einen Blick unter die Sitzbänke zu werfen.

Meine Hand fasste in etwas Nasses. Etwas Klebriges. Ich riss sie hoch. Blut! Warmes Blut.

Ein Schauer lief mir über den Rücken, und ich bekam eine Gänsehaut.

Ohne nachzudenken, wischte ich mir die Hand an meiner Jeans ab.

Und starrte fassungslos auf den reglosen Körper, der unter den Sitzbänken lag.

Er war total zerschunden.

Auch das Gesicht war voller Bisse und Kratzer.

Das Hemd war vollkommen zerrissen und hing in lauter Fetzen herunter. Und es war voller Blut.

Doch man konnte immer noch erkennen, dass es ein Hawaii-Hemd gewesen war.

„Dwayne!"

An seinem Hals klaffte eine Wunde. Genau an der Stelle, wo die Hauptschlagader war. Offentsichtlich war er verblutet.

„Neiiiiiin", heulte ich entsetzt auf.

Und dann wurde mein eigener Schrei von dem lauten und schrillen „Miauuu" einer Katze übertönt, das von der Tribüne kam.

Vor Schreck stockte mir der Atem.

19

„Warum hast du den Bullen denn nicht gesagt, dass du Gayle dort gesehen hast?", fragte Barry wütend, nachdem die Polizei unser Haus wieder verlassen hatte.

„Sie war es nicht", sagte ich beharrlich.

Die Polizei hatte mich erst in der Schule befragt und war später noch mal zu mir nach Hause gekommen. Meine Mutter hatte Barrys Mutter angerufen und ihr gesagt, was passiert war. Barry war sofort hergekommen. Auch ihm hatten die Polizisten Fragen gestellt.

Ich hatte zuerst Angst gehabt, die Polizei könnte glauben, ich hätte Dwayne umgebracht – schließlich klebte sein Blut an meiner Kleidung. Doch mich schienen sie nicht zu verdächtigen.

Als sie wieder weg waren, sagten Barry und ich ein paar Minuten lang gar nichts.

Ich konnte ihm nicht mal in die Augen sehen.

Die drei Musketiere gab es nicht mehr. Auch keine drei Clowns mehr. Auch keine Hawaii-Hemden mehr, keine blöden Witze.

Dwayne war tot.

„Woher willst du wissen, dass Gayle es nicht war?", widersprach Barry. „Sie war doch die Letzte, die noch in der Schule war, stimmt's?"

Ich saß im Wohnzimmer auf der Couch und streichelte Teddys Kopf. Barry lief rastlos im Zimmer auf und ab.

„Gayle ist keine Mörderin", sagte ich. „Du weißt doch

selbst ganz genau, dass sie nie jemanden umbringen würde."

„Siehst du denn nie Nachrichten, Mann?", stieß Barry hervor. „Genau das sagen die Freunde und Verwandten der Mörder doch auch immer! Sie machte immer einen netten und freundlichen Eindruck! Du liegst total falsch, Marty!"

„Du hast Dwaynes Körper nicht gesehen", sagte ich ruhig, fast gelassen. „Du hast nicht gesehen, was ihm angetan worden ist. Gayle *kann* das nicht gewesen sein. Verstehst du mich jetzt?"

Barry senkte den Kopf und starrte auf seine Füße. „Oh Mann, es … es tut mir leid", stammelte er betroffen. „Ich habe mir keine Gedanken darüber gemacht, wie es für dich gewesen sein muss, als du ihn so gefunden hast."

Er hob den Blick. „Wenn Gayle es nicht war – wer hat dann Dwayne umgebracht?"

Ich zuckte mit den Schultern. Ich konnte ihm nicht von der Katze erzählen, die ich gehört hatte, nachdem ich Dwaynes Leiche gefunden hatte. Oder von all dem anderen, was mir passiert war, seit die Katze in der Sporthalle zu Tode gestürzt war.

Barry wusste, dass irgendwas an der Sache faul war. Doch wenn ich ihm von meiner Vermutung erzählte, dass vielleicht eine Katze Dwayne getötet hatte, würde er mich für verrückt erklären.

Ganz bestimmt.

„Ach, Marty, das ist so schrecklich", stöhnte Kit. „Es tut mir so leid. Kann ich irgendwas für dich tun?"

„Es gibt nichts, was du oder sonst jemand tun könnte",

antwortete ich. Dann versagte meine Stimme, und ich schwieg.

„Sag mir einfach, wenn du mich brauchst", bot Kit an. „Ruf mich an, wenn du so weit bist – wenn du reden willst, okay?"

„Okay. Danke. Vielen Dank, Kit."

Ich hatte Kit die schlechte Nachricht erzählt. Jetzt gab es nur noch eins, was ich erledigen musste.

Ich musste mit Gayle reden.

Als ich an ihrer Haustür läutete, brannte innen Licht, doch niemand öffnete die Tür.

Gerade als ich wieder gehen wollte, hörte ich, wie die Haustür aufgeschlossen wurde und beim Öffnen knarrte.

„Wer ist da?", fragte eine heisere Stimme.

„Marty", antwortete ich und trat unter das Verandalicht.

„Ach, Marty!", stieß Gayle schluchzend aus. Sie riss die Tür weit auf. Ihr Gesicht war tränenüberströmt, und die Wimperntusche hatte schwarze Spuren auf ihren Wangen hinterlassen.

„Gayle, ich –", hob ich an. Doch Gayle hörte nicht zu. Sie warf beide Arme um mich und hielt mich fest.

„Marty, es tut mir so leid, dass ich so gemein zu dir war", sagte sie weinend.

„Er ist tot", murmelte sie nach einer Weile. „Ich kann einfach nicht glauben, dass er tot ist. Ich habe Dwayne immer gemocht. Im ersten Schuljahr war er der einzige Junge, der mich überhaupt wahrgenommen hat. Er hat mich immer zum Lachen gebracht. Ich glaube, ich werde nie wieder lachen können!"

Ich legte meine Arme um Gayle. Noch vor wenigen

Stunden war sie meine ärgste Feindin gewesen, doch jetzt umarmte ich sie fest.

„Es ist schon gut", flüsterte ich. „Es ist schon gut."

Schließlich löste sie sich aus der Umarmung. Sie trat einen Schritt zurück und wischte sich die Augen.

„Was für eine blöde Kuh bin ich doch", murmelte sie. „Dein bester Freund ist tot, und ich weine mich an deiner Schulter aus. Entschuldige, Marty."

„Wir können alle zusammen weinen", sagte eine andere Stimme.

Riki trat in den Flur und wischte sich die Tränen aus den Augen.

Ich nickte ihr zu. „Bist du okay?"

„Ich glaube schon."

„Gayle, ich muss dich etwas fragen", sagte ich.

„Alles, was du willst", bot sie bereitwillig an.

„Ich habe gesehen, wie du aus der Sporthalle gerannt bist", erzählte ich ihr. „Kurz bevor ich Dwaynes Leiche gefunden habe. Was hast du dort gemacht?"

20

Gayle starrte mich verstört an.

„Ja, ich war da. Und jetzt habe ich das Gefühl, mit schuld an Dwaynes Tod zu sein", würgte sie heraus.

„Wie meinst du das?", fragte ich.

„Ich bin nach dem Spiel noch in der Schule geblieben. Der Sportlehrer hat mir gesagt, ich könne den Fitnessraum benutzen. Plötzlich wurde mir klar, wie spät es war. Ich hatte einen Termin zum Babysitten und musste mich beeilen. Also habe ich mich in der Umkleidekabine umgezogen und bin durch die Sporthalle nach draußen gerannt. Wenn ich es nicht so eilig gehabt hätte, hätte ich vielleicht den Psychopathen gesehen, der Dwayne umgebracht hat", erklärte sie.

Sie schluchzte auf. „Aber ich war so in Eile … ach, Marty, ich werde alles tun, was ich kann, um zu helfen."

„Danke, Gayle", erwiderte ich. „Ich bin nicht sicher, dass irgendjemand etwas tun kann. Aber wenigstens hast du meine Frage beantwortet. Damit hast du mir schon sehr geholfen."

Dwayne wurde am Montagmorgen beigesetzt. Diejenigen von uns, die seiner Beerdigung beiwohnten, kamen erst um die Mittagszeit zur Schule.

Ich konnte mich am Nachmittag kaum auf den Unterricht konzentrieren. Später, als ich zum Basketballtraining trottete, hatte ich Dwayne vor Augen, wie er im Sarg lag.

Ich stieß die Tür zur Umkleidekabine auf. Der Rest des Teams war schon da.

Coach Griffins Augen waren rot, als hätte er geweint. Er gab jedem von uns eine schwarze Armbinde.

„Wenn ihr nicht wollt, müsst ihr sie nicht tragen", erklärte er. „Aber ich werde sie zu jeder Trainingsstunde und bei jedem Spiel tragen, zum Gedenken an Dwayne."

Alle Jungen zogen die Armbinden an.

Doch ich konnte nur wie erstarrt auf die schmale, elastische schwarze Armbinde in meiner Hand starren.

„Marty, was ist mit dir?", fragte der Coach.

„Ich weiß nicht, ob ich ohne ihn spielen kann", flüsterte ich.

Der Trainer schwieg einen Augenblick lang. Ich erwartete, dass er mich aufmuntern würde, dass er mir sagen würde, meine Gefühle des Verlusts würden schon vorbeigehen.

Schließlich hatte Shadyside noch nie das Turnier auf Bundesebene gewonnen, und Coach Griffin wollte die Trophäe sicher mehr als alles andere.

„Wenn dir nicht nach Spielen zumute ist, Marty, können wir das alle gut verstehen", sagte er schließlich.

„Ich aber nicht", murmelte Barry.

„Wie bitte?", fragte ich.

Barry saß auf einer Bank an der gegenüberliegenden Wand und lehnte mit dem Rücken an einer Reihe grauer Metallschränke. „Ich habe gesagt, dass ich es nicht verstehen kann", wiederholte er und sah mich böse an.

Barry und ich hatten seit dem Abend, an dem Dwayne gestorben war, nicht viel miteinander geredet. Wahrscheinlich waren wir beide so verstört, dass es zu schmerzhaft gewesen wäre, einander zu treffen.

„Wie kannst du überhaupt daran *denken*, nicht zu spielen?", fragte Barry aufgebracht. „Dwayne war nicht nur dein bester Kumpel, Marty – nein, er war auch mein Freund. Schließlich waren wir die drei Musketiere, oder hast du das etwa schon vergessen? Wir waren nicht bloß zwei."

„Das weiß ich", gab ich zu.

„Es ist mir egal, ob wir gewinnen oder verlieren", sagte Barry. „Aber Dwayne hätte gewollt, dass wir mitspielen."

Ich starrte ein paar Sekunden lang auf meine Basketballschuhe. Dann hob ich den Kopf und sah Barry direkt in die Augen.

„Mitspielen reicht nicht", sagte ich zu ihm, während ich mir die schwarze Armbinde überstreifte. „Wir werden das Turnier für Dwayne gewinnen."

„Für Dwayne!", wiederholte das Team einstimmig.

Dann machten wir uns an die Arbeit.

So hart hatten wir noch nie trainiert.

Während des Trainings saßen Riki und Gayle mit ein paar anderen Mädchen hoch oben auf der Tribüne. Barry und ich winkten ihnen zu, und sie winkten zurück. Dieses Mal schauten mehr Schüler beim Training zu als üblich. Ich schob es der Aufregung über das bevorstehende Turnier zu.

„Willst du heute Abend zusammen mit mir lernen?", fragte Barry mich nach dem Training in der Umkleidekabine.

„Ich habe von sechs bis neun Schicht im Tierheim.

Was hältst du davon, wenn ich hinterher zu dir komme?", schlug ich vor.

„Cool." Er nickte. „Ach ja – kannst du mich mitnehmen und zu Hause absetzen?"

„Kein Problem", stimmte ich zu. „Aber beeil dich, okay?"

Mir war klar, dass ich schnell nach Hause fahren und zu Abend essen musste, wenn ich pünktlich zur Arbeit im Tierheim erscheinen wollte. Nur noch ein paar Schichten, dann würde meine Strafe abgearbeitet sein. Ich konnte es kaum erwarten.

Also duschte ich rasch und zog mir meine Klamotten an.

„Barry, mach schnell, okay?", rief ich in die Duschkabine.

„Ich bin gleich fertig", versprach er.

„Gehst du schon, Marty?", fragte Kevin Hackett, während er sich seinen Rucksack über die Schulter warf.

„Ja", antwortete ich. Dann rief ich Barry zu: „Ich warte an der Hintertür auf dich!"

„Okay!"

Kevin und ich verließen das Gebäude durch den Hinterausgang.

Wir unterhielten uns noch ein paar Minuten. Hauptsächlich redeten wir über unsere Schulfächer. Wir waren zusammen in Geschichte, und er schien auf die Prüfung auch nicht besser vorbereitet zu sein als ich.

Ein paar Autos von Lehrern standen noch auf dem Lehrerparkplatz. Mir fiel auf, dass heute mehr Lehrer als gewöhnlich länger in der Schule geblieben waren.

Die Seitentür zur Sporthalle stand offen. Das war die

Tür, durch die Gayle an dem Abend hinausgerannt war, an dem Dwayne ermordet worden war.

Während ich an Gayle dachte, tauchte sie wieder an der Tür auf. Nervös schaute sie auf ihre Armbanduhr und klopfte mit dem Fuß auf den Asphalt. Sie sah mich nicht, und ich machte mich auch nicht bemerkbar.

„Wo bleibt Barry bloß so lange?", sagte ich ungeduldig und warf auch einen Blick auf meine Uhr.

„Ach, da kommt mein Dad", verkündete Kevin. „Ich muss gehen." Er lief eilig zum Wagen seines Vaters.

Als Kevin und sein Vater wegfuhren, bog gerade ein Streifenwagen auf den Schülerparkplatz ein. Der Polizeibeamte am Steuer parkte und stellte den Motor ab, doch er stieg nicht aus. Stattdessen blieb er sitzen und beobachtete aufmerksam den Parkplatz. Die Polizei überwachte also nach dem Training und nachts unsere Schule. Anscheinend vermuteten sie, dass der Mörder an den Tatort zurückkehren könnte.

Nervös kaute ich auf meiner Unterlippe herum. Und sah wieder auf die Uhr.

„Komm schon, Barry", murmelte ich.

Anscheinend brauchte er eine Extraeinladung, also machte ich die Hintertür auf und marschierte zurück in die Umkleidekabine.

„Komm jetzt, wir wollen gehen!", rief ich. „Sonst komme ich noch zu spät!"

Doch ich konnte Barry nirgends entdecken.

„Barry, beeil dich!", rief ich. Dann warf ich einen Blick in die Duschräume. Kein Zeichen von Barry.

In der Umkleidekabine war er auch nicht. „Ach, verdammt", fluchte ich leise und schüttelte den Kopf.

„Barry?"

Keine Antwort.

Ich stieß die Tür zur Sporthalle auf. „Barry, wo steckst du?", rief ich. Jemand hatte die Lichter ausgeschaltet. Meine Stimme hallte durch die Dunkelheit.

Ich starrte angestrengt umher. Da fiel mein Blick auf einen regungslosen, zusammengekrümmten Haufen, der in der Mitte des Spielfelds lag.

„Oh nein … bitte nicht!", schrie ich innerlich auf. „Neiiiin!"

21

Mit laut klopfendem Herzen starrte ich auf die bewegungslose Gestalt auf dem Holzboden.

Ich blinzelte mit den Augen. Wieder und wieder. Meine Augen gewöhnten sich langsam an das Dämmerlicht.

Mit zitternder Hand tastete ich die Wand nach dem Schalter ab – es war alles genau so wie vor ein paar Tagen, als ich Dwaynes Leiche gefunden hatte … Dann ging das Licht an.

Mitten in der Sporthalle auf dem Boden lag Barrys grüner Rucksack.

Es war nicht Barry.

Nicht Barry!

Es war Barrys Rucksack.

Ich rannte quer durch die Halle und wollte den Rucksack aufheben. Als ich mich bückte, hörte ich Stimmen vor den Türen zur Sporthalle. Eilig lief ich zur Doppeltür, die einen Spalt offen stand.

„Barry?", rief ich, während ich eine der Türen aufstieß.

Im Flur stand Barry. Er hatte die Arme um Riki gelegt. Sie küssten sich, doch als sie mich sahen, stoben sie hastig auseinander.

„Oh! Hey, Marty", stammelte Barry verlegen.

Riki lächelte. „Hallo, Marty."

„Hallo, ihr zwei", antwortete ich.

Die beiden waren offensichtlich ein Paar. Das war

okay, soweit es mich betraf. Barry brauchte eine Freundin. Und ich hatte klargestellt, dass ich kein Interesse an Riki hatte.

Ich grinste Riki an. „Jetzt weiß ich, warum Gayle draußen wartet und dauernd auf die Uhr schaut!"

„Huch!", sagte Riki kichernd. „Hoffentlich ist sie nicht zu sauer auf mich. Ich … na ja … ich bin aufgehalten worden." Dabei strahlte sie Barry an.

„Hör zu, Barry, ich muss jetzt los. So wie es aussieht, komme ich jetzt schon zu spät zur Arbeit", erklärte ich. „Tut mir leid, dass ich nicht länger auf dich warten kann."

„Das macht nichts", erwiderte er. „Kein Problem. Vielleicht kann Gayle mich heimfahren."

Ich gab Barrys Rucksack einen Schubs und ließ ihn über den Boden gleiten, bis er vor seinen Füßen landete.

„Also bis nachher?", fragte Barry.

„Ich werde mein Bestes tun", versprach ich.

„Du hast dich verspätet, Marty", schimpfte meine Chefin im Tierheim.

„Tut mir leid, Carolyn. Ich habe noch nicht mal eine gute Ausrede", gab ich zu.

„Diesmal drück ich ein Auge zu. Wie geht es dir?", fragte sie, wobei ihre Miene wieder freundlich wurde. Sie sah mich prüfend an.

„Ach, den Umständen entsprechend", sagte ich. „Manchmal kann ich einfach nicht glauben, dass Dwayne tot sein soll – wissen Sie, was ich meine? Ich kann mir nicht vorstellen, wie es sein wird, ihn nie wieder zu sehen."

Carolyn legte ihre Hand auf meine Schulter. „Ich weiß, es ist hart. Aber du wirst schon damit fertig werden."

Sie seufzte. „Ich wünschte, ich könnte hierbleiben und mich mit dir darüber unterhalten, Marty. Aber ich muss dringend los. Als Erstes solltest du jedoch unseren Neuankömmling kennenlernen. Er heißt Brutus."

„Brutus?"

Sie führte mich zu den Zwingern.

„Heute habe ich den ganzen Keller durchsucht, bis ich diesen Käfig gefunden habe", erklärte Carolyn.

Ich starrte Brutus an. Sein Käfig war viel größer als alle anderen und stand ein wenig abseits am Ende der Reihe.

„Wow!", stieß ich überrascht aus und näherte mich dem riesigen Tier. „Ich wusste gar nicht, dass Sie hier auch Werwölfe beherbergen!"

Carolyn lachte nicht über meinen Witz.

„Halte dich fern von ihm, Marty", warnte sie mich. „Brutus ist gefährlich. Morgen früh kommt der Tierarzt, um ihn einzuschläfern."

Ich sah die riesige Promenadenmischung mit großen Augen an. Der Hund wog bestimmt hundert Kilo!

Er bellte und knurrte nicht. Doch ich hielt mich trotzdem auf sichere Distanz.

Als ich noch klein war, hatte mein Vater mir gesagt, dass ruhige Hunde oft gefährlicher waren als Kläffer, weil man nie wusste, was man von ihnen erwarten konnte.

Nachdem Carolyn sich verabschiedet hatte, fütterte ich alle Hunde und Katzen. Brutus bewegte sich unruhig, als ich den Napf in seinen Käfig stellte. Er senkte den Kopf und starrte mich mit seinen bernsteinfarbenen Augen an.

Ein paar Katzen liefen nervös in ihren Käfigen auf und ab, doch insgesamt war es still im großen Zwingerraum.

Ich holte einen Besen aus dem Besenschrank und fing an, den Boden zu kehren. Ich befand mich mitten im Raum – auf dem Gang zwischen den Katzen und Hunden –, als ich ein Geräusch hörte.

Ein leises Kratzen.

Dann ein Schritt.

Ich lehnte mich an den Besenstiel und lauschte. Mein Mund wurde trocken, und meine Kehle war wie zugeschnürt.

Wieder ein Schritt.

Ich packte den Besenstiel so fest, dass meine Hände wehtaten und die Knöchel weiß hervortraten.

„Wer – wer ist da?", brachte ich mühsam heraus.

Keine Antwort.

„Hey – wer ist da?", rief ich.

Ich hörte wieder Schritte. Sie kamen von der entgegengesetzten Seite.

Danach ein neues Geräusch. Das Klicken von Metall.

Einer der Hunde schlug an. Dann fing ein zweiter an zu bellen. Und plötzlich bellten alle Hunde.

Ich nahm den Besen wie eine Waffe und machte einen Schritt in die Richtung, aus der die unheimlichen Geräusche kamen.

Da fingen die Katzen an zu miauen.

Ein weiteres metallisches Klicken übertönte den Lärm der Tiere.

Irgendwo schlug die Tür eines Käfigs zu.

Die Katzen miauten und fauchten. Die Hunde bellten wie verrückt.

„Hey!", rief ich.

Eine Katze tauchte im Gang auf.

„Was –?" Ich keuchte vor Schreck.

Eine zweite Katze gesellte sich zu der ersten.

Ich hörte eine weitere Käfigtür, die mit einem „Klick!" aufging.

Noch zwei Katzen näherten sich mit gekrümmtem Buckel über den Gang. Als sie mich anfauchten, funkelten ihre Zähne im Licht.

Ich wich einen Schritt zurück. „Was läuft hier eigentlich?", schrie ich entsetzt.

Irgendjemand öffnete die Käfigtüren! Wer war da?

„Bitte –", fing ich an.

Noch eine Käfigtür ging auf. Immer mehr Katzen drängten sich auf dem Gang. Während die Hunde wie wild bellten und jaulten.

Plötzlich stürzte sich eine gelbe Katze mit gezückten Krallen auf mich.

„Neiiin!" Ich wich zurück.

Jetzt hörte ich wieder ein lautes Klicken. Es kam ganz aus der Nähe.

Doch da war niemand.

Die Katzen kamen mit ausgefahrenen Krallen näher und immer näher. Feindselig streckten sie die Schwänze in die Luft und machten einen Buckel.

„Wer ist da? Was geht hier vor?", schrie ich schrill.

Die Katzen liefen schneller. Ihre Augen glühten. Es waren bedrohliche Augen. Kalte Augen.

Ich trat zurück. Einen Schritt. Dann noch einen Schritt.

Das Fauchen und Miauen war ohrenbetäubend, doch ich musste es ignorieren. Ich durfte jetzt nicht den Kopf verlieren.

Langsam bildeten die Katzen einen Kreis und umzingelten mich.

Ein Dutzend gefährlich fauchender Katzen.

Sie bleckten die Zähne.

Hoben die Krallen.

Dann sprangen sie mich an.

22

„Neiiiin!"

Ein heiseres Schluchzen stieg aus meiner Kehle hoch.
Ich hob mit beiden Händen den Besen wie einen Schild
hoch.

Zwei schreiende Katzen sprangen mir auf die Brust.

Ich fing sie mit dem Besenstiel ab – und schleuderte
sie quer über die Käfigreihen hinweg.

„Marty – um Gottes willen, was tust du da?"

Eine Stimme übertönte das Bellen und Fauchen der
Tiere.

Ich stolperte rückwärts, bis ich gegen die Wand
schlug.

Die Katzen wichen zurück. Jetzt waren sie still und
starrten mich feindselig mit ihren glühenden Augen an.

Das Bellen der Hunde verstummte.

Wie betäubt rang ich nach Luft. Der Schweiß rann mir
von der Stirn, und ich zitterte am ganzen Körper.

Carolyn betrat den Gang. Vor Schreck hatte sie die
Augen weit aufgerissen. „Marty – was soll das?"

Der Besen fiel mir aus der Hand.

Carolyn hob eine schwarze Katze auf und setzte sie
behutsam zurück in ihren Käfig. Jetzt schnurrten alle
Katzen sanft.

„Je-jemand war hier!", sagte ich keuchend und
schluckte schwer. „Irgendjemand hat sie aus den Käfigen befreit."

Carolyn drehte sich um und sah sich suchend im

Raum um. „Wer war hier?" Sie wandte sich wieder zu mir um. Ihr Gesicht wirkte besorgt. „Marty, die Tür ist abgeschlossen. Niemand konnte von außen hereinkommen."

„Nein, es war wirklich so", beharrte ich. Mein Herz hämmerte immer noch laut.

Carolyn sammelte noch mehr Katzen ein und setzte sie wieder in ihre Käfige. Ich rührte mich nicht von der Stelle an der Wand. Meine Beine zitterten immer noch so stark, dass ich keinen Schritt laufen konnte.

„Sie ... haben mich angegriffen!", sagte ich zu ihr. „Jemand hat die Käfige aufgemacht und –"

„Marty, wir müssen uns unterhalten", sagte Carolyn in strengem Ton. Sie zeigte auf die Tür. „Bitte, geh ins Büro und setz dich."

Gehorsam verließ ich den Zwingerraum und ging zum Büro. Auf dem Weg dorthin nahm ich einen Schluck aus dem Wasserspender.

Ich wollte endlich aufhören zu zittern!

Ein paar Minuten später folgte Carolyn mir in ihr Büro. Sie kaute auf ihrer Unterlippe herum und betrachtete mich nachdenklich, während sie hinter ihrem Schreibtisch Platz nahm.

„Carolyn –", fing ich an.

Doch sie hob die Hand, um mich zum Schweigen zu bringen. „Marty, ich weiß, dass du einen schweren Schock erlebt hast", sagte sie sanft. „Aber dir muss doch klar sein, dass *du* es warst, der die Käfige aufgemacht hat. *Du* hast die Katzen herausgelassen."

„Nein", beharrte ich. „Hören Sie –"

Sie schüttelte den Kopf. „Marty, hier ist sonst niemand. Du warst mit den Tieren allein. Ganz allein. Ich bin bloß zurückgekommen, weil ich meine Handtasche vergessen hatte. Und du warst da. Die Käfige standen offen. Die Katzen waren überall im Raum."

„Aber – sie haben mich angegriffen!", schrie ich verzweifelt.

Wieder schüttelte sie den Kopf. Dann legte sie nachdenklich einen Finger auf ihren Mund. „Ich habe gesehen, dass du sie angegriffen hast", sagte sie. „Ich habe gesehen, dass du den Besen geschwungen hast. Die Katzen haben dich nur beobachtet."

„Nein!", stieß ich aus. „Sie müssen mir glauben!"

„Ich glaube, dass du unter starkem Druck stehst. Und dass du fertig mit den Nerven bist. Vielleicht stehst du auch unter Schock", erwiderte Carolyn. „Ich fahre dich jetzt nach Hause, Marty. Und ich möchte, dass du mit deinen Eltern redest, vielleicht auch mit einem Arzt. Und dass du dir genügend Zeit nimmst, um über die Sache mit deinem Freund hinwegzukommen."

Sie stand auf und legte mir die Hand auf die Schulter. „Ich mache mir Sorgen um dich. Ernste Sorgen."

Ich machte mir auch Sorgen um mich.

Konnte es sein, dass Carolyn recht hatte? Stand ich wirklich unter Schock?

War etwa ich es gewesen, der die Katzen aus ihren Käfigen gelassen hatte?

Nein, das war unmöglich.

Doch konnte ich mir dessen sicher sein?

„Ich ... ich kann selber nach Hause fahren", sagte ich und stand unsicher auf.

„Es tut mir echt leid", murmelte ich. „Ich – ich muss immer noch fünf Stunden ableisten. Möchten Sie, dass ich –"

„Ich möchte, dass du wiederkommst, wenn du glaubst, dass du so weit bist", sagte sie. „Bist du sicher, dass ich dich nicht doch lieber nach Hause bringen soll?"

„Nein, danke. Mein Auto steht draußen."

Sie ließ ihre Hand auf meiner Schulter, während ich mit ihr zur Tür ging. Dann blieb sie im Türrahmen stehen und sah mir nach, als ich rückwärts aus meiner Parklücke fuhr und auf die Straße einbog.

„Irre", sagte ich laut und bog in Richtung Fear Street ab. „Puh. Wahnsinn."

Ich fühlte mich immer noch ganz zittrig. Und hatte überhaupt keine Lust, nach Hause zu fahren. Ich wollte meinen Eltern nicht erzählen, was mir passiert war. Doch ich musste dringend mit jemandem darüber reden.

Also fuhr ich zu Barry.

Das Haus lag im Dunkeln, als ich auf die Auffahrt abbog. „Komisch", wunderte ich mich. Er wusste doch, dass ich nach der Arbeit vorbeikommen wollte.

Ich stieg aus dem Auto – und stolperte über das Dreirad seines kleinen Bruders. „Aua!" Ich stürzte auf die geteerte Auffahrt und schürfte mir die Hand auf.

„Heute Abend läuft aber auch alles schief", murmelte ich. Dann stand ich mühsam auf, klopfte den Dreck ab und ging zur Haustür.

Zu meiner Überraschung stand die Tür ein paar Zentimeter weit auf.

„Ziemlich nachlässig", dachte ich.

Ich stieß die Tür ein Stück weiter auf und spähte ins Wohnzimmer. Es lag ganz im Dunkeln.

„Ist jemand zu Hause?", rief ich ins Zimmer. „Hey, Barry – bist du da?"

Keine Antwort.

Ich trat einen Schritt ins Zimmer. „Barry? Bist du zu Hause? Ich bin's, Marty!"

Schweigen.

„Hey – du hast die Tür offen gelassen!", rief ich.

Immer noch keine Antwort. Daher beschloss ich, auch im hinteren Teil des Hauses nach Barry zu suchen.

Ich machte ein paar Schritte auf den Flur zu – und stolperte über etwas Weiches, Schweres, das auf dem Wohnzimmerboden lag.

23

„Oh nein!"

Dann ging ich in die Knie. „Barry? Barry?"

Mit einem heiseren Schrei hob ich die Hand – und tastete nach dem Schalter einer Tischlampe. Ich knipste sie an.

Und sah, über was ich gestolpert war.

Es war nicht Barry.

Es war ein zusammengerollter Teppich.

Ich stieß einen langen Seufzer der Erleichterung aus. „Marty, du drehst noch durch", sagte ich mir. „Du bist am Überschnappen."

„Hey – ist da jemand?", ertönte da plötzlich Barrys Stimme aus dem hinteren Teil des Hauses.

Ich sprang auf. Erst hörte ich ein Flüstern, dann das Kichern eines Mädchens.

„Ich bin's", rief ich. Ich stieg über den Teppich und ging eilig ins hintere Wohnzimmer.

Dort fand ich Barry und Riki, die eng – sehr eng sogar – nebeneinander auf der Ledercouch saßen.

Barry hatte Flecken von dunkelrotem Lippenstift auf der Wange. Rikis Haar hing ihr wirr ins Gesicht. Barry hatte den Arm um ihre Schulter gelegt.

„Aber hallo!", begrüßte Barry mich mit einem Grinsen. „Was gibt's, Marty? Wir haben gerade … äh …"

Riki rutschte ein Stück weg von ihm. Sie strich sich mit beiden Händen die Haare aus dem Gesicht.

„Die Tür stand offen", erklärte ich und zeigte verunsichert in die Richtung der Haustür. „Ich wollte nicht –"

„Ich dachte, du arbeitest heute Abend im Tierheim", sagte Riki und zupfte ihren Pullover zurecht. „Barry hat gesagt, du kommst erst später."

„Ich – ich musste schon früher gehen", stammelte ich. „Wisst ihr, es ist was ganz Seltsames passiert. Und Carolyn fand, ich sollte lieber nach Hause gehen und …"

„Wer ist Carolyn?", fragte Riki.

„Sie ist meine Chefin", erklärte ich. „Also jemand hat die Katzen aus den Käfigen gelassen. Und dann …"

„Wie bitte?", unterbrach Barry mich.

„Die Katzen sind alle aus den Käfigen entwischt", wiederholte ich. „Und sie haben mich angegriffen. Sie haben mich gegen die Wand gedrängt. Wenn Carolyn nicht ihre Handtasche vergessen hätte …"

Ich verstummte, weil ich merkte, wie ungläubig sie mich anstarrten.

Sie nahmen mir kein Wort von dem ab, was ich erzählte. Und warum sollten sie auch?

Was ich sagte, ergab keinen Sinn.

Die ganze Geschichte ergab keinen Sinn.

Sie glaubten mir nicht – und sie wollten keine wilde Story über Käfige hören, die von allein aufgingen, und über Katzen, die Menschen anfielen. Sie wollten allein sein.

All das konnte ich von ihren Gesichtern ablesen.

Barry stieß einen Seufzer aus. „Vielleicht sollte ich dich später anrufen?", schlug er vor. Er gab mir mit den Augen ein Zeichen zu verschwinden.

„Ja. In Ordnung." Ich hatte seinen Hinweis kapiert.

„Bist du okay, Marty?", fragte Riki. „Du wirkst irgendwie so … so durcheinander."

„Nein, ich bin okay", murmelte ich. „Also bis später."

Ich drehte mich um und verließ hastig das Zimmer. Ich eilte durch das dunkle Wohnzimmer und wäre beinahe wieder über den zusammengerollten Teppich gestolpert.

„Huch!" Erschrocken schrie ich auf, hüpfte über den Teppich und raste aus dem Haus.

Und rannte in einen großen grauhaarigen Mann, der den Weg zum Haus heraufkam.

Wir stießen beide einen überraschten Schrei aus.

„Wer bist du?", fragte der Mann streng. Er kniff die Augen zusammen und musterte mich prüfend.

„Ein Freund von Barry", erwiderte ich atemlos.

Er nickte, ohne seinen Blick von mir abzuwenden. „Ich bin ein Nachbar", sagte er und zeigte auf das Haus gegenüber. „Ich sah, dass die Haustür offen stand. Deswegen bin ich gerade herübergekommen, um nachzusehen, ob alles in Ordnung ist."

„Ja, es ist alles okay", sagte ich. „Ich glaube, Barry hat bloß vergessen, sie richtig zuzumachen."

Der Nachbar musterte mich weiterhin. Dann grunzte er und drehte sich um, um zurück in sein Haus zu gehen. „Angenehmen Abend noch", murmelte er.

„Mal sehen", erwiderte ich leise.

Es war überhaupt kein angenehmer Abend, fand ich. Es war in Wirklichkeit sogar einer der unheimlichsten Abende, die ich je erlebt hatte.

Ich hatte jedoch keine Ahnung, dass er noch viel schlimmer enden sollte.

24

Am nächsten Morgen klopfte meine Mutter kurz nach sieben an meine Zimmertür. Ein heftiger Regen trommelte gegen die Fensterscheiben, und graue Wolken verdunkelten den Himmel.

Am liebsten hätte ich den Kopf unter mein Kissen gesteckt und weitergeschlafen. Doch mein Wecker hatte sich schon zweimal gemeldet. Wenn ich auch noch den dritten Weckalarm abwartete, würde ich auf alle Fälle zu spät in die Schule kommen.

„Marty? Bist du schon wach?", rief Mum aus dem Flur.

„Ja!", stöhnte ich. „Ich bin wach. Ich stehe in ein paar Minuten auf."

„Kann ich hereinkommen?"

„Klar", antwortete ich.

Als sie die Tür öffnete, sah ich, dass sie geweint hatte. Ihre Augen waren rot und geschwollen. Sie strich sich durch das Haar und sagte: „Zieh dich an und komm schnell nach unten, Marty."

„Was ist los, Mum?", fragte ich. „Was ist denn passiert?"

„Marty", flüsterte Mum und wischte sich eine Träne von der Wange. „Unten sind Polizeibeamte, die mit dir reden wollen."

Mein Herz setzte einen Moment lang aus. Polizeibeamte.

Ich zog Jeans und ein Sweatshirt an. Dann folgte ich meiner Mutter die Treppe hinunter.

Warum weinte sie? Die Frage ließ mir keine Ruhe, während ich ins Wohnzimmer ging. Dort standen zwei uniformierte Polizisten und unterhielten sich flüsternd.

„Officer Martinez, Officer Lambert, das ist mein Sohn Marty", stellte meine Mutter mich vor.

„Hi", murmelte ich.

„Marty, setz dich bitte", sagte Officer Martinez. Es ging mir gegen den Strich, dass er mir in meinem eigenen Haus einen Stuhl anbot.

Ich setzte mich und wartete. Die Polizeibeamten schwiegen ein paar Sekunden.

„Geht es um gestern Abend?", fragte ich, als ich das Warten nicht mehr aushielt.

„Was war denn gestern Abend?", fragte Officer Lambert und kniff die Augen zusammen.

„Im Tierheim", erklärte ich. „Jemand hat die Käfige aufgemacht und –"

Die Polizisten warfen einander einen Blick zu, dann schauten sie meine Mutter fragend an. Schließlich wandten sie sich wieder an mich.

„Nein. Es geht nicht um das Tierheim", sagte Lambert.

„Marty, als du das Tierheim verlassen hast – bist du dann noch irgendwo hingegangen?", fragte Martinez.

„Na klar", sagte ich und zuckte mit den Schultern. „Ich bin zu meinem Freund Barry gefahren. Wir wollten zusammen lernen. Aber seine Freundin war da, deswegen bin ich gleich wieder gegangen."

„Seine Freundin?", fragte Lambert. „Meinst du Riki Crawford?"

„Ja", bestätigte ich. „Sagen Sie, ist im Tierheim vielleicht irgendwas passiert, nachdem ich weggefahren bin? Ist mit Carolyn alles in Ordnung?"

„Mit ihr ist alles in Ordnung, Marty", versicherte Officer Martinez.

Dann setzte mein Herz vor Schreck aus.

„Oh nein", flüsterte ich. „Sagen Sie bitte nicht, dass Barry etwas zugestoßen ist. Bitte –"

Die Polizeibeamten senkten den Blick. Lambert biss sich auf die Lippe, bevor er antwortete.

„Es tut mir leid, Marty", sagte er leise. „Jemand hat gestern Abend deinen Freund Barry ermordet. Er ist mit Kratzwunden und mit Bissspuren aufgefunden worden."

25

„Dwayne und Barry", stammelte ich. „Dwayne und Barry. Das kann nicht sein, das ist doch unmöglich!"

„Ach, Marty, es ist so schrecklich", schluchzte meine Mutter und schüttelte den Kopf. Ihr Kinn zitterte. „Es tut mir so leid."

Sie legte beide Arme tröstend um mich.

Ich saß im Stuhl und starrte ins Leere. Ich konnte sie nicht umarmen.

Ich konnte nicht mal weinen.

„Marty? Brauchst du ein paar Minuten Zeit?", fragte Martinez. „Wir können später wiederkommen."

Die Frage des Polizisten brachte mich zurück in die Gegenwart.

„Nein. Nein, ist schon okay", murmelte ich. „Was möchten Sie von mir wissen?"

Meine Mutter ging um die Couch herum und setzte sich neben mich. Die beiden Polizeibeamten standen immer noch, was mich ganz nervös machte.

Sie starrten mich an wie zwei hungrige Aasgeier.

„Vielleicht ziehst du es vor, unsere Fragen in Gegenwart eines Anwalts zu beantworten? Du musst auch nicht aussagen", erklärte Officer Martinez. „Wir sind dazu verpflichtet, dich über deine Rechte zu informieren."

Ich schüttelte den Kopf. „Ich werde Ihre Fragen beantworten. Ich will doch helfen."

„Um wie viel Uhr hast du gestern Abend Barrys Haus verlassen, Marty?", fragte Lambert.

„Ich weiß nicht." Ich zuckte mit den Schultern. „Kurz vor zehn, glaube ich. Riki kann sich vielleicht noch besser daran erinnern. Sie war immer noch bei ihm, als ich gegangen bin."

„Ein Nachbar hat dich gesehen, als du vom Haus weggerannt bist", sagte Lambert mit bohrendem Blick. „Er sagt, du hättest sehr aufgeregt und durcheinander gewirkt."

„Moment mal!", rief ich. „Sie glauben doch nicht etwa, ich hätte ihn umgebracht? Sie spinnen ja total, Mann!"

Die Polizeibeamten hoben die Augenbrauen.

Dann zuckte Martinez mit den Schultern. „Betrachte die Sache mal von unserer Sicht aus, Marty", fing er an. „Wir kennen jeden Zwischenfall, in den du in den letzten Wochen verwickelt warst."

„Was?", schrie ich aufgebracht. „Wovon sprechen Sie?"

Er nickte. „Zuerst die Katze, die in der Sporthalle getötet wurde. Dann hast du dich vor dem Schülergericht ganz seltsam benommen. Du hast allen gesagt, du hättest eine tote Katze gesehen, wo gar nichts war. Dann warst ausgerechnet du derjenige, der Dwayne Clarks Leiche gefunden hat."

Mir wurde schlecht. Ich konnte dem, was er sagte, nicht widersprechen.

„Und schließlich die Sache gestern Abend im Tierheim", fuhr der Polizist fort. „Die Leiterin hat uns erzählt, dass die Katzen alle frei herumliefen, als sie noch einmal zurückkehrte. Und dass du mit einem Besen auf die Tiere losgegangen seist."

„Das ist verrückt!", mischte meine Mutter sich ein.

„Dwayne und Barry waren die besten Freunde meines Sohns!"

„Ich bin kein Mörder!", schrie ich. „Okay. Okay. Ich habe die Katze getötet. Aber das war ein Unfall. Ich könnte nie jemandem wehtun. Schon gar nicht meinen besten Freunden!"

Martinez machte beschwichtigende Handbewegungen, um mich zu beruhigen.

„Tut mir leid", murmelte ich. „Das – das hat mich aufgeregt. Ich weiß nicht mehr, was ich sage. Sie glauben doch nicht wirklich, dass ich Barry umgebracht habe, oder?"

„Nein, nicht wirklich", erwiderte Martinez. „Aber wir müssen jeder Spur nachgehen. Riki Crawford hat uns gesagt, dass du das Haus verlassen hast, bevor sie gegangen ist. Sie ist um elf gegangen und hat Barry angerufen, sobald sie zu Hause war. Um halb zwölf war mit ihm noch alles in Ordnung."

„Das gibt dir ein Alibi", sagte Officer Lambert.

„Es ist auch *ihr* Alibi", fügte Martinez hinzu.

Die Beamten standen auf, um zu gehen. Da packte Martinez seinen Partner am Arm, und sie wandten sich zu mir um.

„Noch eine Frage", sagte Officer Martinez. „Hast du nicht gesagt, die Haustür hätte offen gestanden, als du dort ankamst?"

„Ja."

„Deine Bekannte Riki erinnert sich daran, dass du die offene Haustür erwähnt hast", fuhr Martinez fort. „Aber sie schwört, dass die Haustür verschlossen war, als sie und Barry sich in das Hinterzimmer gesetzt haben."

„Ich verstehe nicht recht", sagte ich total verwirrt.

„Wollen Sie damit sagen, dass der Mörder vielleicht schon im Haus war, als Marty dort ankam?", erkundigte sich meine Mutter.

Die Polizisten nickten. Ich sah ihnen nach, als sie zur Tür gingen, und blieb wie gelähmt in meinem Stuhl sitzen.

Natürlich wurde der Schulunterricht abgesagt. Miss Bevan, die Vizerektorin, rief meine Mutter an und sagte, dass sie die Schulpsychologen beauftragt hätten, mit den Schülern über die beiden Morde zu reden.

Mum sagte, ich sollte hingehen und mit ihnen sprechen. Aber ich hatte echt keine Lust, mich mit jemandem darüber zu unterhalten.

Was gab es dazu zu sagen?

Ich blieb den ganzen Vormittag in meinem Zimmer und war wie betäubt. Ich konnte nicht nachdenken. Ich konnte nicht weinen. Ich konnte überhaupt nichts tun.

Gegen Mittag ging ich die Treppe hinunter und machte mir ein Sandwich. Ich nahm einen Bissen, brachte den Rest aber nicht hinunter.

Eine Weile blieb ich in der Küche sitzen und starrte auf das Sandwich. Dann ging ich zum Telefon und rief Kit an.

„Marty, wie geht es dir?", erkundigte sie sich.

„Ich – ich weiß nicht. Ich glaube, ich stehe unter Schock. Ich kann nicht mehr klar denken."

„Ich bin auch völlig am Ende", erwiderte Kit. „Ich kann es einfach nicht fassen."

Wir schwiegen eine Weile. Ich hörte, wie sie atmete.

„Sie haben in den Nachrichten gesagt, dass Barry an

Kratz- und Bisswunden gestorben ist", sagte Kit schließlich. „Es – es ist einfach unglaublich, Marty." Ihre Stimme versagte.

„Ja." Ich stieß einen Seufzer aus. „Unglaublich."

„Zwei Jungs – deine besten Freunde – zu Tode gebissen. Ist der Killer total verrückt? Er verhält sich wie ein bösartiges Tier!"

Ich antwortete nichts. Plötzlich wollte ich das Gespräch dringend beenden. Ich konnte nicht darüber reden. Warum hatte ich Kit bloß angerufen?

„War Riki gestern Abend bei Barry?", fragte Kit. „Ich habe gehört, dass sie –"

„Ja. Sie war bei ihm", unterbrach ich sie. „Aber sie hat gesagt, dass sie um elf gegangen ist und ihn später noch mal angerufen hat."

„Ihr muss es jetzt ganz schön dreckig gehen", meinte Kit. „Am besten rufe ich sie an."

„Das wäre nett von dir", erwiderte ich.

„Wir müssen jetzt alle zusammenhalten", sagte Kit. „Vielleicht werden wir dann besser damit fertig."

„Vielleicht", gab ich zurück. Plötzlich schnürte sich meine Kehle zusammen. „Ich – ich kann einfach nicht glauben, dass das Ganze mit einer doofen Katze angefangen hat."

„Du meinst doch nicht etwa –", begann Kit.

Doch ich konnte nicht weiterreden. Ich merkte, dass ich die Kontrolle über mich verlor. „Bis später, Kit", brachte ich mühsam hervor. Ich legte auf, bevor sie noch etwas sagen konnte.

Ich habe keine Ahnung, was ich den Rest des Nachmittags gemacht habe. Ich weiß es wirklich nicht mehr.

Am nächsten Tag wurde in der Schule eine Trauerfeier für Dwayne und Barry veranstaltet.

Sie war sehr bewegend. Fast alle Anwesenden weinten.

Die Psychologen boten allen Schülern, die ihren Rat suchten, Trauerhilfe an.

Hinterher rief Coach Griffin das Team zusammen. Es war die schweigsamste Versammlung, die wir je gehabt hatten.

„Wie fühlt ihr euch, Jungs?", fragte der Trainer. „Wollt ihr bei dem Turnier mitmachen? Oder sollen wir es ausfallen lassen? Seid ehrlich. Ich richte mich ganz nach euch."

Alle Blicke richteten sich auf mich.

Jeder wusste, dass Dwayne und Barry meine engsten Freunde gewesen waren.

„Ohne – ohne sie können wir das Turnier sowieso nicht gewinnen", murmelte ich. „Ich glaube nicht, dass wir spielen sollten."

Ein paar Jungen nickten, andere widersprachen.

Kevin meldete sich zu Wort. „Aber Marty, nach Dwaynes Tod warst *du* es, der gesagt hat, wir sollen für ihn spielen. Jetzt finde ich, wir sollten unser Bestes geben – und für Dwayne *und* Barry spielen."

Wir diskutierten noch eine Weile darüber. Dann stimmten wir ab, und es wurde entschieden, dass wir bei dem Turnier mitspielen würden.

Ich stellte mir meine beiden Freunde vor, wie sie quer über das Spielfeld dribbelten, sich neckten und mit langen und gestreckten Körpern den Ball in den Korb warfen.

Ich musste dringend aus der Sporthalle raus. Weg von den anderen.

Ich rannte zur Tür hinaus auf den Flur und lief zu meinem Schließfach.

Zwei Mädchen lehnten sich an die Wand und redeten aufeinander ein. Es waren Gayle und Riki. Als sie mich sahen, verstummten sie.

Riki kam angerannt und umarmte mich. „Wie geht es dir?", flüsterte sie.

Ich zuckte mit den Schultern. „Ihr könnt es euch ja vorstellen."

Sie tauschten Blicke aus.

Beide wirkten sehr angespannt und nervös.

„Was ist eigentlich los?", murmelte ich. „Als ich aufgetaucht bin, habt ihr plötzlich mit eurer Unterhaltung aufgehört."

„Wir … äh … wir haben über dich geredet", erwiderte Riki; dabei sah sie Gayle an. Beide schwiegen einen Moment lang.

„Marty, wir machen uns Sorgen", sagte Gayle schließlich. „Um dich, meine ich."

„Um mich?" Ich sah sie mit zusammengekniffenen Augen an. „Ich werde schon fertig damit", sagte ich. „Glaube ich wenigstens."

„Nein, das meinen wir nicht", warf Riki ein. „Wir meinen … Dwayne … Barry … ihr Jungs wart doch die drei Musketiere, stimmt's?"

Ich nickte.

„Und nun hat jemand sie umgebracht. Jetzt ist nur noch einer übrig: du."

Endlich verstand ich, was sie damit sagen wollten. Ich hatte mich in Gedanken so stark mit meinen beiden toten Freunden beschäftigt, dass mir das gar nicht in den Sinn gekommen war.

„Was willst du damit sagen?"

Gayle sah mich mit bohrendem Blick an. „Vielleicht bist du als Nächster dran?", fragte sie.

26

Als ich ein paar Abende später im Tierheim auftauchte, begrüßte Carolyn mich überrascht. „Hey, Marty – wie geht es dir?", fragte sie und sah mich forschend an.

„So weit okay", erwiderte ich. „Es ist schwer, damit fertig zu werden. Aber ich versuche, mich zusammenzureißen."

„Du hättest heute Abend eigentlich nicht zu kommen brauchen", sagte sie. „Wenn du lieber noch ein paar Wochen warten willst …"

„Nein. Ich muss mich beschäftigen. Sie wissen schon: um mich abzulenken."

Sie führte mich in den Zwingerraum. „Ich habe schon alle gefüttert", sagte sie. „Ich dachte nicht, dass du heute kommen würdest. Du musst also den Raum auskehren und sauber machen."

Ein lautes Bellen ließ mich auf den Fersen umdrehen. „Hey!", stieß ich verblüfft aus. „Der bissige Hund – Brutus! Ich dachte, er sollte eingeschläfert werden."

„Er wurde in letzter Minute gerettet", berichtete Carolyn. „Vielleicht haben wir ein neues Herrchen für Brutus gefunden. Es ist jemand, der einen wirklich gefährlich aussehenden Hund braucht, der seinen Laden bewacht."

„Brutus, du hast einen Job gefunden", murmelte ich. Der Hund knurrte mich an.

„Ich halte es für keine gute Idee", sagte Carolyn. „Brutus ist wirklich unberechenbar. Aber –"

Das Telefon läutete. Carolyn rannte eilig in ihr Büro.

Ich ging den Gang zwischen den Käfigen entlang zum Besenschrank. „Hoffentlich wisst ihr euch heute Abend zu benehmen!", sagte ich zu den Katzen.

Ein paar Minuten später verabschiedete Carolyn sich von mir. Ich hörte, wie sich hinter ihr die Vordertür schloss. Kurz darauf fuhr ihr Wagen vom Parkplatz weg.

Ich lehnte mich an den Besen und schob ihn dann den ersten Gang entlang. Hier hinten im Zwingerraum war es mir unheimlich. Doch ich hatte nur noch wenige Stunden, die ich abarbeiten musste.

Und ich wollte unbedingt beschäftigt sein. Ich musste dringend auf andere Gedanken kommen.

Ich hoffte nur, dass heute Abend nichts Aufregendes passieren würde.

Doch dieser Wunsch sollte sich leider nicht erfüllen.

27

Ich kehrte gerade den letzten Gang aus, als die Katzen wieder anfingen zu fauchen.

Zuerst waren es nur ein paar am anderen Ende des Zwingers.

Doch das Geräusch erfüllte rasch den ganzen Raum. Es klang wie ein starker, wütender Wind.

„Hört auf!", rief ich. „Hört sofort auf damit!"

Ich wusste, es war bescheuert, die Katzen anzuschreien.

Und es schien sie außerdem nur noch mehr zu reizen.

Ich ließ den Besen los und hielt mir die Ohren zu. Die Katzen miauten und fauchten, und der ohrenbetäubende Krach brachte nun auch die Hunde zum Bellen.

„Hallo?", rief ich.

War da etwa jemand, der die Tiere so beunruhigte?

„Hey, ist da wer?", brüllte ich, so laut ich konnte.

Keine Antwort.

Die Hunde warfen sich wie verrückt gegen ihre Käfige, als wollten sie ausbrechen. Die Katzen machten Buckel und fauchten.

„Ich gehe jetzt einfach", beschloss ich.

„Es gibt keinen Grund, länger hierzubleiben."

Ich drehte mich um und wollte zurück ins Büro gehen. Da erstarrte ich vor Schreck.

„Kit!", stieß ich aus.

Sie tauchte hinter einer Reihe von Katzenkäfigen auf und trat in den Gang. Sie trug ein langes graues Sweatshirt und eine schwarze Hose. Ihr Haar hing wirr um ihr Gesicht.

„Kit –", rief ich, um das Gezeter und Fauchen der Tiere zu übertönen.

Zu meiner großen Überraschung hatte sie einen Gesichtsausdruck, den ich nicht an ihr kannte. Plötzlich wirkte sie hart und eiskalt.

„Jetzt bist du dran, Marty", sagte sie.

„Wie bitte?"

Ich machte ein paar Schritte auf sie zu. „Kit – was hast du gesagt? Es ist so laut hier drin."

Sie hob die Hand.

Sofort verstummte das Fauchen und Bellen.

„Hey – du kannst ja zaubern!", rief ich verblüfft. „Was läuft hier eigentlich?"

„Jetzt bist du dran, Marty", wiederholte sie und starrte mich mit ihren eiskalten grünen Augen an.

„Ich bin dran? Ich verstehe nicht."

„Du hast mich umgebracht", sagte sie mit leiser, ruhiger Stimme. „Du hast mich umgebracht – und deine beiden Freunde haben Witze über mich gemacht."

Ich ging auf sie zu. Vor meinen Augen drehte sich alles. „Kit – ist alles in Ordnung mit dir?", fragte ich sie. „Was redest du denn da für wirres Zeug?"

Ihr Gesichtsausdruck wurde noch abweisender. Sie fletschte die Zähne und fauchte so gefährlich, dass mir ein Schauer über den Rücken lief. „Ich bin die Katze, Marty", flüsterte sie. „Ich bin die streunende Katze! Die Katze aus der Sporthalle. Die Katze, die du getötet hast und über die sich deine Freunde lustig gemacht haben."

„Hey!", rief ich. „Reg dich ab. Beruhige dich, okay?"

Ich legte meine Hände auf ihre Schultern. Doch sie stieß wieder dieses animalische Fauchen aus und riss sich von mir los.

Ihr Gesicht verdunkelte sich vor Hass. Ihre grünen Augen funkelten böse.

„Beruhige dich doch", wiederholte ich. „Ich bringe dich zu einem Arzt. Dir wird es bald wieder besser gehen. Das ist der Stress, Kit. Der ganze Horror der letzten Wochen. Deshalb sagst du so verrücktes Zeug. Aber … ich hole Hilfe."

„Ich bin die Katze, Marty", wiederholte sie. „Du hast doch meine Familie kennengelernt, weißt du das nicht mehr? Die anderen Katzen in meinem Haus? Das sind meine Geschwister."

„Aber, Kit –", stammelte ich.

Sie hob eine Hand und machte mit den Fingernägeln eine krallenartige Bewegung in der Luft.

„Ich kann meine Gestalt verändern", fuhr sie fort. „Es gibt nur noch wenige wie mich auf der Welt. Ich kann mich zwischen einem Mädchen und einer Katze hin- und herverwandeln. Es ist ganz leicht."

Sie kam einen Schritt auf mich zu. „Warum hast du mich getötet, Marty? Warum hast du es getan? Warum waren deine Freunde und du immer so scharf darauf, mich loszuwerden?"

„Kit, bitte –", flehte ich. „Du bist keine Katze. Du bist jetzt bloß sehr durcheinander. Aber bald geht es dir wieder besser. Ich verspreche es dir."

„Weißt du, warum ich immer in der Sporthalle herumgestreunt bin?", fragte sie. „Weißt du, warum ich unter der Tribüne gelebt habe? Nur um in deiner Nähe zu sein!"

„Was?", fragte ich und holte tief Luft.

„Ich habe mich dort aufgehalten, um dir zuzusehen", beharrte sie. „Weil ich so verrückt nach dir war."

Sie zog eine verächtliche Grimasse. „Das ist wahre Liebe, Marty. Und wie hast du es mir gedankt? Du hast mich von der Tribüne geschmissen. Du hast mich umgebracht. Aber du hast nicht gewusst, dass ich neun Leben habe."

Ich starrte sie völlig entgeistert mit offenem Mund an. Ich glaubte ihr kein Wort. Kein einziges Wort.

Das war alles total verrückt. Die arme Kit war übergeschnappt.

„Ich hole jetzt einen Arzt, der wird dir helfen", sagte ich.

„Nein, das tust du nicht", gab sie zurück. „Marty, du bist tot. Ich werde dich sehr vermissen. Wirklich. Aber ich habe schon zu lange mit dir gespielt. Es wird langsam Zeit, der Sache ein Ende zu machen."

„Hör mir zu –", versuchte ich zu erklären.

Doch ich verstummte, als ich sah, wie sie sich tatsächlich verwandelte.

Graues Fell breitete sich rasch auf ihrem Gesicht aus, während ihre Züge verschwammen.

Jetzt war ihr ganzer Körper mit Fell bedeckt. Sie wurde kleiner … immer kleiner …

Dann kauerte sie auf allen vieren. Ihre Hände und Füße waren zu Pfoten geworden. Pfoten mit scharfen Krallen. Ein Katzenschwanz hob sich senkrecht in die Luft. Ihre Lippen verzerrten sich, und sie fauchte schrill.

„Neiiiiin!" Ein Schrei des fassungslosen Entsetzens stieg in meiner Kehle hoch.

Ich starrte die Katze an. Die graue Katze mit dem schwarzen Diamanten auf der Stirn.

Ich sah Kit. Ich sah die Katze.

Die Katze, die ich getötet hatte.

„Nein – bitte nicht!", flehte ich.

Ich stolperte rückwärts.

Aber ich war nicht schnell genug.

Sie sprang hoch und streckte ihre scharfen Krallen nach mir aus.

Im selben Moment spürte ich einen brennenden Schmerz quer über meinem Gesicht.

Dann sah ich hellrotes Blut – mein Blut! – auf den Boden spritzen.

„Oh Gott!" Der Schmerz durchzuckte meinen ganzen Körper.

Sie zog die Krallen weg. Hautfetzen hingen daran.

Beide Hände schützend über mein blutendes Gesicht gelegt, sank ich in die Knie.

Da sah ich, dass sie ihre Krallen wieder ausfuhr, um erneut zuzuschlagen.

29

„Auuuuu!"

Ich stieß einen schrillen Schrei aus, als die Katzen-
krallen mein Hemd durchbohrten und meine Haut zer-
kratzten.

Kit kreischte entzückt. Ihre Augen funkelten voller
grausamer Lust und Freude.

Wieder setzte sie zum Sprung an.

Ich wich ihr aus, und sie landete neben mir auf dem
harten Boden des Zwingers.

Der brennende Schmerz breitete sich in meinem ganzen Körper aus. Ich krümmte mich. Mein Blut tropfte
auf den Steinboden.

Als ich den Kopf hob, hatte sie sich aufgerichtet und
bereitete sich auf den nächsten Angriff vor.

Ich stöhnte gequält.

Flucht war unmöglich.

„Sie bringt mich um", dachte ich. „Sie reißt mich in
Stücke!"

Sie stieß einen gellenden Schrei aus und warf den
Kopf zurück. Dann stürzte sie sich wieder auf mich.

Im selben Moment drehte ich mich – und ihre Krallen
erwischten mich an der Seite.

Plötzlich wurde alles um mich herum rot. Rot wie
mein Blut.

Ich keuchte. Rang nach Luft.

Ich spürte, dass es zu Ende ging mit mir. Ich zerfloss …
ich zerschmolz in der roten Welle.

„Hilfe!", stöhnte ich. Ich stieß mich am Boden ab und kroch weiter. Dann klammerte ich mich an einen Hundekäfig, um mich daran abzustützen.

Ich hangelte mich daran hoch, um ihr irgendwie zu entkommen.

Ein gefährliches Knurren ließ mich innehalten.

In meinem Schmerz, in dem roten Nebel, der mich umgab, senkte ich den Kopf und sah hinunter. Dort unten war Brutus.

Der große Hund knurrte mich an.

Ich hörte Kit kreischen. Drehte mich um und sah, dass sie auf mich zurannte. Ich sah ihren wilden Blick. Ihr Fell, das sich sträubte, als würde sie unter Strom stehen.

„Brutus", stöhnte ich.

Verzweifelt fummelte ich am Schloss seines Käfigs herum. Meine Hand zitterte so stark, dass ich es nicht aufbekam. Es klemmte. Voller Panik zerrte und zog ich daran.

Brutus bellte gefährlich.

Mit letzter Kraft schaffte ich es doch, die Käfigtür aufzureißen.

Der riesige Hund stürzte in dem Augenblick heraus, als Kit erneut angriff.

Ich brach auf dem Steinboden zusammen. Der Schmerz überwältigte mich. Zog mich tiefer ... und tiefer.

Doch ich zwang mich, den Kopf zu heben, und sah, wie der große Hund sein gewaltiges Maul aufriss, um zuzuschnappen.

Kit kreischte und fauchte.

Doch dann hörte ich ein klägliches Wimmern, das

schließlich immer leiser und leiser wurde und plötzlich ganz verstummte.

Und ihr Katzenkörper wurde zwischen den Kiefern des Hundes schlaff.

Ich sank zu Boden. Der rote Nebel vor meinen Augen färbte sich schwarz.

30

Der Arzt in der Notaufnahme des Krankenhauses schüttelte den Kopf. Er hatte meine Wunden genäht und mich untersucht.

„Ich kann es immer noch nicht glauben", murmelte er. „Eine Katze hat dich so zugerichtet?"

Ich nickte grimmig. „Ja. Eine Katze. Ich weiß nicht, warum sie mich angegriffen hat. Aber ich gehe nie mehr in das Tierheim zurück."

„Das halte ich für eine gute Idee", stimmte der Arzt zu. „Ich glaube nicht, dass du besonders gut mit Katzen umgehen kannst."

„Ein schlechter Witz!", dachte ich.

Als ich mit meinen Eltern das Krankenhaus wieder verließ, wünschte ich, ich könnte ihnen die Wahrheit sagen.

Doch ich wusste, sie würden mich für verrückt erklären.

Meine Eltern glauben nicht an Menschen, die sich in Tiere verwandeln können. Ich kenne überhaupt niemanden, der an so was glaubt.

Außer mir natürlich.

Ein paar Stunden, nachdem ich nach Hause gekommen war, rief Riki an. Ich hatte so große Schmerzen, dass ich kaum den Hörer ans Ohr halten konnte. Doch wir unterhielten uns sehr nett.

Mir wurde klar, dass sie echt okay war. Eigentlich war sie sogar super. Mit einem Mal konnte ich meine Ablehnung ihr gegenüber überhaupt nicht mehr nachvollziehen.

Ich beschloss, mich bei ihr zu entschuldigen. Es war wirklich nicht okay gewesen, wie ich mich ihr gegenüber verhalten hatte. Vielleicht konnten wir es sogar noch mal miteinander versuchen – jetzt, da der ganze Schrecken vorbei war.

Das erste Basketballspiel für das Turnier fand am nächsten Freitag statt. Mir tat zwar immer noch alles weh, und jedes Mal, wenn ich den Ball fing, pochte der Schmerz in meiner Seite. Doch ich war so glücklich, wieder auf dem Court zu sein, so glücklich, mein normales Leben wiederzuhaben, dass ich den Schmerz ignorierte und mein Bestes gab.

Nur wenige Minuten vor Spielende waren wir einen Korb im Rückstand.

Wir brauchten drei Punkte, um den Ausgleich zu erzielen. Dann könnten wir vielleicht doch noch gewinnen.

Kevin und Joe spielten sich den Ball zu, während sie das Spielfeld entlangrasten. Ich trabte in die Nähe der Foul-Linie und versuchte, in eine gute Position zu kommen.

Geschickt bluffte ich den Gegner. Joe konnte sehen, dass ich eine freie Wurflinie auf den Korb hatte.

„Gib ihn mir! Gib ihn mir!", rief ich ihm zu.

Er hörte auf zu dribbeln und hob den Ball hoch, als wollte er den Korb selbst machen.

Dann warf er mir den Ball zu.

Ich streckte die Arme danach aus.

In dem Moment sah ich unter der Tribüne ein grünes Glitzern.

Zwei glühende grüne Punkte.

Zwei grüne Augen. Katzenaugen.

Eine graue Katze mit einem schwarzen Diamanten auf der Stirn.

Der Ball prallte an meiner Brust ab.

Ein Raunen ging durch die Menge.

Es war mir egal.

Ich starrte nur die Katze an. Sie hob die Pfoten und streckte ihre Krallen aus. Sie waren blutverschmiert.

Dann fing ich an zu schreien.

Mondsüchtig

Wenn die Nacht zum Verhängnis wird …

Prolog

Der Halbmond spiegelte sich verschwommen in der Schaufensterscheibe des Supermarkts, ein schwacher Widerschein des hellen Mondes hoch oben am dunklen Himmel. Die automatische Schiebetür summte, als Sue Verona in das gleißende Neonlicht im Inneren des Supermarkts trat.

Sie fröstelte und rieb sich die nackten Arme. Zu ihrem bauchfreien blauen T-Shirt trug sie weiße Shorts und Sandalen. „Die Klimaanlage leistet ganze Arbeit", dachte sie und beschloss, sich wenigstens von der Tiefkühlabteilung fernzuhalten.

Im Vorübergehen sah sie ihr Spiegelbild in einer silbrig glänzenden Vitrine. Große dunkle Augen starrten sie an. Sie strich sich das braune, von blonden Strähnen durchzogene Haar aus dem Gesicht.

Ein plötzlicher, scharfer Schmerz in ihrem Rücken ließ sie herumfahren. „Cliff, hör auf damit!", fauchte sie. „Musst du unbedingt deinen Kopf als Waffe benutzen?"

Ihr zehnjähriger Bruder grinste sie an. Es war sein neues Hobby, sie in einem unbeobachteten Moment mit gesenktem Kopf anzurempeln.

„Wegen dir krieg ich überall blaue Flecke", zischte Sue wütend.

„Du bist ein Weichei!", schnaubte Cliff. „Ich hab dich doch kaum berührt."

„Lass deine Schwester in Ruhe", schimpfte Tante Margaret, die mit dem Einkaufswagen auf sie zusteuerte. „Sue ist gerade erst nach Hause gekommen. Sie ist müde, und das Letzte, was sie jetzt braucht, ist ein nerviger Bruder."

„Braucht sie wohl", widersprach Cliff und machte ein unschuldiges Kindergesicht.

„Hier, nimm den Einkaufswagen, wenn du zu viel Energie hast", sagte Tante Margaret und schob ihn Cliff zu. „Warum erwische ich eigentlich immer einen mit einem blockierten Rad?"

Cliff schnappte sich den Einkaufswagen und flitzte davon. Wie ein Wilder rannte er im Zickzack den Gang hinunter.

„Cliff, pass auf!", rief Tante Margaret ihm hinterher. Sie drehte sich zu Sue um. „Er freut sich so, dass du wieder da bist", vertraute sie ihr leise an.

Sue verdrehte genervt die Augen. „Er hat aber 'ne komische Art, es zu zeigen!"

Sie beobachtete, wie Cliff den Einkaufswagen herumwirbelte und unter lautem Klappern zu ihnen zurückgerast kam. „Er ist es eben nicht gewohnt, dass du zwei Wochen weg bist", sagte Tante Margaret. „Aber ich freue mich, dass es so gut für dich läuft, mein Schatz."

Sie legte Sue eine Hand auf die Schulter. „Du bist ja ganz kalt!"

Sue zuckte mit den Achseln. „Ich bin auch nicht für arktische Temperaturen angezogen."

Sues Tante war eine zierliche, aber kräftige Frau mit scharfen Gesichtszügen. Sie hatte eine Hakennase und ein sehr spitzes Kinn. Mit ihrem gefärbten roten Haar, den stahlblauen Augen und dem dunkelroten Lippenstift sah sie ziemlich taff aus. Sie kümmerte sich um Sue und Cliff, seit ihre Eltern vor fast drei Jahren gestorben waren.

Sue und Tante Margaret gingen langsam den Gang hinunter. Auf der einen Seite war das Gemüse, auf der anderen das Obst. Ein junger Mann in einer weißen Schürze spritzte den Salat mit einem Wasserschlauch ab, damit er frisch blieb.

„Habt ihr eigentlich schon einen Namen für eure Band?", fragte Tante Margaret und ließ einen Beutel Möhren in den Einkaufswagen fallen.

„Bäh, Möhren!", meckerte Cliff.

„Noch nicht", antwortete Sue. „Caroline fand, wir sollten uns die *Musikalischen Analphabeten* nennen. Das fanden wir alle ziemlich witzig. Aber Billy war es zu negativ."

„Ist Billy der Manager der Band?", fragte Tante Margaret, während sie einen Plastikbeutel abriss. Sie beugte sich hinunter, um Kartoffeln aus einem großen Korb auf dem Boden auszusuchen.

„Deine Band ist doof", maulte Cliff.

Tante Margaret ignorierte ihn. Sie richtete sich auf und musterte Sue mit ihren kleinen wachsamen Augen. „Du siehst müde aus."

Sue seufzte. „Kein Wunder, wenn man zwei Wochen mit dem Kleintransporter durch die Gegend gondelt und in kleinen Musikclubs spielt."

„Ich finde es gut, dass du dich entschieden hast, bei dieser Band mitzumachen, anstatt gleich aufs College zu gehen", sagte ihre Tante. „Es ist toll, ein Jahr herumzureisen und ein bisschen Spaß zu haben, bevor du weiter zur Schule gehst."

„Stimmt, Spaß hab ich wirklich", sagte Sue. „Und Caroline und ich sind richtig gute Freundinnen geworden."

„War Caroline die, die Klavier spielt?", fragte Tante Margaret.

„Keyboard", antwortete Sue. „Es ist schön, eine neue Freundin zu haben, und aus der Band ist eine super Clique geworden. Aber ich vermisse dein Essen. Die ganze Woche hab ich gedacht, wenn ich noch einen von diesen fettigen Hamburgern verdrücken muss, dann …"

Tante Margaret lachte. Sie hatte ein leises, trockenes Lachen, das mehr wie ein Husten klang. „Okay, heute darfst du dir was aussuchen", sagte sie. „Ich koch dir zum Abendessen alles, was du willst."

„Hmmm …" Sue kniff ihre dunklen Augen zusammen und überlegte angestrengt. „Tja, worauf hab ich denn Appetit?" Sie lächelte. „Oh, ich weiß. Auf dieses Hühnchen mit Ananas."

„Gut. Geht in Ordnung", sagte Tante Margaret. Sie sah sich um. „Wo ist eigentlich Cliff abgeblieben?"

Sue machte sich auf die Suche nach ihrem Bruder. Das grelle Neonlicht der Deckenbeleuchtung verlieh allem einen seltsamen Grünstich. Die Regale mit Gläsern und Dosen, die Auslagen, die Kunden – alles wirkte viel zu hell, viel zu scharf umrissen. Irgendwie unwirklich. Das harte Licht schmerzte richtig in den Augen. Sue begann zu zittern und spürte, wie sich eine Gänsehaut über ihren ganzen Körper ausbreitete.

„Warum ist es hier drinnen so kalt?", fragte sie sich. „Kaufen die Leute mehr zu essen, wenn sie halb erfroren sind?"

„Sue, was machst du denn da?", riss plötzlich Cliffs schrille Stimme sie aus ihren Gedanken.

„Was?" Sie blickte verwirrt auf die Verpackung hinunter, die sie in der Hand hielt.

Eine Packung mit rohem Rindfleisch, die aufgerissen war.

Erst jetzt bemerkte Sue, dass sie mit einer Hand einen Klumpen rohes dunkelrotes Fleisch knetete.

Und was hatte sie da im Mund? Hastig schluckte sie das Fleisch, auf dem sie herumgekaut hatte, hinunter. Es fühlte sich widerlich kalt und glitschig an.

„Sue, warum isst du denn so 'n Zeug?", rief Cliff erschrocken.

„Ich … ich weiß nicht!", stotterte sie, während sie spürte, wie ihr das Blut kalt das Kinn hinunterlief.

1

„Joey, bitte fahr langsamer", bat Sue.

Der Kleintransporter holperte durch ein tiefes Schlagloch auf dem Highway. Die Taschen und Instrumente, die oben auf dem Van festgezurrt waren, knallten gegen das Dach.

„Ich fahr langsamer, wenn du zu mir nach vorne kommst und dich auf meinen Schoß setzt", verkündete Joey.

Sue konnte ihn im Rückspiegel grinsen sehen. „Vergiss es!", fauchte sie. „Hör auf, dich so idiotisch zu benehmen!"

Er lachte nur und trat aufs Gaspedal. Der Motor heulte auf, und der Van schoss ruckartig vorwärts, sodass Sue in den Sitz gedrückt wurde.

„Joey!", rief sie empört und wollte schon einen Streit anfangen, doch dann überlegte sie es sich anders. Er fand es nun mal cool, so schnell zu fahren. Und wenn sie sich darüber aufregte, würde er nur noch mehr aufs Gaspedal drücken.

Joey stieß einen ausgelassenen Schrei aus. Seine lockigen schwarzen Haare flatterten im Luftzug, der durch das offene Wagenfenster hereindrang. Obwohl es dunkel war, fuhr er mit Sonnenbrille.

Sue saß zwischen Caroline und Mary Beth in der zweiten Sitzreihe. „Ich geb's auf. Er ist einfach unmöglich", flüsterte sie den beiden zu.

„Ihr müsst es da hinten doch mächtig eng haben, Mädels!", rief Joey über das Brausen des Windes hinweg, während er den Van um eine scharfe Kurve lenkte. „Na, wer von euch will es sich gerne auf meinem Schoß bequem machen?"

Sie ignorierten ihn.

Wie immer.

Die Scheinwerfer eines entgegenkommenden Lastwagens strahlten genau in den Wagen. Sue beschattete ihre Augen mit der Hand. Als Joey den Transporter hart nach rechts riss, stieß sie unsanft gegen Caroline.

„Hey, pass doch auf!", schimpfte Caroline und zog ihn an seinen flatternden Haaren.

„Caroline, flirtest du etwa mit mir?", johlte er.

Sie lehnte sich abrupt zurück. „Von wegen", sagte sie spitz. „Ich flirte nur mit Angehörigen meiner eigenen Spezies."

Sue und Mary Beth lachten. Caroline war schlagfertig und hatte einen ziemlich bissigen Humor.

Hinter ihnen auf dem Rücksitz schliefen Billy und Kit. Sue fragte sich, wie sie das machten – bei dem Geholper und Gerüttel. Sie warf über die Schulter einen Blick auf die beiden. Billy war der Manager der Band und mit seinen zweiundzwanzig Jahren der Älteste von allen. Kit war zwei Jahre jünger als Billy. Als Roadie war er zuständig für die Ausrüstung und den Sound. Er sah so gut aus, dass die Mädchen im Publikum ihm normalerweise mehr Aufmerksamkeit schenkten als den Bandmitgliedern selbst.

Hinter der Leitplanke flitzten in der Tiefe dunkle Farmen und leere Felder vorbei. Die Luft, die durch das offene Fenster hereindrang, war heiß und feucht.

„Ich hab noch mal über einen Namen für unsere Band

nachgedacht", sagte Caroline. „Wir könnten uns doch vielleicht …"

„Wir denken alle an nichts anderes", schnitt Mary Beth ihr das Wort ab. Die Drummerin war ein kleines hübsches Mädchen mit karottenfarbenen, sehr kurz geschnittenen Haaren und leuchtenden grünen Augen.

„Warum nennen wir uns nicht einfach *Die Beatles* und hören auf, uns noch länger den Kopf darüber zu zerbrechen", witzelte Caroline.

Sue lachte. „Gab's da nicht schon mal 'ne Band mit dem Namen?"

„Und die waren gar nicht so übel", erwiderte Caroline. „Also wär der Name doch auch was für uns."

„Könnt ihr nicht einmal ernst sein, Leute?", fragte Dee Waters. Sie drehte sich auf dem Beifahrersitz um und sah die drei anderen Mädchen an. Ihr dunkles Haar hatte sie zu vielen kleinen Zöpfchen geflochten. Die langen, bernsteinfarbenen Ohrringe, die sie trug, hatten dieselbe Farbe wie ihre mandelförmigen Augen und passten wunderbar zu ihrer dunklen Haut.

Dee war so still gewesen, dass Sue völlig vergessen hatte, dass sie auch noch da war. Caroline, Mary Beth und sie hatten sich die ganze Fahrt über unterhalten, während Dee nur stumm aus dem Fenster gestarrt hatte, ohne sich am Gespräch zu beteiligen.

„Ob sie wohl irgendwann mal nett zu mir sein wird?", fragte sich Sue. „Wird sie jemals darüber wegkommen, dass sie nicht mehr die einzige Sängerin der Band ist?"

Sue fiel plötzlich ihr Vorsingen wieder ein, das im Probenraum der Band stattgefunden hatte, einem Zimmer über der Garage von Carolines Familie.

Sie war furchtbar nervös gewesen, obwohl sie wusste, dass sie eine tolle Stimme hatte und ziemlich gute Stücke schreiben konnte. Aber sie war trotzdem ziemlich aufgeregt. Würden die anderen ihre Sachen auch wirklich mögen?

Als sie ankam, wurde sie herzlich begrüßt. Billy war besonders nett zu ihr. Er stellte ihr alle vor und machte zu jedem eine witzige Bemerkung. „Nimm dich vor Kit in Acht", warnte er sie. „Er beißt."

Sues Hände zitterten richtiggehend, als sie ihren Gitarrenkoffer öffnete.

Der Raum war vollgestopft mit Verstärkern, Instrumenten und aufgerollten Kabeln. Joey, der zusammen mit Kit für den Sound zuständig war, schloss ihre Gitarre an einen Verstärker an und zeigte ihr dann den erhobenen Daumen.

Die anderen lächelten und ließen sie nicht aus den Augen, während Sue sich auf einen hohen Hocker setzte und ihre Gitarre stimmte.

Alle waren so nett zu ihr gewesen.

Alle, bis auf Dee. Sie hatte die ganze Zeit mit verschränkten Armen und düsterer Miene an der Wand gelehnt.

Sie rührte sich nicht mal, als Sue unter lautem Jubel und Applaus ihren ersten Song beendete, sondern starrte sie mit finsterer Miene an.

Nach dem zweiten Stück baten sie Sue, draußen zu warten. Aber sie brauchten nicht lange, um eine Entscheidung zu treffen. Billy kam die Treppe hinuntergestürmt. „Du bist dabei!", rief er und umarmte sie begeistert. „Du und Dee, ihr seid in Zukunft zusammen unsere Leadsängerinnen. Und wir wollen den zweiten Song, den du gesungen hast, für die Band übernehmen. Der ist echt spitze!"

Das war ein echter Glückstag gewesen. Wenn nur Dee nicht versucht hätte, alles zu verderben. Sie war Sue zur Auffahrt gefolgt, als sie zu ihrem Wagen ging. Und obwohl sie flüsterte, konnte Sue sie doch ganz deutlich verstehen.

„Du hast in dieser Band nichts zu suchen." Das hatte sie gesagt. Mit einem heiseren Flüstern. Wie ein eisiger Windhauch.

Dann hatte Dee sich hastig umgedreht, um sich zu vergewissern, dass sie keiner der anderen gesehen hatte, und war ohne ein weiteres Wort mit großen Schritten zurück zur Garage gegangen.

Seit damals hatte Sue schon mehrfach versucht, sie umzustimmen. Aber Dee war weiterhin kalt und unfreundlich zu ihr.

„Ich weiß gar nicht, was ich überhaupt hier mache", sagte Dee gerade und drehte sich wieder nach vorn. „Ich meine, eine Band ohne Namen. Das ist doch echt schlapp, oder?"

Joey drehte sich zu Sue, Caroline und Mary Beth um. „Ich weiß, wie ihr die Band nennen solltet!", rief er grinsend.

„Joey, bitte!", quietschte Sue. „Sieh lieber auf die Straße und konzentrier dich darauf, wohin du fährst! Neben uns geht's ziemlich steil runter!"

„Wie wär's mit *Joeys Groupies*?", grölte er. Er warf den Kopf zurück, dass seine langen Locken nur so nach hinten flogen, und stieß ein lautes Heulen aus.

Es endete wie abgeschnitten, als der Van plötzlich ausbrach.

Sue schrie auf.

Die Reifen quietschten, als Joey auf die Bremse trat.

Zu spät.

Sue hörte das Knirschen von Metall, als der Wagen durch die niedrige Leitplanke brach.

2

Der Wagen schoss über die Kante des steilen Abhangs. Weit unter ihnen konnte Sue die gezackten Felsen am Fuß des Berges ausmachen. Sie glitzerten im Mondlicht wie scharfe Messer.

Dann neigte sich der Kühler des Vans nach unten.

Sue wurde in ihrem Sitz nach vorne geschleudert und schrie gellend, als sie den Transporter genau auf die Felsen zusteuern sah.

Sie spürte einen heftigen Ruck, gefolgt von dem entsetzlichen Knirschen von Metall. Die Vorderräder des Vans streiften die Felsen. Die Windschutzscheibe zersplitterte. Glas flog durch den Wagen.

„Nein!", schrie Sue laut auf. Sie beugte sich vor und bedeckte ihr Gesicht mit den Händen. Der Transporter überschlug sich. Trudelte wie ein Spielzeugauto durch die Luft.

„In ein paar Sekunden sind wir alle tot!", schoss es Sue durch den Kopf. Sie hielt sich die Augen zu und wartete auf den tödlichen Aufprall.

Eine Hand berührte sie an der Schulter, hielt sie fest und schüttelte sie sanft.

„Sue!"

Carolines Stimme.

Langsam blickte Sue auf. Ihre Freundin betrachtete sie voller Sorge. „Es ist alles in Ordnung", sagte Caroline leise. „Beruhige dich."

„Aber der Wagen …" Sue unterbrach sich. Sie spürte,

dass der Van gleichmäßig auf der Straße dahinfuhr. Die Reifen surrten leise auf dem Asphalt. Sie warf einen Blick zur Windschutzscheibe. Das Glas war heil.

„Wir hatten gar keinen Unfall", wurde ihr bewusst. „Es ist überhaupt nichts passiert. Ich hab mir das alles nur eingebildet. Aber es war so real, so entsetzlich real." Sue holte zitternd Luft. Ihr Herz schlug immer noch wie verrückt.

„Was ist passiert?", fragte Caroline. „Was war los, Sue?"

„Der Wagen ist über den Abhang gestürzt!", keuchte sie. „Joey hat so komisch geheult, und dann hat er die Kontrolle über den Wagen verloren. Ich hab gesehen, wie wir durch die Leitplanke gekracht sind und wie die Windschutzscheibe zersplittert ist …"

„Kein Wunder, dass du so geschrien hast", sagte Mary Beth leise.

Sue atmete noch einmal tief durch und blickte sich um. Billy und Kit waren jetzt hellwach und starrten sie an. Dee musterte sie ebenfalls mit gerunzelter Stirn.

Als Sue sich abwandte, begegnete sie Joeys von Schatten verdunkelten Augen im Rückspiegel. Er hatte die Brille abgenommen und grinste ein wenig beschämt. „Tut mir echt leid", sagte er. „Ich wollte niemanden erschrecken."

„Das sollte dir auch leidtun", fuhr Dee ihn an. „Wir haben Glück gehabt, dass du uns nicht tatsächlich den Abhang runtergestürzt hast."

Joey zuckte mit den Achseln. „Hey, ich hab mich doch entschuldigt! Aber was soll's. Eigentlich ist der Mond an allem schuld." Er zeigte aus dem Fenster. „Ist beinahe Vollmond, seht ihr? Das macht mich immer ein bisschen wild."

Sue blickte zum Nachthimmel hinauf. Der Mond schwebte tief und leuchtend über ihnen. „Kalt sieht er aus", dachte sie schaudernd. „Wie Eis."

Von hinten ertönte Billys leises Lachen. „Um *dich* wild zu machen, braucht man keinen Mond, Joey. Das ist echt nicht mehr nötig."

„Das kann man wohl sagen", murmelte Dee.

„Bist du sicher, dass alles in Ordnung ist, Sue?", fragte Billy.

Sie drehte sich in ihrem Sitz um. Billy und Kit sahen sie aufmerksam an.

Kits dunkelbraunes Haar verschmolz mit dem schattenhaften Halbdunkel im hinteren Teil des Wagens. Seine wasserblauen Augen mit den dichten schwarzen Wimpern waren besorgt zusammengekniffen.

Billy machte sich offenbar auch Sorgen. Sue merkte es an seiner gerunzelten Stirn. Wieder einmal fiel ihr auf, wie unverschämt gut er aussah – dunkelblonde Haare, durchtrainierter Körper und dann dieses süße Grübchen, wenn er lächelte.

„Ich glaube, ich bin okay", sagte Sue zu ihm. „Es … es tut mir leid. Ich wollte euch nicht erschrecken."

„Hey, kein Problem", versicherte ihr Billy. „Wir sind schließlich 'ne Rockband, oder? Da müssen wir doch ein bisschen Gekreische aushalten."

„Also, ich fand deinen kleinen Schrei ganz bezaubernd, Sue", mischte Joey sich ein.

„Fahr, Joey", kommandierte Billy. „Fahr einfach nur." Er beugte sich vor. „Beachte ihn gar nicht", flüsterte er Sue gut verständlich zu. „Wir haben ihn wegen seiner

Muskeln in die Band geholt, nicht wegen seines Gehirns."

„Das hab ich genau gehört!" Joey tat so, als wäre er beleidigt.

Sue zwang sich zu einem Lächeln. Sie wusste, dass die anderen versuchten, sie aufzuheitern.

Es funktionierte.

Aber nicht hundertprozentig.

Wenn doch nur endlich diese furchtbaren Wahnvorstellungen aufhören würden.

Sue legte den Kopf zurück und schloss die Augen.

„Fühlst du dich besser?", flüsterte Caroline ihr zu.

„Ein bisschen", antwortete Sue. „Ich wünschte nur, ich wüsste, was mit mir los ist. Warum habe ich ständig diese schrecklichen Halluzinationen?"

„An dieser hier ist ganz klar Joey schuld", sagte Caroline und strich sich eine Strähne ihrer langen blonden Haare hinter die Ohren. „Er ist viel zu schnell gefahren. Alle wissen, wie nervös du beim Autofahren bist. Ich meine ... seit dem Unfall deiner Eltern."

Sue spürte einen Kloß in ihrer Kehle. Das passierte jedes Mal, wenn sie an ihre Mutter und ihren Vater dachte. Vor fast drei Jahren hatte Mr Verona nachts die Kontrolle über seinen Wagen verloren. Das Auto hatte eine Leitplanke durchbrochen, war über den Rand eines steilen Abhangs geschossen und auf die Felsen zwanzig Meter darunter geprallt.

„Es geschah auf einer Straße wie dieser", dachte Sue. „Und in einer Nacht wie dieser. Klar und trocken. Bei hellem Mondlicht." Und das war keine Einbildung.

Ihre Eltern waren tatsächlich gestorben.

Sie waren aus dem Auto geschleudert worden, und

die Felsen hatten sie wie scharfe Klingen aufgeschlitzt.

„Nein!", verbesserte sich Sue im Stillen. „Tante Margaret hat nicht gesagt, dass sie aufgeschlitzt worden
sind. Sie hat mir nie irgendwelche Einzelheiten erzählt.
Diesen Teil muss ich mir ausgedacht haben."

Sie hatte sich das Schlimmste ausgemalt.

„Ich kann immer noch nicht verstehen, wie das passieren konnte", flüsterte Sue Caroline zu. „Dad war es gewohnt, nachts unterwegs zu sein. Und er war ein unheimlich vorsichtiger Fahrer."

Caroline schüttelte mitfühlend den Kopf. „Deine
Halluzinationen haben nach dem Unfall angefangen,
oder?"

Sue nickte. Diese Halluzinationen waren wie schreckliche Albträume. Nur, dass sie dabei nicht schlief. Sie
war hellwach – und wie gelähmt vor Entsetzen.

„Hast du mit Dr. Moore darüber gesprochen?", fragte
Caroline.

Sue seufzte. „Frag mich lieber, worüber ich *nicht* mit
ihm gesprochen habe!"

Sie ging seit dem Unfall zu Dr. Moore. Der Psychologe versuchte, ihr dabei zu helfen, ihren Wahnvorstellungen auf den Grund zu gehen. „Sobald wir herausfinden,
was die Ursache dafür ist, Sue", hatte er zu ihr gesagt,
„werden sie aufhören."

Sue seufzte. Sie hatte eher das Gefühl, dass es immer
schlimmer wurde. Immer realer. Immer grausamer.

„Ich bin sicher, dass er dir helfen kann", sagte Caroline. „Gib dir ein bisschen Zeit." Sie lächelte Sue auf-
munternd an.

Wenige Minuten später bog Joey auf den Hotelparkplatz ein. „Letzter Halt!", verkündete er. „Das Luxushotel von Midland. Und gleich gegenüber: der *Rocket Club.* Und heute Abend präsentiere ich Ihnen: die Band ohne Namen. Schwingt die Hufe, Leute!"

Alle gähnten und reckten sich, bevor sie aus dem Transporter kletterten.

Mondlicht überzog die Straße mit einem schimmernden Glanz. Sue stieg nach Caroline aus. Ihr Lächeln verblasste. Sie fröstelte und presste ihre Reisetasche fest an die Brust.

„Irgendwas stimmt nicht", dachte Sue. „Ich … ich fühle mich so komisch …" Sie spürte, wie eine seltsame Kälte in ihr hochkroch. Irgendetwas passierte mit ihr. Irgendetwas Schreckliches.

Als sie sich umdrehte, sah sie, dass Caroline sie geschockt anstarrte.

„Caroline!", flüsterte sie, am ganzen Körper zitternd. „Was passiert mit mir? Was ist das?"

3

„Was ist das?", wiederholte Sue angstvoll. „Sag's mir!"

Caroline sah sie an. „Deine Haare, Sue. Sie stehen so komisch hoch!"

„Was?" Sue ließ ihre Reisetasche fallen und griff sich an den Kopf.

Ihre feinen braunen Haare waren kinnlang und hingen normalerweise glatt herab.

Nicht aber jetzt.

Jede einzelne Strähne war nach oben gesträubt, als würde ein Riesenventilator darunter pusten. Es fühlte sich auch ganz anders an. Nicht fein und seidig wie sonst, sondern viel dicker. Irgendwie rau und borstig.

„Das … das muss der Wind sein", stotterte Caroline, die sie immer noch anstarrte. Ihre langen blonden Haare lagen reglos auf ihren Schultern.

„Aber es geht gar kein Wind!", rief Sue und zerrte verzweifelt an ihren Haaren.

„Hey, Sue, reg dich nicht auf! Ist doch irgendwie lustig. Komm, lass uns endlich reingehen."

„Lustig?", dachte Sue. „Nein, das ist nicht lustig. Es ist unheimlich!"

Als sie aufstöhnte, ertönte ein tiefes, kehliges Geräusch, das überhaupt nicht nach ihrer eigenen Stimme klang.

„Na, komm schon. Lass uns ins Hotel gehen!", drängte Caroline. Sie reichte Sue ihre Reisetasche und die Gitarre. „Es war eine lange Fahrt."

Das *Midland Hotel* war nicht gerade luxuriös. In der kleinen Lobby befanden sich drei Stühle, die um einen niedrigen, angeschlagenen Tisch gruppiert waren. Einige Plastikpflanzen. Ein abgetretener Teppich. Ein Ventilator drehte sich träge über ihren Köpfen. Der warme Luftstrom wirbelte Sues Haar auf und blies ihr eine Strähne über die Wange.

Als sie sich die Strähne hinters Ohr strich, merkte sie, dass ihr Haar jetzt wieder ganz normal lag. Das seltsame, kalte Gefühl schien langsam aus ihrem Körper zu weichen. Sie zitterte auch nicht mehr. Sue atmete tief durch und spürte, wie ihre Muskeln sich entspannten.

„Hier drin ist es wie in einer Sauna!", beschwerte sich Dee und ließ ihre Tasche zu Boden plumpsen. „Hoffentlich haben die Zimmer Klimaanlage, sonst krieg ich bestimmt kein Auge zu."

Der verschlafene, kahlköpfige Portier beäugte sie hinter der Rezeption hervor. „Wenn ihr 'ne Klimaanlage wollt, müsst ihr ins Hilton gehen", sagte er trocken. „Wenn ihr billig wohnen wollt, dann seid ihr hier richtig."

Dee verzog das Gesicht, aber Caroline lachte. „Wir sind hier goldrichtig", sagte sie zu dem Mann. „Jedenfalls bis wir reich und berühmt sind."

„Dann müsst ihr die Band sein." Der Portier runzelte die Stirn. „So so, ihr habt also vor, berühmt zu werden?"

„Ja, haben wir", antwortete Mary Beth ernsthaft.

„Okay, hört mal alle zu!" Billy kam mit langen Schritten in die Lobby und rieb sich energiegeladen die Hände. „Kit und Joey sind schon rüber zum Club gegangen. Warum packt ihr nicht aus und kommt dann nach, um euch alles anzugucken?"

„Gute Idee", sagte Dee. „Vielleicht hat der Club ja 'ne Klimaanlage."

Caroline tauschte einen Blick mit Sue. „Das ist typisch Dee. Mecker, mecker, mecker", flüsterte sie ihr zu.

Sue grinste. Wenigstens musste sie sich nicht mit ihr das Zimmer teilen. So, wie Dee sich ihr gegenüber benahm, würden sie sich bestimmt an die Kehle gehen, bevor die Nacht vorbei wäre.

Das Zimmer ähnelte der Lobby. Es wirkte etwas schäbig und war sehr klein.

Caroline warf schwungvoll ihre Tasche aufs Bett. „Beeilen wir uns und sehen uns mal diesen *Rocket Club* an."

Die beiden Mädchen packten schnell ihre Sachen aus und fuhren dann mit dem Fahrstuhl, der sich wie in Zeitlupe bewegte, hinunter in die Lobby. Dort warteten Mary Beth und Dee schon ungeduldig auf sie. Caroline und Mary Beth stürmten zur Tür, aber Dee blieb zurück und packte Sue am Arm.

„Ich muss mit dir reden", flüsterte sie ihr eindringlich zu.

Sue zuckte zusammen, als Dees Nägel sich in ihre nackte Haut gruben. „Hey, du tust mir weh! Lass mich sofort los!" Sue funkelte sie wütend an.

Aber Dee verstärkte ihren Griff. „Das wird dir noch leidtun!", zischte sie Sue leise ins Ohr. „Das wirst du bereuen!"

4

„Was soll das heißen?", fragte Sue.

Dees goldbraune Augen verengten sich zu schmalen Schlitzen. Sie öffnete den Mund, um zu antworten. Aber Carolines Stimme unterbrach sie.

„Beeilt euch mal 'n bisschen, Leute!", rief sie über die Schulter. „Kommt ihr heute noch?"

„Sue …", setzte Dee an.

„Lass mich in Ruhe!", fauchte Sue sie an. „Ich weiß nicht, was mit dir los ist. Aber dein Theater hängt mir zum Hals raus."

Sie riss sich los und durchquerte mit großen Schritten die Lobby. Dummerweise wusste sie genau, was mit Dee los war: Dee hasste sie, weil sie ihr die Schau stahl. So einfach war das.

Als sie die Straße überquerten, begann Sue wieder zu frösteln. Sie beschleunigte ihre Schritte, um schnell nach drinnen zu kommen.

Billy wartete im *Rocket Club* auf sie. „Der Club ist fantastisch!", rief er über das Dröhnen der Anlage hinweg. „Hier passen über hundert Leute rein!"

Dee griff nach seiner Hand. „Komm! Lass uns tanzen!" Sie zog Billy auf die überfüllte Tanzfläche. Caroline und Mary Beth gingen zur Bar, um sich eine Cola zu holen.

Sue blieb zurück und schaute sich um. Der Club war voller lachender, schwitzender, tanzender Leute.

Flecken aus grünem und rotem Neonlicht huschten

über Decke und Wände. Die Musik dröhnte laut in ihren Ohren.

Sue wich der Menge aus und suchte sich ein leeres Tischchen. Sie setzte sich auf einen wackligen Stuhl und betrachtete die niedrige Bühne.

Heute tanzten die Leute zu Musik vom Band. Aber morgen würden sie dort oben stehen! Sie lächelte voller Vorfreude.

„Wow, ich liebe dieses Lächeln", schnurrte eine Stimme in ihr Ohr.

Sue fuhr erschrocken zusammen.

Joey beugte sich über sie. Seine lockigen schwarzen Haare berührten dabei ihre Wange.

„Joey!" Sie wich zurück. „Schleich dich gefälligst nicht so an mich ran!"

Er lachte nur und setzte sich rittlings auf einen Stuhl. „Warum lächelst du *mich* eigentlich nie so an?", fragte er.

Sue war nicht in der Stimmung, zu flirten. Und mit Joey sowieso nicht. „Weil du zu schnell fährst", sagte sie. „Und weil du mich absichtlich erschreckst."

Joey schob sich die Sonnenbrille auf den Kopf und sah sie mit seinen grauen Augen an. „Und wenn ich langsamer fahren würde?"

Sue schüttelte den Kopf.

„Sei doch nicht so." Joey schob seinen Stuhl näher. „Lass uns tanzen, ja?"

„Danke, aber mir ist nicht nach tanzen. Ich bin ziemlich müde von der Fahrt."

„Eben sahst du kein bisschen müde aus", maulte Joey. Sein Arm glitt auf ihre Stuhllehne. Seine Fingerspitzen berührten ihre nackte Schulter.

„Ich hab an morgen gedacht", erklärte Sue. „Du weißt schon. Wie es wohl ist, vor so vielen Leuten zu spielen."

Joey streichelte weiter ihre Schulter. „Wie wär's, wenn du für ein Publikum spielst, das nur aus einer Person besteht?", schlug er mit weicher Stimme vor. „Wir könnten in mein Zimmer gehen, und du singst nur für mich."

Genervt schüttelte Sue seine Hand ab. „Gib's auf, Joey. Okay?" Sie tat so, als müsse sie gähnen. „Ich denke, ich geh zurück ins Hotel und hau mich hin."

Sue schob ihren Stuhl zurück und stand auf.

Joey packte sie am Arm. „Na, komm schon. Ich beiße nicht."

„Ich werde langsam ernsthaft sauer", erwiderte Sue scharf.

Plötzlich tauchte Billy am Tisch auf. „Stimmt irgendwas nicht?", fragte er.

Joey ließ schnell Sues Arm los. „Alles bestens", sagte er. „Voll im grünen Bereich."

„Gut." Billy deutete mit dem Daumen über die Schulter. „Kit braucht hinter der Bühne ein bisschen Hilfe", meinte er. „Es ist irgendwas mit den Kabeln."

Joey nickte frustriert. „Geht klar." Er zeigte mit dem Finger auf Sue. „Heb einen Tanz für mich auf, ja? Wenn du mal nicht so *müde* bist."

„Ja, ja." Sue stieß einen erleichterten Seufzer aus, nachdem Joey verschwunden war.

„Der geht ganz schön ran, was?", bemerkte Billy und nahm sich Joeys Stuhl. „Ich werd mit ihm reden."

„Nein, lass mal", wehrte Sue ab. „Ich kann schon mit ihm umgehen."

Billy runzelte die Stirn. „Sag mir Bescheid, wenn er

dich noch mal belästigt. Joey weiß, dass er sich nicht mit mir anlegen darf."

„Niemand würde es wagen, sich mit dir anzulegen", zog Sue ihn auf.

„Schluss mit Joey", sagte Billy und trommelte mit den Fingern auf den Tisch. „Was hältst du von dem Club?"

„Er ist toll!", rief Sue. „Bevor Joey gekommen ist, habe ich mir gerade vorgestellt, wie ich vor so einem Riesenpublikum auf der Bühne stehe."

„Lampenfieber?", fragte Billy lächelnd. Dabei sah man kurz das Grübchen in seiner Wange.

„Jedes Mal", gab sie zu. „Ich versuch's zu unterdrücken, aber ich kann nichts dagegen machen."

„Das merkt man dir nicht an", versicherte er ihr und kam näher, um die Musik zu übertönen. „Du hast eine tolle Ausstrahlung. Und du bist eine super Sängerin. Die Band kann froh sein, dass sie dich hat."

„Danke, aber das gilt umgekehrt auch für mich", sagte Sue. „Ich hätte nie gedacht, dass ich so eine Chance bekomme." Sie sah sich lächelnd in dem überfüllten Raum um.

Dabei entdeckte sie Dee. Sogar quer durch den Saal konnte sie das wütende Funkeln in ihren Augen sehen.

Dees Blick wanderte von Billy zu Sue. Es schien ihr überhaupt nicht zu gefallen, dass sie sich unterhielten.

„Na toll", dachte Sue. „Läuft zwischen den beiden etwa was?"

„Hallo, Leute", platzte eine Stimme in ihre Gedanken.

Als Sue aufblickte, schaute sie in die hellblauen Augen von Kit, der für die Anlage der Band zuständig war.

Kit war eindeutig einer der bestaussehenden Typen hier. Sue lächelte ihn an. Er war groß, hatte hohe Wangenknochen und ein kantiges Kinn, sehr dunkle Haare und eisblaue Augen, die von langen schwarzen Wimpern umrahmt wurden.

„Hey, Kit", sagte Billy. „Hast du die Verstärker schon aufgebaut?"

Kit nickte. „Ich hab mir ein bisschen Sorgen um den Bassverstärker gemacht. Der braucht unheimlich viel Saft. Aber jetzt läuft alles, und ich kann mich entspannt zurücklehnen."

„Gehst du zurück ins Hotel?", fragte Billy.

„Ich könnte noch ein bisschen frische Luft vertragen." Kit wandte sich an Sue. „Als wir in die Stadt reingefahren sind, ist mir ein kleiner Park aufgefallen. Höchstens zwei Blocks entfernt. Hast du Lust mitzukommen?"

Sue war überrascht. Kit hatte ihr bis jetzt nicht sehr viel Aufmerksamkeit geschenkt. Er war nett, aber irgendwie distanziert gewesen.

„Also?", fragte Kit.

Sue ertappte sich dabei, dass sie nickte. Sie hätte nicht ablehnen können, selbst wenn sie gewollt hätte.

„Ein bisschen Bewegung wäre nicht schlecht", erwiderte sie. „Besonders nach der langen Autofahrt."

Kit lächelte, als Sue aufstand.

„Kein Wunder, dass alle weiblichen Fans bei seinem Anblick kreischen", dachte sie. „Auf *mich* wirkt seine Ausstrahlung auch."

Als sie Billy anschaute, fiel ihr seine überraschte Miene auf, und sie musste ein Lächeln unterdrücken.

„Wir sehen uns nachher im Hotel", sagte Kit zu Billy. Dann nahm er Sue an der Hand und lotste sie durch das Gewühl der Tänzer. Als sie schon fast an der Tür waren, entdeckte Sue Dee. Sie sah Kit mit einem seltsamen, brennenden Blick an.

„Vielleicht will Dee auch gar nichts von Billy", schoss es Sue durch den Kopf, „sondern sie will Kit! Dann wäre sie nicht nur eifersüchtig auf meine Stimme."

Dee folgte Kit mit ihrem Blick bis zum Ausgang. Doch er schien es nicht zu bemerken.

Auch draußen ließ er ihre Hand nicht los. Sein Griff war fest und warm, aber Sue fröstelte.

„Ist dir kalt?", fragte Kit und drehte sich zu ihr.

„Ein bisschen." Sue blickte auf. Vor dem Mond hingen keine Wolken mehr.

Kit ließ ihre Hand los und legte den Arm um ihre Schulter. „Sollen wir dir erst mal einen Pullover holen?"

Sue schüttelte den Kopf. Es war nicht der Wind – es ging kein Lüftchen. Die Kälte war irgendwie in ihr …

Als sie in den Park kamen, führte Kit sie zu einer steinernen Bank, die von Bäumen umgeben war. Silbernes Mondlicht fiel durch die Blätter.

„Ist das schön hier!", sagte Sue und gab sich Mühe, begeistert zu klingen.

„Und ruhig." Kit lachte. „Vielleicht habe ich den falschen Job. Der Lärm geht mir manchmal auf die Nerven."

Sue zwang sich zu einem Lächeln. Was war nur mit ihr los?, fragte sie sich. Sie war hier ganz allein mit Kit. Sie hätte doch total aufgeregt sein müssen. Stattdessen war ihr nur kalt. Kalt und irgendwie seltsam. Sie griff sich ins Haar. Es begann schon wieder, sich zu sträuben.

Aber Kit achtete gar nicht darauf. Seine blauen Augen glühten vor Intensität, als er sie ansah. „Ich wünsche mir schon so lange, mit dir allein zu sein, Sue", flüsterte er. Er lächelte sie an und beugte sich vor.

Sie sah nur noch das Leuchten in seinen Augen.

Kit kam noch näher und küsste sie. Sue erwiderte seinen Kuss.

„Du hast aufgehört zu zittern", schoss es ihr durch den Kopf. „Dir wird endlich wieder warm."

Sie spürte, wie das Blut durch ihre Adern strömte, und küsste ihn fester. Kit schien ein wenig überrascht, aber er presste seine Lippen weiter auf ihren Mund.

Sue schloss die Augen und küsste ihn noch fester.

Er schrie auf, als Sue ihn kräftig in die Lippe biss.

5

Keuchend sprang Kit von der Bank auf. Er stöhnte und presste sich eine Hand auf die Lippen.

„Was habe ich getan?", fragte sich Sue, die plötzlich am ganzen Körper zitterte. „Warum habe ich das getan?"

Sie sah entsetzt auf. Blut tropfte von Kits Unterlippe und sickerte zwischen seinen Fingern hindurch.

Es glänzte schwarz im Mondlicht.

„Sue?", krächzte Kit heiser. Er wirkte völlig überrumpelt. „Was …?"

„Es tut mir leid!", stieß Sue hervor. Sie sprang auf. Ihr Herz klopfte wie verrückt. „Ich weiß nicht, wie das passieren konnte. Es tut mir so leid!"

Kit streckte die Hand nach ihr aus, aber Sue schob sich an ihm vorbei. Sie begann zu rennen. Sie wollte nur noch weg hier. Weg!

Sie schluckte hart. Einmal. Zweimal. Schmeckte Kits Blut. Heiße Tränen liefen ihr über die Wangen.

„Warum habe ich das getan?", fragte sie sich immer wieder. „Wie konnte das passieren?"

Ein entsetzlicher Gedanke ließ sie erschauern. Sie hatte es genossen, richtig genossen, so fest zuzubeißen.

Der Portier blickte auf, als Sue atemlos in die Lobby des Hotels gerannt kam. Sie wandte das Gesicht ab und eilte zum Fahrstuhl.

Hastig drückte sie auf den Knopf und wischte sich mit dem Handrücken über den Mund. Eine Spur von Kits

Blut blieb darauf zurück. Wieder durchfuhr sie ein Schauder.

„Sue!", rief Caroline bestürzt, als sie ins Zimmer gestürmt kam. „Was ist passiert?"

„Ich kann es ihr nicht erzählen", dachte Sue und ließ sich auf ihr Bett sinken. „Wie soll ich ihr erklären, was geschehen ist?"

Caroline zog den Gürtel ihres blauen Frotteebademantels um ihre schlanke Taille fest und ging zu Sue hinüber. „Was ist passiert?", wiederholte sie und legte ihr eine Hand auf den Arm. „Du bist ja ganz kalt, Sue. Und du … du weinst ja."

Sue schluckte. „Ich muss zu Dr. Moore, Caroline", stieß sie hervor. „Irgendwas stimmt nicht mit mir."

Carolines blaue Augen nahmen einen besorgten Ausdruck an. „Hattest du wieder eine von diesen Halluzinationen?"

„So was Ähnliches." Sue konnte sich nicht überwinden, ihr die Geschichte zu erzählen.

„Wieder so brutal?"

„Ja!", rief Sue. „Noch schlimmer als sonst. Ich muss unbedingt zu Dr. Moore – gleich morgen. Er ist der Einzige, der mir helfen kann!"

„Dann musst du nach Shadyside fahren", sagte Caroline. „Wir sprechen mit Billy, wie du am besten hinkommst. Mach dir keine Sorgen. Er wird das verstehen."

„Aber unsere Proben!", protestierte Sue.

„Wir treten nicht vor acht Uhr auf", erinnerte Caroline sie. „Du hast also massig Zeit, um hin- und wieder zurückzufahren."

Sue sah Caroline dankbar an.

„Du zitterst ja", sagte Caroline. „Hör zu, ich wollte gerade unter die Dusche, aber du solltest zuerst gehen. Das wird dich aufwärmen."

In der winzigen Duschkabine stellte Sue das Wasser so heiß es ging. Der brühend heiße Strahl wärmte ihre Haut, aber die Erinnerung an den Kuss im Park ließ sie wieder frösteln.

Als sie aus der Dusche kam, wickelte sie sich in ihren langen gelben Bademantel. Im Spiegel wirkten ihre dunklen Augen riesengroß in dem blassen Gesicht. Ihre Hände zitterten immer noch, als sie sich mit dem Kamm durch die Haare fuhr.

Nachdem Caroline in dem dunstigen Bad verschwunden war, lief Sue unruhig im Zimmer auf und ab. Die Sache ließ ihr keine Ruhe. Ihr Herz klopfte wie verrückt.

Dann fiel ihr Blick auf ihren Gitarrenkoffer. „Vielleicht hilft es mir, wenn ich ein bisschen spiele", dachte sie.

Sie holte die Gitarre heraus und setzte sich ans Fußende ihres Bettes. Durch das Fenster konnte sie den Mond sehen. Eine bleiche Scheibe am nächtlichen Himmel.

Ihre Finger glitten über die Saiten. Da die Gitarre nicht an den Verstärker angeschlossen war, klang es ziemlich dumpf. Aber das machte nichts. Sue konnte die Noten ganz deutlich in ihrem Kopf hören, das war das Wichtigste. Zu Anfang waren es nur ein paar weiche Akkorde, klangvolle Bruchstücke, die aber noch keine Melodie ergaben.

Doch als sie zum Mond aufsah, hörte sie sie auf einmal in ihrem Kopf. Eine Melodie – und dann den Text dazu.

172

Ohne das kleinste Zögern und ohne einen einzigen Moment nach der richtigen Note zu suchen, sang sie ihre neue Komposition.

Bad moonlight, so kalt und weiß,
bad moonlight, fühl mich wie Eis,
bad moonlight, fühl mich so seltsam innerlich.
Bad moonlight, bin ich noch immer ich?

Bad moonlight, so kalt und weiß,
bad moonlight, fühl mich wie Eis,
bad moonlight, fühl mich so seltsam innerlich.
Bad moonlight, bin ich in deinem Schein noch ich?

„Echt merkwürdig", dachte Sue, nachdem der letzte Ton verklungen war. „So leicht hab ich noch nie einen Song komponiert. Es war fast wie Zauberei."

„Mann, dieses Lied ist ja irre!", rief Caroline aus dem Bad. „Wann ist dir das denn eingefallen?"

„Gerade eben. Einfach so. Ich musste nicht mal dran arbeiten. Gefällt's dir wirklich?"

„Gefallen? Ich finde es super! Es ist das beste Stück, das du jemals geschrieben hast!" Caroline grinste. „*Bad moonlight* – klingt echt gruselig!"

„Gruselig war es wirklich", dachte Sue. Ihr wurde schlagartig klar, dass der Mond an ihrem komischen Gefühl schuld war. Und an dieser Kälte in ihr.

Aber warum? Was war am Mondlicht so böse und unheimlich?

„Ich sag den anderen Bescheid, damit sie es sich auch anhören können." Caroline zog sich das Handtuch vom Kopf und schnappte sich den Telefonhörer.

Wenige Minuten später drängte sich der Rest der Band in dem kleinen Zimmer. Dee trug einen Bademantel, aber die anderen waren angezogen. Joeys Klamotten sahen so zerknittert aus, als hätte er darin geschlafen.

„Hoffentlich hast du uns auch was zu bieten", sagte er gähnend. „Ich hatte gerade einen tollen Traum, als ihr angerufen habt. Da waren diese beiden Mädchen …"

„Joey, das interessiert niemanden", schnitt Billy ihm das Wort ab.

„Warte, bis du den Song gehört hast", sagte Caroline und nickte Sue zu.

Sue zupfte einen Anfangsakkord und legte los. Als sie fertig war, blieben alle reglos sitzen und sagten kein Wort.

Dann begann Billy langsam zu klatschen, und die anderen fielen ein. Joey pfiff und trampelte mit den Füßen. Mary Beths grüne Augen funkelten vor Begeisterung. Nur Dee hielt sich zurück.

Kit drückte Sues Schulter. „Das Lied ist der Hammer", sagt er. „Wahnsinn!"

„Danke, Kit", murmelte Sue unbehaglich. Als sie aufblickte, sah sie den dunklen Fleck auf seiner Lippe. Peinlich berührt und schuldbewusst wandte sie sich ab.

Dee starrte Kit an. „Wie hast du es denn fertiggekriegt, dich am Mund zu schneiden?", fragte sie ihn. „Mal wieder Bierflaschen mit den Zähnen geöffnet?"

„Ich bin beim Rasieren abgerutscht", antwortete er beiläufig und schaute dabei nicht zu Sue.

Dee sah ihn scharf an. „Du rasierst dich *abends*?"

„Hab's heute Morgen nicht geschafft", murmelte Kit und strich sich vorsichtig über die Lippe.

Dee schüttelte misstrauisch den Kopf.

„Oh, Mist", dachte Sue unglücklich. „Dee ist wirklich hinter Kit her. Jetzt hat sie noch einen Grund mehr, mich zu hassen."

„Ich hab eben zwei linke Hände", seufzte Kit.

„Hey, nennen wir uns doch einfach *Bad Moonlight*!", rief Caroline plötzlich. „Das ist der perfekte Name für unsere Band. Was meint ihr?"

„Klingt irgendwie unheimlich." Mary Beth hob eine Augenbraue und lächelte. „Aber mir gefällt's."

„Und was ist mit dir, Dee?", fragte Caroline.

Dee zuckte mit den Achseln. „Als ob es irgendwen interessieren würde, was ich denke", schnaubte sie mit finsterem Gesicht.

„Mann, das ist ja super! Wir haben einen Namen", rief Billy. „Jetzt kann ich dem Manager des Clubs sagen, wie er euch ankündigen soll. Und wo wir gerade vom Club sprechen", fügte er hinzu, „um halb neun ist Probe. Und zwar morgens – nicht abends. Ihr solltet jetzt besser zusehen, dass ihr eine Mütze Schlaf bekommt."

Die anderen gingen nach draußen, und Caroline folgte ihnen. „Ich werde noch mal mit Billy darüber reden, wie du morgen nach Shadyside kommst", flüsterte sie Sue über die Schulter hinweg zu.

Allein im Zimmer, stellte Sue ihre Gitarre weg. Sie fühlte sich immer noch nervös. Sie kletterte ins Bett und schloss die Augen. Sofort sah sie Kit vor sich, auf dessen Lippe das Blut im Mondlicht schwarz schimmerte.

„Denk an etwas anderes", redete Sue sich gut zu. „An irgendwas anderes." Sie drehte sich auf die Seite und stopfte sich das Kissen unter den Kopf.

„*Bad Moonlight*", murmelte sie leise vor sich hin. Seltsam. So etwas hatte sie noch nie komponiert. War der Song wirklich so toll, wie Kit gesagt hatte?

Während sie noch darüber nachdachte, fielen ihr die Augen zu.

Ein lautes Heulen durchbrach die Stille.

Sue riss die Augen auf. Hatte sie das geträumt?

Sie wartete. Hellwach. Und lauschte.

Nein. Es war kein Traum gewesen.

Sue hielt den Atem an, als wieder das schreckliche Heulen draußen vor dem Fenster erklang.

„Was ist das?", rief sie laut. „Woher kommt dieses grässliche Geräusch?"

6

Stille.

Dann das nächste schrille Heulen.

„Caroline?", flüsterte Sue. „Hörst du das?"

Aus dem anderen Bett kam keine Antwort. Sue tastete nach dem Wecker auf ihrem Nachttisch.

Mitternacht.

Sie hatte zwanzig Minuten geschlafen. „Redet Caroline immer noch mit Billy?", fragte sich Sue verwundert.

Wieder ertönte das klagende Heulen eines wilden Tieres. So nah. So beängstigend nah. Plötzlich musste sie an Joey denken. Er warf doch immer den Kopf zurück und heulte wie ein Wolf.

Sue ging im Dunkeln durchs Zimmer. Widerstrebend zog sie das Rollo hoch und schaute aus dem Fenster. Der Mond tauchte die Gebäude und die Straße in ein kaltes, gleißendes Licht.

Sues Kopfhaut kribbelte. Zu ihrer Überraschung verspürte sie einen plötzlichen Drang, nach draußen zu rennen. Und in das Geheul einzustimmen. „Wie kommst du denn auf so was?", schimpfte sie mit sich. Hastig ließ sie das Rollo wieder herunter und schlüpfte ins Bett. Sie rollte sich zusammen und versuchte, das Geheul zu ignorieren.

Dann ließ sie ein anderes Geräusch hochfahren. Ein leises, eindringliches Klopfen an der Tür.

„Sue!"

Es war Dees Stimme, die sie mit heiserem Flüstern rief. „Sue, ich muss mit dir reden. Sofort!"

Sue hielt den Atem an und ließ sich wieder zurücksinken. „Kommt nicht infrage", dachte sie wütend. „Ich lass sie auf keinen Fall rein."

Warum sollte sie auch mit Dee reden? Damit die ihr wieder mal vorhielt, wie sehr sie sie hasste, weil sie die neue Leadsängerin der Band war? Nein, das musste sie sich nicht noch mal anhören.

„Sue!", flüsterte Dee noch einmal. „Ich weiß, dass du da drin bist." Sie hämmerte mit den Fingerknöcheln an die Tür. „Mach sofort auf!"

„Geh weg", bat Sue im Stillen. „Verschwinde doch endlich."

Nachdem sie noch ein paarmal geklopft hatte, gab Dee auf. Im Flur herrschte wieder Stille.

Draußen zerriss ein weiteres Heulen die ruhige Sommernacht.

Sue umklammerte das Steuer des geliehenen Wagens fester und warf einen sehnsüchtigen Blick auf das Straßenschild. Noch vierzig Meilen bis Shadyside. In weniger als einer Stunde würde sie bei Dr. Moore sein.

Caroline hatte recht gehabt. Billy war sofort einverstanden gewesen, dass sie sich nach der Probe absetzte. Er kannte einen der Kellner im Club und überredete ihn sogar, Sue sein Auto zu leihen.

Sue schüttelte den Kopf. Billy war wahrscheinlich froh, sie los zu sein. Bei der Probe war sie grottenschlecht gewesen. Ihr Timing stimmte nicht, ihre Stimme klang piepsig, und beim Spielen kam es ihr vor, als wollten ihre Finger ihr nicht mehr gehorchen.

„Hey, mach dir deswegen keine Gedanken", versuchte Billy, sie während der Pause zu beruhigen. „Eine schlechte Generalprobe bedeutet eine gute Show."

„Na, dann muss unsere Show ja *super* werden!", witzelte Sue. „Diese Probe war echt das Letzte."

Und natürlich hatte Dee ihr das Leben wieder schwer gemacht. „Was ist los mit dir?", hatte sie giftig gefragt. „Hattest du 'ne wilde Nacht?"

„Nein, ich hab mich früh aufs Ohr gehauen", erwiderte Sue. Dee sollte nicht wissen, dass sie ihr Klopfen gehört hatte. Außerdem hatte sie beschlossen, das unheimliche Geheul nicht zu erwähnen. Auch keiner von den anderen hatte ein Wort darüber verloren. Alle wirkten hellwach und ausgeruht. „Ich bin nur ein bisschen nervös", fügte sie hinzu. „Aber heute Abend werde ich in Hochform sein."

Dee schaute sie finster an, hielt aber den Mund.

„Du machst das schon", sagte Kit zu Sue, während er das Kabel des Gitarrenverstärkers entwirrte. „Dein neuer Song wird alle umhauen!"

Sue spürte, wie sie rot wurde. Wie konnte Kit nach dem, was sie getan hatte, so freundlich zu ihr sein? Sie wünschte, sie könnte die Zeit zurückdrehen und es ungeschehen machen.

Kit übte eine starke Anziehungskraft auf sie aus. Doch obwohl er sie ständig anlächelte, wollte er offenbar nicht mehr mit ihr alleine sein.

Seufzend lenkte Sue den Wagen um eine Kurve. „Jetzt vergiss Kit mal für einen Moment", redete sie sich ins Gewissen. „Sieh zu, dass du zu Dr. Moore kommst und dir Hilfe holst."

Eine halbe Stunde später reihte sich Sue in den Strom

von Autos auf der Division Street in Shadyside ein. Sie fuhr an einer endlosen Reihe von Läden und zweistöckigen Bürogebäuden vorbei und bog dann in den Park Drive in Richtung North Hills ein.

Sie wünschte, sie hätte ihre Tante und ihren Bruder besuchen können. Aber die Zeit reichte nicht. Nach ihrem Termin mit Dr. Moore musste sie sofort zurück nach Midland.

Die Praxis des Psychologen befand sich in einer großen viktorianischen Villa in der Nähe des Flusses. Sue stellte den Wagen unter dem Säulenvorbau an der Seite des Gebäudes ab und rannte die Stufen zur Tür hinauf.

Die Empfangssekretärin saß nicht an ihrem Schreibtisch. Sue ließ sich auf einen der weichen beigefarbenen Stühle fallen und nahm sich eine Zeitschrift.

Doch gleich darauf warf sie sie wieder beiseite und sprang auf. Sie war zu nervös, um sitzen zu bleiben.

„Irgendetwas passiert mit mir", dachte sie. „Irgendetwas Schlimmes. Ich muss rausfinden, was. Und warum."

„Sue?" Eine tiefe, sanfte Stimme unterbrach ihre Gedanken.

„Dr. Moore!" Sue wirbelte herum.

Der Doktor stand in der Tür seines Büros. Er war ein Bär von einem Mann mit einem Kranz grauer Haare auf dem Kopf. Seine Kleidung war immer leicht zerknittert und seine Brillengläser verschmiert.

„Ich habe versucht, Sie anzurufen, aber es war immer besetzt", erklärte Sue. „Ich weiß, dass Sie noch andere Patienten haben, aber Sie müssen mich irgendwie reinquetschen." Sie versuchte, sich ihre Verzweiflung nicht anmerken zu lassen, doch ihre Stimme klang schrill und atemlos.

Dr. Moore winkte sie in sein Büro. „Ein Patient hat vorhin abgesagt. Komm rein, Sue."

Die hohen Fenster des großen Raums gingen hinaus auf den Garten, in dessen Mitte sich ein Swimmingpool befand. Eine Baumreihe trennte den Pool vom Fluss.

An zwei Wänden des Büros zogen sich Bücherregale entlang. An den anderen beiden hingen farbenprächtige Blumendrucke. Sue ließ sich erschöpft in einen der zwei tiefen, weichen Sessel fallen, die gegenüber vom Schreibtisch standen. Dr. Moore setzte sich auf die Schreibtischkante.

„Was ist passiert?", fragte er.

Sue fuhr sich mit der Hand über die Augen, dann erzählte sie ihm von der schrecklichen Halluzination, die sie am Abend zuvor gehabt hatte, von dem seltsamen Song, den sie geschrieben hatte, und von der erschreckenden Szene mit Kit im Park.

„Findest du Kit anziehend?", fragte Dr. Moore, als sie geendet hatte.

„Ja, aber …"

Der Doktor hob die Hand. „Und er mag dich auch?"

„Ich glaube schon. Wenigstens bis gestern Abend", antwortete Sue.

Dr. Moore lächelte. „Zwei junge Leute, die sich im Mondschein küssen. Dabei können die Zähne schon mal etwas im Weg sein, weißt du. Hat Kit den Kopf vielleicht ein bisschen weggedreht?"

Sue spürte neue Hoffnung.

„Es ist höchst unwahrscheinlich, dass du ihn mit Absicht verletzt hast", versicherte ihr Dr. Moore.

„Vielleicht haben Sie recht", sagte Sue. „Aber was ist mit den schrecklichen Wahnvorstellungen, die ich habe? Sie sind so brutal!"

„Ja, beschäftigen wir uns damit", schlug er vor. „Bist du bereit, deinen Kopf ganz leer zu machen?"

Sue nickte und schloss die Augen.

Der Psychologe begann, sie zu hypnotisieren. Das hatte er schon oft getan.

„Ich möchte, dass du von hundert an rückwärts zählst", flüsterte er. „Versuch, dabei an nichts anderes zu denken. Du wirst dich mit jeder Zahl mehr entspannen."

Gehorsam fing Sue an zu zählen. „Einhundert … neunundneunzig … achtundneunzig …"

„Du bist jetzt schon viel entspannter", sagte er mit leiser Stimme. „Dein Atem fließt tief und regelmäßig."

Als Sue weiterzählte, hatte sie das Gefühl, in das weiche Polster zu sinken. Ihre Hände ruhten leicht auf den Armlehnen.

„Sitzt du bequem, Sue?", fragte der Doktor. „Ist dein Kopf ganz leer?"

„Ja", murmelte sie.

„Gut. Dann lass jetzt deine Gedanken fließen", befahl er. „Und erzähl mir, was du siehst."

Sue machte einen langen, tiefen Atemzug. „Den Mond", stöhnte sie. „Das Licht des Vollmonds scheint auf mich herab."

„Wie fühlt es sich an?"

„Kalt. Eisig." Sue atmete schneller. „Ich renne über ein Feld. Renne durch die Nacht."

„Warum rennst du?", fragte Dr. Moore.

„Es ist ein gutes Gefühl, so schnell zu laufen. Ein Gefühl von Freiheit", antwortete Sue. Ihre Beinmuskeln spannten sich an. Ihr Herz begann schneller zu schlagen. „Aber jetzt werde ich gejagt! Jemand ist hinter mir her!"

„Wie fühlst du dich nun?", fragte er ruhig.

„Wütend. Richtig wütend!" Sue keuchte. „Ich könnte platzen vor Wut. Ich drehe mich um. Und jetzt kämpfe ich mit jemandem." Sie knirschte mit den Zähnen. „Da ist eine Menge … Blut. Ich kämpfe immer weiter und …"

Dr. Moore schnippte mit den Fingern. Einmal. Zweimal.

Sue öffnete die Augen. Sah die Bücherregale an den Wänden, die Sonne vor dem Fenster und Dr. Moore, der sie anschaute.

„Das war so … so widerlich!", keuchte Sue. „Verstehen Sie jetzt, was ich meine? Diese Halluzinationen werden immer seltsamer. Immer schlimmer."

„Du hast offenbar noch eine Menge Wut in dir", bemerkte der Doktor. „Aber wer will dir das verdenken? Deine Eltern sind ganz plötzlich gestorben. Darüber bist du wütend – auf sie, auf die ganze Welt."

Sue nickte. Sie bemühte sich, langsamer zu atmen.

„Hab keine Angst vor deinen Fantasievorstellungen. Es ist gut, wenn du deine Gefühle darin auslebst, Sue", sagte Dr. Moore. „Je mehr du das tust, desto mehr wird deine Wut nachlassen."

Sie fragte sich, ob er recht hatte. Waren diese entsetzlichen Halluzinationen wirklich harmlos? Waren sie vielleicht sogar hilfreich?

Sue fühlte sich immer noch ganz zittrig. Aber der Doktor war schon zur Tür gegangen. Ihre Zeit war um.

Sie umklammerte die Armlehnen des Sessels, um sich hochzustemmen.

Und blickte geschockt nach unten.

Der cremefarbene Bezug der Armlehnen war regelrecht zerfetzt.

Sue hob ihre Hände und starrte sie ungläubig an.

7

„*Bad Moonlight!*"

Die tanzende, jubelnde Menge im *Rocket Club* raste und forderte eine Zugabe.

„*Bad Moonlight!*", riefen sie im Chor. „Noch mal! *Bad Moonlight!*"

Sues Gesicht war schweißüberströmt. Ihr kurzes rotes T-Shirt-Kleid, das mit glitzernden Pailletten besetzt war, fühlte sich an wie ein feuchter Lappen, und an einem ihrer Finger hatte sich eine Schwiele gebildet.

Doch sie fühlte sich großartig. „Ich könnte die ganze Nacht durchsingen", dachte sie glücklich.

„*Bad Moonlight!*", grölte die Menge.

Lachend drehte sich Sue zum Rest der Band um. Caroline warf sich die langen blonden Haare über die Schulter und stieß triumphierend die Faust in die Luft. Mary Beth grinste sie hinter ihren Drums hervor an. Sogar Dee schien ausnahmsweise mal zufrieden zu sein. Bis sie merkte, dass Sue sie anschaute. Sofort setzte sie wieder eine abweisende Miene auf.

Sue versuchte, sich nicht davon runterziehen zu lassen. „Wir sind super angekommen", dachte sie aufgeregt. Die Leute wollten jetzt schon die dritte Zugabe.

„Na, los! Gebt's ihnen!", rief Billy aus den Kulissen. Joey, der neben ihm stand, zeigte ihr den erhobenen Daumen.

Sue wirbelte zu der Menge herum. Sie nickte Caroline zu, die das Intro auf dem Keyboard spielte. Dann setzte Mary Beth mit den Drums ein.

Sue warf den Kopf zurück und begann zu singen.

Die Menge jubelte begeistert und fiel mit ein.

Während sie sang, bemerkte Sue jemanden im Publikum, der dadurch auffiel, dass er nicht wie die anderen klatschte und tanzte. Er stand völlig reglos da und starrte sie an.

Kit.

Normalerweise hatte er hinter der Bühne zu tun, wenn die Band auftrat. „Er muss rausgekommen sein, um mir zuzusehen", dachte Sue.

Ihr wurde plötzlich klar, dass Dr. Moore recht gehabt hatte, was den Kuss anging. Kit würde sie nicht so ansehen, wenn er nichts von ihr wollte. Sie lächelte.

„Lasst uns feiern!", rief Joey. Er hatte immer noch die Sonnenbrille auf.

Es war schon nach eins, und der Club hatte geschlossen, aber alle waren total aufgedreht. *Bad Moonlight* – der Song *und* die Band – waren ein Wahnsinnserfolg gewesen.

„Party!", rief Joey noch einmal. Er packte Dee um die Taille und tanzte mit ihr über die Bühne.

„Nimm deine Pfoten weg!", schnauzte Dee ihn an und schubste ihn weg.

Joey zuckte mit den Achseln und ging zu Mary Beth. Zu Sues großer Überraschung ließ sie sich von ihm auffordern.

„Wie fühlst du dich?", fragte Billy, als sie ihre Gitarre einpackte.

„Völlig fertig." Sue grinste. „Und fantastisch!"

Als Billy lächelte, vertiefte sich das Grübchen in seiner Wange. „Du warst absolut spitze, Sue. Aber das brauche ich dir bestimmt nicht zu sagen."

„Nur zu", erwiderte Sue. „So was kann ich gar nicht oft genug hören."

„Hey, was machen wir denn jetzt?", wandte Caroline sich an Billy.

Er fuhr sich mit der Hand durch sein dunkelblondes Haar. „Ich sag's euch ja nur ungern, aber der Club macht gleich zu. Die Bar im Hotel ist das Einzige, was hier in der Stadt noch auf hat."

Caroline zuckte mit den Achseln. „Das ist schon okay. Heute Nacht können wir überall feiern!"

Als Caroline sich abwandte, entdeckte Sue Kit am anderen Ende der Bühne, der gerade die Kabel aufwickelte. Sue konnte den Ausdruck in seinen Augen nicht vergessen, als er sie auf der Bühne beobachtet hatte. Sie wollte dieses Funkeln noch einmal sehen.

Rasch ging sie auf ihn zu. Aber sie kam nicht weit. Zwei starke Hände packten sie und wirbelten sie herum.

„Joey!"

„Jetzt gehörst du mir!", rief er. Er verstärkte seinen Griff und zog sie an sich.

Bevor Sue ihn davon abhalten konnte, küsste er sie auf den Mund.

Sie schob ihn unsanft weg und wandte das Gesicht ab. „Lass den Mist, Joey!", fauchte sie.

Sie sah, wie Kit am anderen Ende der Bühne genervt das Gesicht verzog. Er hob die zusammengerollten Kabel auf und verschwand in den Kulissen.

„Okay, Leute!", rief Billy und schwenkte ein Stück Papier über seinem Kopf. „Ich hab unseren Scheck.

Wir sind zwar noch keine Millionäre, aber ein paar Cheeseburger drüben im Hotel können wir uns schon leisten."

Lachend packten Sue und die anderen ihre Sachen zusammen und verließen den Club.

Sue merkte plötzlich, dass sie jetzt viel zu aufgedreht war, um am Tisch zu sitzen und zu reden. Ihr war eher nach ein bisschen Bewegung und frischer Luft.

„Wisst ihr, ich bin noch total überdreht", sagte Sue zu den anderen, als sie über die Straße zum Hotel gingen. „Ich muss noch ein bisschen an die frische Luft. Bestellt mir schon mal einen Cheeseburger."

Sue ging mit schnellen Schritten den Bürgersteig entlang. Nach wenigen Minuten lagen die Geschäfte und niedrigen Bürogebäude hinter ihr. Sie folgte einem unbefestigten Weg neben einem Feld, auf dem außer hohem Unkraut nichts wuchs. Das Mondlicht verlieh ihm einen silbrig-grauen Schimmer.

Sue hob den Kopf und starrte den Vollmond an.

Plötzlich begann sie zu rennen. Im Takt ihrer Schritte knirschten Kiesel unter ihren Füßen. Gestrüpp und Unkraut peitschten gegen ihre Beine, aber sie wurde nicht langsamer.

Sie musste immer weiter und weiter laufen.

„Es ist das Mondlicht", dachte sie. „Es muss daran liegen, dass ich mich so fremd und seltsam fühle."

Etwas Dunkles ragte vor ihr auf. Eine Mauer aus großen Steinen. Oben waren spitze, schmiedeeiserne Stäbe eingelassen. Die Mauer war mindestens einen Meter sechzig hoch.

Sue wollte anhalten, aber es ging nicht.

Sie rannte auf die Steinmauer zu und spürte, wie sich

die Muskeln in ihren Beinen anspannten und zusammenzogen wie Sprungfedern.

Und dann sprang sie. Hob vom Boden ab und segelte durch die Luft.

Über die Mauer. Mühelos. Wie ein Hund. Oder ein Pferd.

Sie landete auf allen vieren.

Wie hatte sie das gemacht?

Schwer atmend hob Sue den Kopf und schaute sich um. Plötzlich wusste sie, wo sie war. In dem kleinen Park, wo Kit sie geküsst hatte. Offenbar war sie um die Außenbezirke der Stadt herum und zurück zum Park gerannt.

Völlig außer Atem stützte sich Sue mit den Händen auf dem Boden ab und wollte sich hochstemmen.

Dabei fiel das Mondlicht auf ihre Hände.

Aber … es waren gar nicht *ihre* Hände!

Ihre Nägel waren ein paar Zentimeter gewachsen. Sie waren dick, verhornt und nach innen gebogen wie Krallen. Sue hielt sich die hässlichen Klauen vors Gesicht und starrte sie in stummem Entsetzen an.

Bad Moonlight, fühl mich eisig innerlich.

Sie hörte Geräusche hinter sich auf dem Feld. Rascheln. Atmen. Schritte.

Jemand war ihr gefolgt!

Sie sprang auf und hob ihre scharfen Klauen.

„Joey!", rief Sue. „Was machst du denn hier?"

8

„Hat irgendjemand Joey gesehen?", fragte Billy am nächsten Morgen. Sue saß mit Dee, Mary Beth und Caroline im Frühstücksraum des Hotels.

Mary Beth gähnte und fuhr sich mit beiden Händen durch das karottenfarbene Haar. „Versuch's doch mal in seinem Zimmer", schlug sie vor.

„Stimmt." Billy eilte stirnrunzelnd davon.

„Wer bekommt das Schinkenomelette?", fragte die Kellnerin.

„Ich. Und Kaffee, bitte", fügte Mary Beth hinzu. Unter ihren grünen Augen lagen dunkle Schatten. „Jede Menge Kaffee."

Die Kellnerin knallte den Teller auf den Tisch und ging zur Kaffeemaschine.

„Gut, dass wir heute Abend nicht auftreten", murmelte Mary Beth. „Mir würden wahrscheinlich schon beim ersten Stück die Augen zufallen."

„Wie lange wart ihr denn noch wach?", fragte Sue.

„Zu lange", stöhnte Caroline nur. „Ich freu mich schon drauf, in den Van zu klettern und auf der ganzen Rückfahrt zu pennen."

„Kaffee", verkündete die Kellnerin und hob die gläserne Kanne.

Sue griff nach ihrer Tasse und bemerkte dabei einen frischen Schnitt auf ihrem Zeigefinger.

„Was war gestern Abend eigentlich mit *dir*?", wollte Dee wissen. „Du bist gar nicht mehr hier aufgetaucht."

„Ich weiß." Sue konnte sich noch erinnern, dass sie zu einem Spaziergang aufgebrochen war. Aber sonst an nichts. „Schätze, ich war doch müder, als ich dachte. Ich bin einfach weggeschnarcht."

„Das kann man wohl sagen", antwortete Caroline und verdrehte die Augen. „Ich hatte schon Angst, dass die anderen Hotelgäste sich über dein Schnarchen beschweren würden."

„In seinem Zimmer ist Joey auch nicht", erklärte Billy, der mit Kit im Schlepptau jetzt wieder an ihren Tisch kam. „Er weiß doch genau, dass er den Wagen vorfahren muss, damit wir alles einladen können."

Kit schüttelte nachdenklich den Kopf. „Als ich aufgestanden bin, war er auch nicht in unserem Zimmer."

Billy wandte sich an Sue. „Er ist gestern Nacht ein paar Minuten nach dir gegangen. Du hast ihn nicht zufällig gesehen, oder?"

Sue schüttelte den Kopf. „Nein. Hab ich nicht."

Dee setzte unsanft ihr Glas ab und verspritzte dabei Orangensaft auf dem Tisch. „Joey hat irgendwas über dich gesagt, als er gegangen ist", murmelte sie an Sue gerichtet.

„Über mich?"

Dee nickte. Sue fiel auf, dass ihre Hand zitterte, als sie den Saft aufwischte.

„Alles in Ordnung, Dee?", fragte Billy.

„Ja." Dee schaute zu Sue und senkte dann den Blick. „Bestens."

Caroline grinste Billy an. „Ich würde vorschlagen, dass ihr uns in Ruhe zu Ende frühstücken lasst und Joey suchen geht. Das ist doch ein guter Plan, oder?"

„Willst du denn gar nichts essen, Sue?", fragte Mary

Beth, während sie sich eine große Portion Rührei und Schinken auf ihre Gabel lud. „So 'n Auftritt ist ganz schön anstrengend. Nicht, dass du uns noch aus den Latschen kippst."

„Werd ich schon nicht", versicherte ihr Sue. „Ich hab im Moment nur keinen Hunger." Sie lächelte Mary Beth fröhlich an, doch innerlich fühlte sie sich sonderbar.

Als hätte sie einen Marathonlauf hinter sich. Jeder Muskel tat ihr weh, und sie war schrecklich müde.

Dabei war sie doch früh zu Bett gegangen, oder? Sie konnte sich nicht genau erinnern.

Als sie fertig waren, gingen die vier Bandmitglieder in die Lobby, um sich mit Kit und Billy zu treffen. Ihre Taschen waren schon dort.

„Habt ihr Joey gefunden?", fragte Dee.

Billy schüttelte verärgert den Kopf. „Im Club ist er nicht. Und in seinem Zimmer auch nicht. Ich kann ihm nur raten, bald aufzutauchen, sonst ist er seinen Job los."

Sue drehte sich zum Fahrstuhl um, wo Caroline und Kit eindringlich miteinander flüsterten. Sie spürte einen Stich der Eifersucht.

„Wir können genauso gut alles zusammenpacken und auschecken", beschloss Billy. „Vielleicht sammeln wir Joey ja irgendwo auf der Straße ein."

„Du weißt genau, dass wir ihn da garantiert nicht finden werden!", sagte Dee mit scharfem Ton.

Sue schaute sie überrascht an. Was meinte sie damit? Bevor Billy etwas darauf erwidern konnte, packte Dee ihre Reisetasche und stürmte aus der Tür.

„Was ist denn mit ihr los?", fragte Sue. „Sie kann Joey nicht ausstehen, das wissen wir alle. Warum ist sie seinetwegen dann so aufgeregt?"

Billy zuckte mit den Achseln. „Keine Ahnung." Er wandte sich an Kit und Caroline. „Okay, lasst uns gehen!"

Kit und Billy zurrten die Instrumente und die andere Ausrüstung unter dem Dach des Kleintransporters fest, während die Mädchen das Gepäck einluden.

Sue wollte gerade einsteigen, hielt jedoch inne, als ein Streifenwagen mit heulender Sirene vorbeifuhr.

Ein zweiter folgte und jagte mit quietschenden Reifen um die Kurve. Das durchdringende Geräusch der Sirene klang wie das Heulen eines wilden Tieres. Wenige Sekunden später raste ein Krankenwagen hinterher.

„Sie fahren zum Park!", rief Kit und beschattete die Augen mit der Hand, während er ihnen hinterherschaute. „Kommt. Lasst uns hinterherlaufen und mal nachsehen, was da los ist."

Er schloss den Wagen ab und trabte in Richtung Park. Sue und die anderen folgten ihm dicht auf den Fersen.

„Zwei Polizeiautos und ein Krankenwagen", dachte Sue schaudernd. „Und sie hatten es so eilig …"

Als sie sich dem Park näherten, stellte Sue fest, dass sie nicht die einzigen Neugierigen waren. Ein paar Dutzend Leute standen herum, reckten die Hälse und stellten Fragen. Zwei Polizisten mit grimmigen Gesichtern versuchten ohne großen Erfolg, sie zurückzuhalten.

Dee rannte los und holte Kit ein. Sue sah, wie die beiden sich durch die Menge drängelten.

„Alle zurück!", rief einer der Officer. „Halten Sie Abstand!"

Ein lauter Schrei ertönte.

„Das klang nach Dee!", rief Caroline.

Sues Herz begann, aufgeregt zu klopfen.

„Ich geh kein Stück weiter", verkündete Mary Beth und blieb ein paar Meter von der Menge entfernt stehen. „Seht euch mal all diese Leute an. Das ist doch total krank."

Auch Caroline blieb stehen. Sie war ganz blass geworden und knabberte angespannt auf ihrer Unterlippe herum.

Sue ging weiter.

„Alle zurück! Hier ist ein Verbrechen geschehen! Wir müssen den Tatort sichern", rief einer der beiden Polizisten. „Treten Sie zurück!"

Sue hatte die Menge der Schaulustigen jetzt erreicht. In diesem Moment öffnete sich eine Lücke, und sie konnte sehen, warum Dee geschrien hatte.

Da lag etwas auf dem Boden. Ein Mann.

Die Kleidung, die Haut – alles war zerrissen und zerfetzt.

„Der Ärmste muss von einem wilden Tier angefallen worden sein", dachte Sue.

Und dann sah sie sein Gesicht.

Es war Joey.

9

Zwei Wochen später

„Ich *weiß*, dass ich es nicht war!", beteuerte Sue. „So was könnte ich nie tun!"

„Mich musst du nicht davon überzeugen, Sue", sagte Dr. Moore ruhig. „Wie um alles in der Welt kommst du auf die Idee, du könntest Joey getötet haben?"

Sie saß angespannt auf der Kante eines Stuhls in Dr. Moores Büro – eines neuen Stuhls, wie ihr beim Hereinkommen aufgefallen war.

„Sue?", hakte der Doktor nach. „Warum glaubst du, dass du irgendwas mit seinem Tod zu tun hast?"

„Wegen dieser entsetzlichen, brutalen Fantasien", erklärte sie. „Was, wenn sie Realität geworden sind?"

„Du hattest eine Halluzination, die Joey betrifft?"

Sie schüttelte den Kopf. „Nein. Aber Billy hat mir erzählt, dass Joey an diesem Abend direkt nach mir den Club verlassen hat. Und Dee meinte, sie hätte gehört, wie Joey irgendwas davon gesagt hätte, dass er mit mir reden müsse."

Dr. Moore klopfte mit einem Stift auf seinen Schreibtisch. „Das muss nichts heißen", bemerkte er.

„Das weiß ich, aber ..." Sue schluckte. „Aber ich kann mich nicht erinnern, was passiert ist, nachdem ich mich von den anderen getrennt habe!", platzte sie heraus. „Das ist wie ein blinder Fleck in meinem Kopf." Sie umklammerte die Stuhllehnen und ließ die Hände dann schnell wieder in den Schoß sinken. „Warum kann ich mich an nichts erinnern?", fragte sie.

„Vielleicht weil es nichts zu erinnern gibt." Dr. Moore kritzelte eine kurze Notiz. „Du hattest gerade einen Auftritt hinter dir und fühltest dich erschöpft und glücklich, wie du sagst. Und dann bist du noch eine ziemlich weite Strecke gelaufen. Nachdem du schließlich deine Aufregung abgebaut hattest, warst du müde, Sue. Es ist nicht ungewöhnlich, dass Leute in erschöpftem Zustand Dinge vergessen."

Sue fragte sich, ob er recht hatte.

„Du hast schreckliche Halluzinationen", fuhr der Doktor fort. Er beugte sich vor, und seine blauen Augen hinter den Brillengläsern sahen sie eindringlich an. „Aber das heißt noch lange nicht, dass du auch irgendwelche aggressiven Handlungen begehst."

Sue blickte auf ihre Hände hinunter, die ein Eigenleben zu führen schienen. Es gelang ihr einfach nicht, sie stillzuhalten.

„Du wirkst sehr angespannt", bemerkte Dr. Moore. „Ich denke, wir sollten dich hypnotisieren. Das wird dir helfen, zur Ruhe zu kommen."

Er ging um den Schreibtisch herum und setzte sich auf die Tischkante. „Fang an zu zählen, Sue", sagte er mit sanfter Stimme. „Mit jeder Zahl wirst du dich mehr und mehr entspannen."

Sie lehnte sich in ihrem Stuhl zurück und begann, von hundert an rückwärts zu zählen.

Der Fahrtwind blies Sue die Haare aus dem Gesicht, als der Kleintransporter auf das nächste billige Hotel zurollte. Wieder fettiges Essen. Und die nächste tobende Menge.

Sue konnte es kaum erwarten. Sie war gut drauf und

freute sich auf ihren Auftritt. Die Sitzung mit Dr. Moore hatte ihr wirklich geholfen. Sie blickte auf und begegnete im Rückspiegel Kits Blick. Er zwinkerte ihr zu, und sie lächelte zurück.

„Ich kann's nicht fassen, dass wir einfach zum nächsten Auftritt fahren, als wäre nichts passiert", sagte Dee bitter. „Joey ist tot. In Stücke gerissen, falls ihr es vergessen habt. Ist euch das eigentlich total egal?"

Stille.

Sue sah wieder das entsetzliche Bild von Joeys Leiche vor sich. Sie schüttelte den Kopf, um es loszuwerden.

„Natürlich ist es uns nicht egal, Dee", sagte Billy mit rauer Stimme. „Das weißt du doch. Es ist nur ..."

„Wir sollten diesen Auftritt absagen", forderte Dee. „Das ist das Mindeste, was wir tun können."

„Das können wir nicht", antwortete Kit leise. „Damit würden wir unseren Vertrag brechen. Und ich glaube, das wäre das Letzte, was Joey gewollt hätte."

Dee murmelte etwas, das Sue nicht verstand.

„Sie ist wirklich unglücklich", dachte Sue. Sie griff hinter ihren Sitz und nahm ihre Gitarre aus dem Koffer. „Ich habe gestern ein neues Lied geschrieben", verkündete sie.

„Schon wieder eins?", fragte Caroline. „Mensch, Sue, du bist ja schnell!"

„Wenn es genauso gut ist wie *Bad Moonlight*, kannst du es morgen Abend spielen", versprach Billy. Sie hatten ein Engagement in Hastings, in einem Club namens *Roadhouse*.

„Es ist ein bisschen wie *Bad Moonlight*. Aber nicht ganz so düster", verriet Sue den anderen. „Und Dee soll es singen", fügte sie hinzu.

Dee drehte sich in ihrem Sitz um und hob überrascht die Augenbrauen.

Sue lächelte sie an. „Vielleicht würde es ja dann ein bisschen besser zwischen ihnen laufen", dachte sie.

„Na, dann lass mal hören", forderte Kit sie auf.

Sue schlug den Takt auf der Gitarre, spielte einen Akkord und begann zu singen.

Hey, bad moonlight!
Lass mich los,
ich spüre, deine Macht ist groß.
All das Blut!

Caroline bewegte ihren Kopf im Takt, sodass ihr langes Haar sacht hin und her schwang. Mary Beth trommelte mit den Fingern auf den Sitz. Dee lauschte angespannt, die bernsteinfarbenen Augen starr auf Sues Gesicht gerichtet.

Hey, bad moonlight!
Will mich nicht in dir verlieren,
das darf mir nie mehr passieren.
So viel Blut!

Nachdem das Lied zu Ende war, folgte eine lange Stille.

Sue spürte, wie ihr Gesicht vor Scham ganz heiß wurde. War der Text vorher nicht irgendwie anders gewesen?

Billy räusperte sich. „Wow", murmelte er.

Er wollte noch etwas sagen. Aber Dee unterbrach ihn. „*Was* darf mir nie mehr passieren?" Sie starrte Sue empört an. „Und dieses Lied soll *ich* singen? Was willst du damit sagen: *All das Blut?*"

Sue schüttelte den Kopf. „Ich weiß auch nicht. Keine Ahnung, der Text ist mir gerade erst eingefallen. Ich hab einfach angefangen zu singen, und dann …"

„Ich hab Joey nicht getötet!", kreischte Dee, sprang von ihrem Sitz auf und stürzte sich auf Sue.

Bevor Sue reagieren konnte, hatte Dee ihre langen, schlanken Finger um ihren Hals gelegt und drückte zu.

10

„Ich war es nicht!", kreischte Dee. „Wie kannst du es wagen?"

Der Druck ihrer Finger verstärkte sich.

Sue packte Dees Hände und versuchte verzweifelt, die Finger wegzuzerren, die sich mit eisernem Griff um ihre Kehle schlossen.

Dee hörte gar nicht wieder auf zu kreischen. Außer sich vor Wut, stieß sie schrille, unverständliche Schreie aus.

Eine Welle von Panik überschwemmte Sue. „Sie wird mich erwürgen!", schoss es ihr durch den Kopf. „Sie will mich wirklich ... erwürgen!"

Mit letzter Kraft zerrte sie an einem von Dees Fingern und bog ihn so weit nach hinten, wie sie konnte.

Dee schrie vor Schmerzen auf und riss ihre Hand weg.

Der Van kam schlingernd zum Stehen.

Sue packte Dees anderes Handgelenk und zerrte daran. Sie spürte, wie wieder Luft in ihre Lungen strömte. Mit einem tiefen Atemzug rappelte sie sich auf und schubste Dee weg.

Als die sich sofort wieder auf sie stürzen wollte, erwachten die anderen endlich aus ihrer Erstarrung.

„Dee!", schrie Billy, und es gelang ihm, Dee an den Handgelenken zu packen, „lass Sue sofort in Ruhe! Hör auf!"

Sue riss die Arme hoch, um sich zu schützen. „Ich ... ich wollte dir nicht unterstellen, dass *du* Joey getötet hast!" Die Worte drangen heiser aus ihrer schmerzenden Kehle.

„Kit, hilf mir mal!", befahl Billy.

Starke Hände packten Dee an der Schulter und zerrten sie von Sue weg. Dee wand sich in Kits festem Griff. „Ein Song für mich, was?", rief sie mit bitterer Stimme.

„Der Text ist mir einfach so in den Kopf gekommen!", verteidigte sich Sue. „Ich weiß auch nicht, wieso. Damit wollte ich dir wirklich nichts unterstellen, Dee. Es ist doch nur ein Lied!"

„Jetzt beruhigt euch mal wieder!", rief Kit und rüttelte Dee kräftig. „Sofort!"

Billy schaute einen nach dem anderen an. „Wir haben morgen Abend einen Auftritt", sagte er. „Ich weiß, dass alle wegen Joey völlig fertig sind, aber wir können es uns nicht leisten, die Sache platzen zu lassen. Wir müssen jetzt ganz cool bleiben."

Dee atmete schwer, den Blick starr auf Sues Gesicht gerichtet.

„Glaubt sie vielleicht, dass ich Joey getötet habe?", schoss es Sue durch den Kopf. War Dee deswegen so auf sie losgegangen? Sie rieb sich den Hals, der von Dees festem Griff schmerzte. Schaudernd wandte sie sich vom hasserfüllten Blick der anderen ab.

In diesem Moment zuckte ein Blitz über den Himmel. Donner dröhnte wie ein Kanonenschlag.

Alle fuhren zusammen.

„Sieht nach Regen aus", meinte Kit und ließ Dee los. „Nichts wie weiter."

Für den Rest der Fahrt sagte niemand ein Wort.

Das Gewitter folgte ihnen die ganzen neunzig Meilen bis Hastings. Blitze tauchten die Landschaft in ein gespenstisches Licht, und heftige Donnerschläge ließen die Scheiben des Wagens erzittern.

Als Kit vor dem Hotel hielt, prasselten die Regentropfen wie Pistolenkugeln auf das Autodach.

Sue stieg als Letzte aus. Binnen weniger Sekunden war sie klitschnass. Sie legte den Kopf in den Nacken und spürte, wie der Regen ihr ins Gesicht klatschte. Es machte ihr nichts aus.

„Na, komm schon", rief Caroline ihr über die Schulter zu. „Willst du ertrinken?"

Doch Sue wollte nur noch von hier weg.

Gegen die Regenschwaden anblinzelnd, rannte sie die Straße hinunter.

„Sue!", rief Caroline ihr hinterher. „Wo willst du hin? Wir müssen doch ausladen!"

Sue hörte noch, wie Kit zu Caroline sagte, „Lass sie. Sie wird sich schon wieder einkriegen."

Doch Sue war sich da nicht so sicher. Würde sie sich jemals wieder normal fühlen?

So schnell sie konnte, stürmte sie durch den dichten Regen, platschte durch Pfützen, stolperte und rappelte sich wieder auf.

„Was mache ich hier eigentlich?", dachte sie. „Ich kann einfach nicht aufhören zu rennen …"

Als ihr verrückter Lauf schließlich endete, klarte der Himmel auf. Keuchend fiel sie zuerst in einen langsamen Trab und ging dann in normalem Tempo weiter. Sie hatte Seitenstechen. Ihre Beine fühlten sich an wie Gummi. Ihr Mund war ganz trocken, und sie merkte, dass sie durstig war.

Furchtbar durstig.

Sie musste unbedingt etwas trinken.

Sue ließ sich auf alle viere nieder.

Beugte sich über eine Pfütze und leckte mit ihrer Zunge gierig das Regenwasser auf.

11

„Zieh doch wieder das rote Kleid an", schlug Caroline Sue im Hotelzimmer vor dem Auftritt vor. „Das hast du auch in Midland getragen, und da waren wir großartig."

„Ich finde, sie sollte Schwarz tragen", schaltete sich Mary Beth ein. „Diese enge Hose und dazu das Top mit den silbernen Halbmonden drauf – das passt gut zu unserem Namen."

„Ich hasse diese Hose", stöhnte Sue. „Ich muss mich immer hinlegen, um mich reinzuquetschen. Und ich hab jedes Mal Angst, dass sie am Hintern aufreißt."

„Das wäre dann ein Vollmond", witzelte Caroline.

Mary Beth lachte und warf mit einem Paar aufgerollter Socken nach ihr. Caroline schleuderte sie zurück, aber Sue schnappte sie sich mitten im Flug und zielte auf Caroline.

Sie bewarfen sich immer noch mit Socken, als jemand an die Tür klopfte. „Hey, ich bin's! Macht auf!", rief Billy von draußen.

Caroline öffnete die Tür. „Was ist los?"

„Ich kann Kit nicht finden", sagte Billy nervös. „Er muss noch alles für die Show aufbauen. In anderthalb Stunden ist unser Auftritt. Hat ihn irgendwer von euch gesehen?"

„Ja, ich. So gegen drei, nachdem wir mit Proben fertig waren", meldete sich Mary Beth zu Wort. „Er hat mit Dee den Club verlassen … Es sah aus, als würden sie sich streiten. Ich konnte aber nicht verstehen, was sie gesagt haben."

Sue runzelte die Stirn. Worüber konnten Kit und Dee sich gestritten haben?

Billy warf einen Blick auf seine Uhr. „Wir müssen sie suchen. Am besten teilen wir uns auf. Hastings ist klein. Wir werden bestimmt nicht lange brauchen. Mary Beth, du kommst mit mir", kommandierte er. „Wir sehen uns zuerst im Norden um, oben beim Fluss, und dann im Westen. Sue – du und Caroline, ihr nehmt euch den südlichen Teil vor und geht dann nach Osten."

Sue zog ihre Turnschuhe an und folgte den anderen aus dem Hotel. Was hatte das zu bedeuten, fragte sie sich und schob die Hände in die Taschen ihrer Shorts. Kit würde doch nicht einfach so verschwinden, anderthalb Stunden vor einem Auftritt.

Caroline und Sue bogen von der Hauptstraße ab und liefen eine Seitenstraße entlang, die von alten Backsteinhäusern gesäumt war. Unkraut wucherte aus den Ritzen im Bürgersteig.

„Dee verhält sich total komisch, seit Joey tot ist", sagte Caroline nachdenklich. „Ich meine, sie war ja noch nie richtig gut drauf, aber seitdem ist sie noch launischer geworden, und wie sie dich gestern im Auto angegriffen hat, das hat mir richtig Angst gemacht."

„Das kann man wohl sagen." Sue griff sich an die Kehle. Ihr Hals fühlte sich immer noch ganz wund an. Plötzlich überfiel sie ein heftiges Gefühl der Angst. Worüber hatten Kit und Dee sich bloß gestritten?

„Hey, Sue, warte!", rief Caroline. „Warum läufst du so schnell? Das ist doch kein Wettrennen!"

„Ich muss ihn finden!", rief Sue zurück. „Ich habe

ein ganz blödes Gefühl. Ich glaube, irgendwas ist passiert."

Sie rannte bis zum Ende des Blocks. Auf der rechten Seite stand ein verlassenes Gebäude, dessen Fenster mit Brettern vernagelt waren. Sue blickte über die Straße zu einem leeren Parkplatz. Der Boden war mit zersplittertem Glas übersät. Und an manchen Stellen von Unkraut und hohen Büschen überwuchert. Der Wind blies Fastfood-Verpackungen und vergilbte Zeitungen gegen den rostigen Zaun, der den Platz umgab.

Sue sah, wie in dem hüfthohen Gestrüpp etwas Farbiges aufblitzte. Sie flitzte quer über die Straße – und wich gleich darauf entsetzt zurück.

Hinter dem Zaun lag Kit rücklings auf dem Boden. Mit blassem Gesicht. Die Augen vor Furcht weit aufgerissen. Sein Hemd war an der Schulter zerfetzt.

Dee war über ihn gebeugt.

„Nein", bettelte Kit mit heiserer Stimme. „Bitte, nicht!"

Doch Dee kniff die Augen zusammen und kam ihm näher. Sie beugte sich weiter vor, die Finger wie Krallen gekrümmt.

Dann zog sie mit einem grässlichen Lächeln die Lippen zurück und entblößte ihren scharfen Zähne. Ihr Atem ging schnell. Die goldenen Augen funkelten in wilder Vorfreude.

„Nein!", schrie Sue durch den Drahtzaun. „Kit! Dee! Nein!"

Zu spät.

Fauchend wie ein wildes Tier, stürzte sich Dee auf Kit.

206

12

„Neiiiin!", schrie Sue noch einmal und rüttelte mit beiden Händen am Zaun.

„Sue, was ist los?", rief Caroline, die jetzt zu ihr hinübergelaufen kam. „Was hast du denn?"

„Kit! Kit!" Sue rüttelte weiter an dem rostigen Zaun. „Dee, hör auf!", kreischte sie. „Caroline, sie wird ihn umbringen!"

Caroline zerrte kräftig an Sues Arm und drehte sie herum. „Was redest du da? Das sind doch gar nicht Dee und Kit! Es sind nur zwei Kinder. Sieh doch!"

Sue blinzelte mehrmals und starrte angestrengt durch den Zaun.

Zwei dunkelhaarige Jungen von ungefähr zehn Jahren starrten zurück. „Wir haben doch nur einen Ringkampf gemacht", rief der eine.

„Wir haben nichts Verbotenes getan", beteuerte der andere mit dünner, zitternder Stimme.

„Äh … tut mir leid, ich …", murmelte Sue.

Aber die Jungen warteten ihre Entschuldigung nicht ab. Sie flitzten quer über den Parkplatz, duckten sich unter dem Zaun hindurch und verschwanden mit einem Affenzahn außer Sichtweite.

„Kinder", dachte Sue. „Nicht Kit und Dee. Nur zwei Jungen." Sie stöhnte laut auf, als ihr klar wurde, dass sie schon wieder eine dieser Halluzinationen gehabt hatte. Aber es war so echt gewesen. So real.

„Was ist passiert?", fragte Caroline und riss Sue damit

aus ihren beängstigenden Gedanken. „Du hast irgendwas von Kit und Dee geschrien. Das war wieder eine von deinen Fantasien, nicht wahr?"

Sue nickte.

„Was hast du gesehen?"

„Ist doch egal!", rief Sue. „Wichtig ist nur, dass das endlich aufhört!"

„Komm", drängte Caroline und legte ihr einen Arm um die Schulter. „Lass uns zum Hotel zurückgehen."

Sie liefen eine Weile stumm nebeneinanderher. Caroline musterte Sue forschend. „Geht's dir denn schon ein bisschen besser? Oder soll ich vielleicht Billy fragen, ob du …?"

„Nein!", unterbrach Sue sie. „Erzähl Billy bloß nicht, dass ich schon wieder ausgeflippt bin. Bitte, Caroline. Versprich mir, dass du ihm nichts davon sagst."

„Okay, ich versprech's", gab Caroline nach.

Ein paar Minuten später kamen sie beim Hotel an. Sue entdeckte die anderen in der kleinen Lobby. Zu ihrer großen Erleichterung waren Kit und Dee auch da.

„Ich kann's nicht fassen, dass ihr beiden einfach so abgehauen seid!", hörte sie Billy schimpfen. Er sah auf die Uhr. „Nur für den Fall, dass ihr's vergessen habt, in weniger als einer Stunde ist unser Auftritt!"

„Wir sind nicht abgehauen", fauchte Dee. „Und außerdem sind wir jetzt ja hier, oder?"

„Hey, es tut mir leid, Mann", entschuldigte sich Kit bei Billy. „Ich bin ein paar Freunden über den Weg gelaufen und hab nicht auf die Zeit geachtet. Ich geh jetzt sofort rüber und bau die Anlage auf. Kein Problem."

Kit drückte kurz Sues Schulter, als er an ihr vorbeihastete.

„Was ist mit dir, Dee?", fragte Mary Beth. „Wo warst du?"

Dee zuckte mit den Achseln. „Ich hab einen Spaziergang gemacht."

Mary Beth sah sie skeptisch an. „Und wo?"

„Hey, du bist nicht meine Mutter!", fauchte Dee.

„Ist ja auch egal", sagte Billy ungeduldig. „Ihr müsst gleich auftreten. Also, bewegt euch!"

Sue hatte für das Konzert wieder ihr glitzerndes rotes Kleid angezogen. „Vielleicht ist es mein Glückskleid", dachte sie, als das Publikum laut klatschend und mit den Füßen stampfend eine Zugabe von *Bad Moonlight* forderte.

„Ihr wollt es?", rief Sue der tobenden Menge zu. „Dann sollt ihr es auch kriegen!"

Das Publikum jubelte.

„Wir waren großartig! Einfach großartig!", rief Billy immer wieder, nachdem der Auftritt vorüber war.

„Das war das Publikum auch", bemerkte Mary Beth. „Was für ein Wahnsinnsabend!"

„Hey, warum gehen wir nicht noch ein bisschen spazieren oder so?", schlug Billy vor und machte ein paar Tanzschritte, während er ein Kabel aufwickelte. „Ich bin viel zu aufgedreht, um mich jetzt schon hinzuhauen."

„Ich bin dabei", antwortete Kit und hob eines der zusätzlichen Bodenmikrofone auf. „Lasst uns den Kram hier im Van verstauen und runter zum Fluss gehen."

Alle packten mit an, und innerhalb von zwanzig Minuten hatten sie ihre gesamte Ausrüstung gepackt.

Als Sue aus dem Wagen sprang, blickte sie zum Himmel auf. Er war den ganzen Abend von einer dünnen Wolkenschicht bedeckt gewesen. Jetzt hatten sich die Wolken verzogen und enthüllten einen blassen, beinahe vollen Mond.

„Mann, fühlt sich das gut an zu laufen. Ich meine, nachdem wir den ganzen Abend in diesem kleinen Club eingepfercht waren", sagte Kit. Er legte einen Arm um Sues Schulter. „Schau dir mal den Mond an."

Sue schmiegte sich an ihn. „Er ist wunderschön", sagte sie leise. „Schön und eiskalt", schoss es ihr durch den Kopf, und ein Schauder überlief sie. Sie begann, am ganzen Körper zu zittern. „Oh nein!", flehte sie im Stillen. „Nicht schon wieder dieses seltsame Gefühl!"

Konnte es sein, fragte sie sich plötzlich, dass es irgendwie mit dem Mondlicht zusammenhing? Sie hatte Angst. Angst davor, was mit ihr passierte; Angst, was das Mondlicht mit ihr machte. Das böse Mondlicht …

„Sind alle so weit?", fragte Billy und knallte die Türen des Vans zu.

Sue schüttelte Kits Arm ab. „Ich glaube, ich werde den Spaziergang ausfallen lassen", sagte sie und versuchte, dabei ganz locker zu klingen.

„Komm schon, Sue", drängte Caroline. „Ich dachte, du wärst genauso aufgedreht wie wir anderen."

„Bin ich auch, aber …" Sue versuchte krampfhaft, sich eine gute Entschuldigung einfallen zu lassen.

„Wir verschwenden nur unsere Zeit, wenn wir hier

rumstehen und quatschen", sagte Dee ungeduldig. „Ich geh schon mal vor. Wir sehen uns dann am Fluss."

„Wir kommen gleich nach!", rief Kit Dee hinterher. Dann wandte er sich an Sue. „Es ist so eine schöne Nacht, Sue", sagte er.

Sue war für einen Moment in Versuchung. Kits Augen strahlten sie voller Wärme an.

Aber das Mondlicht war kalt.

Kalt und böse.

Es machte ihr furchtbare Angst. Sie musste ihm aus dem Weg gehen.

„Tut mir leid, Leute", sagte sie. „Aber ich hatte gerade eine Idee für einen neuen Song. Wenn ich mich nicht gleich hinsetze, ist sie wieder weg."

Die anderen murrten, drängten sie aber nicht weiter. Sie wussten, wie schwer es war, gute Songs zu schreiben. Wenn einen die Inspiration überkam, musste man dranbleiben.

Sue holte sich ihre Gitarre aus dem Auto und winkte den anderen zu. Dann ging sie langsam hoch in ihr Zimmer. Ohne das Licht anzumachen, warf sie sich auf eine der quietschenden Matratzen.

Sie zitterte am ganzen Körper. Vielleicht sollte sie tatsächlich versuchen, ein Lied zu schreiben. Sie konnte doch einfach die Melodie des Songs nehmen, der eigentlich für Dee gedacht war, und sich einen neuen Text dafür überlegen.

Sue stemmte sich vom Bett hoch, um nach ihrer Gitarre zu greifen.

Als sie ein Geräusch hörte, erstarrte sie.

Ein Rascheln. Dann ein Husten. Es schien aus dem Schrank zu kommen.

Mit Entsetzen wurde ihr klar, dass sie nicht allein war. Es war noch jemand in diesem dunklen Zimmer.

Sue starrte auf den Schrank.

Mit einem lauten Quietschen schwang die Tür auf.

Eine schwarze Gestalt trat in den fahlen Schein, der durchs Fenster hereindrang. „Gib dir keine Mühe, diesmal entkommst du mir nicht!", zischte sie.

13

„Dee, was machst du denn hier?", stieß Sue hervor. „Ich hab doch gesehen, wie du zum Fluss gegangen bist."

„Stimmt. Aber ich hab mich durch den Hintereingang wieder ins Hotel geschlichen", murmelte Dee und schaltete das Licht an. „Du hast versucht, mir aus dem Weg zu gehen, Sue. Aber das kannst du nicht, diesmal nicht. Du und ich, wir werden jetzt miteinander reden."

„Nein!", rief Sue. Die Art, wie Dee sie anstarrte, machte ihr Angst. „Raus hier!"

„Hör mir doch endlich mal zu!", drängte Dee und kam einen Schritt näher. „Ich kenne die Wahrheit über Joey, und deswegen muss ich mit dir sprechen!"

„Was sagst du da?" Sue stürmte an ihr vorbei und riss die Tür zum Flur auf. „Ich will nichts mehr davon hören! Verschwinde!"

„Nein, nicht, bevor wir geredet haben!", protestierte Dee mit leiser Stimme und kam mit schnellen Schritten auf sie zu.

Sue fuhr mit einem erschrockenen Keuchen herum, um zu fliehen.

Aber Kit stand plötzlich in der Tür.

„Kit!" Sue packte ihn am Arm. „Was machst du denn hier? Ist ja auch egal. Ich bin so froh, dich zu sehen!"

Kit trat einen Schritt in den Raum. „Ich dachte, du wärst mit den anderen zum Fluss gegangen", sagte er zu Dee.

„Hab's mir anders überlegt", murmelte sie. „Ich, äh …

ich wollte Sue nur Gute Nacht sagen. Wir sehen uns, Leute. Bis später." Sie wich seinem Blick aus, drängte sich an ihm vorbei und lief aus dem Zimmer.

„Worum ging's denn?", fragte Kit Sue und zog sie ins Zimmer. „Du siehst ganz aufgeregt aus."

„Das bin ich auch!", rief sie. „Kit, es war so schrecklich! Ich dachte schon, sie würde wieder auf mich losgehen … Sie hat gesagt, dass sie die Wahrheit über Joey kennt, und angedeutet, dass sein Tod irgendwie mit mir zu tun hat …"

„Wie bitte?" Kits Stimme klang plötzlich schrill. „Was hat sie damit gemeint?"

„Ich weiß nicht … Zum Glück bist du da gerade aufgetaucht." Sue holte zitternd Luft.

„Hey, beruhig dich wieder. Das hat sie bestimmt nicht so gemeint", sagte Kit sanft. Er nahm ihre Hand und zog sie zum Fenster. „Dee ist ziemlich durcheinander, seit Joey tot ist, und …"

„Das hab ich gemerkt", unterbrach ihn Sue. „Dabei hat sie immer so getan, als könnte sie ihn nicht leiden."

„Manche Leute zeigen ihre Gefühle nun mal nicht", erwiderte Kit. Er legte den Arm um sie und zog sie zu sich heran. „Ich gehöre übrigens nicht dazu."

Sue lächelte ihn an. „Da bin ich aber froh", flüsterte sie.

Kit beugte sich zu ihr hinunter und küsste sie.

Eine warme Brise blies durch das offene Fenster, aber Sue fröstelte. Sie öffnete die Augen. Das Mondlicht strömte ins Zimmer und tauchte sie in seinen eisigen Schein.

„Achte gar nicht darauf", sagte sie zu sich. „Genieß einfach den Kuss."

Sie legte ihre Hände um Kits Nacken.

Aber sie zog sie hastig wieder zurück, als sie das lange, klagende Heulen hörte. So nah. Direkt vor dem Hotel. Erschrocken stolperte sie vom Fenster weg. Wieder dieses entsetzliche Heulen.

Sue hielt sich die Ohren zu. „Mach, dass es aufhört!", rief sie. „Bitte, Kit! Mach, dass es aufhört!"

Kit sah sie besorgt an. „Dass *was* aufhört, Sue?"

14

Kit betrachtete sie forschend. „Hörst du wirklich etwas?"

„Ich …" Sue brach ab. Nein, sie sollte ihm nichts sagen. Er durfte nichts erfahren von ihren schrecklichen Halluzinationen. Sonst würde er sie für verrückt halten.

„Sue?"

„Nein", antwortete sie. „Ich meine, ja. Ich hab etwas gehört. War wahrscheinlich nur ein Lastwagen. Du weißt schon, einer von diesen Monstertrucks, die so grässlich hupen."

„Also, ich hab nichts gehört." Kit zuckte mit den Achseln und wollte sie wieder umarmen.

„Hör mal, Kit, vielleicht solltest du lieber mit den anderen zum Fluss gehen", sagte Sue. „Ich wollte eigentlich an meinem Song arbeiten, aber ich bin auf einmal hundemüde."

Kit war die Enttäuschung deutlich anzusehen. „Und es ist bestimmt alles in Ordnung mit dir?", fragte er.

„Ja. Alles okay." Sue legte den Arm um seine Taille und schob ihn zur Tür. „Ich bin wirklich froh, dass du zurückgekommen bist, Kit."

„Ich auch." Er beugte sich zu ihr hinunter und küsste sie. „Dann bis morgen. Und versuch, dir nicht zu viele Sorgen wegen Dee zu machen."

„Da hatte er wohl recht", dachte Sue zynisch, als sie die Tür hinter ihm schloss. Sie sollte sich nicht zu viele

Sorgen wegen Dee machen. Es gab schließlich noch genug andere Dinge, die sie viel mehr beunruhigten.

Die Halluzinationen. Der Autounfall ihrer Eltern. Dieses seltsame Tiergeheul, das außer ihr niemand zu hören schien.

Und das Mondlicht. Das Mondlicht … Das böse Mondlicht …

Sue ließ die Jalousie herunter, um es auszusperren. Sie schlüpfte aus ihrem roten Kleid und zog sich ein großes ausgewaschenes blaues T-Shirt über.

Das Heulen hatte offenbar aufgehört. Vielleicht würde sie schnell einschlafen. Dann könnte sie für eine Weile alles vergessen.

Sue legte sich ins Bett, zog sich die Decke bis zum Kinn und schloss die Augen.

Das Heulen setzte wieder ein.

„Achte gar nicht darauf. Das bildest du dir nur ein", redete sie sich zu. Aber sie wusste genau, dass es keine Einbildung war.

Sue vergrub ihren Kopf im Kissen und versuchte, das unheimliche Geheul auszusperren. Sie wollte es einfach überhören. Nach einer Weile fiel sie in einen unruhigen, traumlosen Schlaf.

Mitten in der Nacht schreckte sie hoch.

Caroline? Nein. Sie war noch nicht zurück. Was machte sie so spät noch draußen? Beunruhigt und plötzlich hellwach sprang Sue aus dem Bett. Sie beschloss, sich eine Cola aus dem Getränkeautomaten am Ende des Hotelflurs zu holen und vielleicht noch ein bisschen an ihrem Song zu arbeiten. Sie kramte etwas Kleingeld aus ihrem Portemonnaie, öffnete die Tür – und erstarrte.

Ein Stück den Flur hinunter, ausgestreckt auf dem abgetretenen Teppich, lag jemand.

Mit dunkelblonden Haaren.

Fest geschlossenen Augen.

Und schlaff herunterhängendem Unterkiefer.

Billy.

15

„Nicht Billy", dachte Sue. „*Bitte*, nicht auch noch Billy! Das ertrage ich nicht!"

Sie zitterte am ganzen Körper. „Das bildest du dir ein. Das ist nur wieder eine von deinen Halluzinationen", redete sie sich gut zu.

Sue kniff die Augen fest zusammen.

„Wenn du wieder hinschaust, ist alles okay. Billy wird einfach verschwunden sein. Es geht ihm gut."

Sie atmete tief durch und öffnete die Augen. Er war immer noch da.

Das Blut pochte in ihren Schläfen, als Sue einen Schritt auf ihn zu machte. Und dann noch einen.

Billys Brust unter dem gelben T-Shirt hob und senkte sich leicht. Er atmete!

Mit einem erleichterten Seufzer rannte Sue zu ihm und kniete sich neben ihn. Ein durchdringender Geruch stieg zu ihr auf. Der Geruch von Alkohol. Dann bemerkte sie die Bierdose in seiner ausgestreckten Hand.

„Billy?", flüsterte sie und rüttelte ihn am Arm. „Billy!"

Er stöhnte, bewegte sich aber nicht.

Sie wusste, dass Billy nicht viel trank. Nur ab und zu mal ein Bier. Aber heute Nacht hatte er offenbar so viel in sich hineingeschüttet, dass er auf dem Hotelflur umgekippt war.

Sue fragte sich, warum. Was hatte ihn dazu veranlasst, sich derartig zu betrinken?

Sie rüttelte ihn am Arm. „Hey, wach auf!"

Billy stöhnte wieder. Er drehte den Kopf, schluckte und öffnete die Augen. „Sue? Was … was ist denn los? Ich … fühl mich furchtbar", stieß er mit heiserer Stimme hervor.

„Du bist auf dem Flur eingeschlafen", sagte sie. „Komm, ich bring dich in dein Zimmer." Sie streckte ihm die Hand hin und half ihm hoch.

Mit großer Anstrengung kam Billy auf die Füße. Benommen sah er sich um. Die Bierdose fiel ihm aus der Hand und rollte über den Teppich.

„Warum hast du so viel getrunken?", fragte Sue. „Habt ihr gefeiert?"

Billy stöhnte nur auf.

Sue begleitete ihn zu seinem Zimmer.

Dort lehnte er sich mit dem Rücken gegen die Tür. Er strengte sich an, den Blick fest auf Sue zu richten. Dann streckte er die Arme aus und zog sie an sich.

Sue schloss die Augen und genoss das Gefühl, wie er die Arme um sie geschlungen und sein Kinn auf ihren Kopf gelegt hatte. „Das sieht dir gar nicht ähnlich", flüsterte sie ihm zu. „Sag mir doch, was mit dir los ist, Billy."

„Ich wünschte, das könnte ich."

„Warum denn nicht?", fragte sie. „So schlimm kann es doch gar nicht sein."

Billy drückte sie fester an sich. Dann richtete er sich auf und schob sie weg. „Du hast ja keine Ahnung", sagte er. „Es ist viel schlimmer, als du dir vorstellen kannst."

„Dann sag's mir doch!", drängte Sue. „Vielleicht kann ich dir helfen."

„Ich würde ja gerne, aber …" Billy brach ab, seine braunen Augen verdüsterten sich. „Nein. Du kannst mir nicht helfen, Sue. Vergiss es einfach, okay?"

„Aber …"

„Ich sagte, vergiss es!", zischte Billy scharf.

Sue starrte ihn an, erschrocken über seine plötzliche Heftigkeit.

Er murmelte ein undeutliches Gute Nacht und stolperte in sein Zimmer. Sue blieb vor der geschlossenen Tür stehen und dachte über seine Worte nach.

In einiger Entfernung begann wieder das unheimliche Geheul.

Schaudernd drehte sie sich um und rannte zurück in ihr Zimmer. Sie knallte die Tür hinter sich zu und verriegelte sie sorgfältig. „Morgen", dachte sie. „Morgen bin ich wieder bei Tante Margaret. Morgen bin ich in Sicherheit."

„Du bist ja so still, Sue", bemerkte Tante Margaret, als sie am nächsten Tag nach dem Mittagessen den Küchentisch abwischte.

„Stimmt. Da haben wir echt Glück." Cliff kicherte und warf seine zusammengerollte Serviette nach Sue.

„Ha, ha, wie witzig!" Sie fing die Serviette, sprang vom Tisch auf und stopfte sie ihrem Bruder hinten in den Ausschnitt seines T-Shirts.

„Hey!", rief er und versuchte, es seiner Schwester heimzuzahlen.

Schließlich kam Tante Margaret ihr zu Hilfe. „Schluss jetzt, Cliff!", kommandierte sie. „Wenn ich mich nicht sehr täusche, musst du immer noch dein Zimmer aufräumen."

„Ach nein. Das kann ich doch auch später noch machen", jammerte Cliff.

Tante Margaret seufzte. „Keine Widerrede", meinte sie streng.

Sue stapelte die Teller vom Mittagessen und trug sie zum Geschirrspüler. Es war ein gutes Gefühl, wieder zu Hause zu sein. Die große Küche mit dem runden Eichentisch und den Hängepflanzen im Fenster liebte sie besonders.

„Na, dann erzähl mir doch mal, was dir auf der Seele liegt", forderte Tante Margaret sie auf und goss sich eine Tasse Kaffee ein.

Sue schüttete Spülmittel in den Geschirrspüler. „Ich hab mich wieder so komisch gefühlt", antwortete sie. „Und dann hab ich immer noch diese schrecklichen Halluzinationen. Leute, die mit Zähnen und Klauen aufeinander losgehen …"

Sie knallte die Tür des Geschirrspülers zu und schaltete ihn an. „Ich spiel total gerne in der Band mit, und ich will die anderen auf keinen Fall enttäuschen … Aber vielleicht sollte ich aussteigen."

Tante Margaret runzelte die Stirn. „Aber was hat denn das eine mit dem anderen zu tun?" Sie pustete auf ihren Kaffee und nahm einen Schluck. Dabei blieb ein knallroter Lippenabdruck auf der Tasse zurück. „Weißt du, was ich denke", begann sie. „Du solltest jetzt keine überstürzten Entscheidungen treffen, die dir später leidtun. Wann ist euer nächster Auftritt?"

„In ein paar Tagen."

„Gut. Dann hast du ja noch ein bisschen Zeit, um dir alles durch den Kopf gehen zu lassen", meinte Tante Margaret. „Du musst natürlich proben, aber immerhin reist ihr in nächster Zeit nicht durch die Gegend. Geh shoppen oder ins Kino, schlaf meinetwegen bis mittags, und schau, wie du dich dann fühlst."

„Das weiß ich jetzt schon!", rief Sue aus. „Ich hab so Angst! Tante Margaret, die Halluzinationen werden immer schlimmer. Und ich muss ständig an Mum und Dad denken."

„Hat Dr. Moore nicht gesagt, dass es eben eine Zeit dauern würde, bis du darüber hinweg bist?"

„Ja, aber es dauert viel zu lange", widersprach Sue. „Ich vermisse sie nicht nur. Ich glaube, das könnte ich noch aushalten. Aber ich sehe sie ständig vor mir. Ich sehe ganz deutlich, wie der Wagen über den Abhang schießt. Warum kriege ich dieses Bild bloß nicht wieder aus meinem Kopf?"

Tante Margaret machte ein betroffenes Gesicht.

„Erzähl mir noch mal von dem Unfall", bat Sue. „Ich möchte ganz genau wissen, was passiert ist. Jede kleine Einzelheit. Vielleicht muss ich es immer wieder hören, bis ich es irgendwann satthabe."

Tante Margaret machte eine abwehrende Handbewegung. „Es ist nicht gut, endlos über diesen Dingen zu brüten."

„Aber ..."

„Kein Aber." Sie ging zu Sue hinüber und legte den Arm um sie. „Warum setzt du dich nicht ein bisschen auf die Terrasse, bis du losmusst? Du warst doch mit Caroline fürs Kino verabredet, oder?" Tante Margaret lächelte sie an. „Und ich gehe jetzt in die Stadt." Damit eilte sie aus der Küche.

Sue schaute aus dem Fenster. Es war klar und sonnig. Aber ihr war nicht danach, sich auf die Terrasse zu setzen. Und auf Kino hatte sie eigentlich auch keine Lust. Caroline würde Verständnis dafür haben. Sie wusste, was Sue im Moment durchmachte.

Sue griff zum Telefon, das neben dem Kühlschrank an der Wand hing.

Durch den Hörer drang Tante Margarets Stimme. Sue wollte sich gerade entschuldigen, aber ihre Tante schien gar nicht zu merken, dass sie am Nebenanschluss abgehoben hatte. Bevor Sue auflegen konnte, hörte sie ihren eigenen Namen.

„Es geht um Sue", erklärte Tante Margaret jemandem am anderen Ende der Leitung. „Ich mache mir Sorgen um sie. Große Sorgen!"

Eine Pause.

Dann hörte Sue eine zweite Stimme. „Kommen Sie am besten sofort zu mir. Wir müssen dringend darüber reden. Ich mache mir auch Sorgen."

Sue erstarrte.

Die zweite Stimme gehörte Dr. Moore.

16

„Ich bin in fünfzehn Minuten da, Dr. Moore", sagte Tante Margaret. Sue hörte es klicken, als sie den Hörer auflegte.

Wie betäubt legte Sue ebenfalls auf. Sie starrte das Telefon an, während die Gedanken nur so durch ihren Kopf wirbelten.

Sie hatte keine Ahnung, dass Tante Margaret und Dr. Moore sich kannten. Standen die beiden in Kontakt, seit Sue bei ihm in Behandlung war? Es klang so, als hätten sie vorher schon miteinander gesprochen.

„Tante Margaret glaubt also, dass es mir schlechter geht", dachte Sue.

Das Geräusch klappernder Absätze ließ sie schuldbewusst zusammenfahren. Als Tante Margaret in die Küche kam, fiel ihr Blick auf Sue, die in den Kühlschrank schaute.

Sie schnalzte missbilligend mit der Zunge. „Ich dachte, ich hätte dir gesagt, du sollst rausgehen und dich ein bisschen in die Sonne legen."

„Mach ich ja auch, Tante Margaret. Ich wollte mir nur was zu trinken holen." Sue schnappte sich eine Cola und drehte sich um.

Ihre Tante lächelte sie fröhlich an. „Ich geh dann jetzt", meinte sie, „mal sehen, ob ich was Nettes zum Anziehen finde."

„Viel Spaß", sagte Sue. „Bis nachher dann."

Als Sue die Haustür zuschlagen hörte, ließ sie sich auf

den nächsten Stuhl sinken. Sie schloss die Augen und hoffte, dass der Raum aufhören würde, sich um sie zu drehen.

Tante Margaret hatte sie angelogen!

Nach dem Unfall ihrer Eltern war sie vom anderen Ende der Vereinigten Staaten zu ihnen gezogen, um sich um Cliff und sie zu kümmern. Sie war immer da gewesen, wenn sie sie gebraucht hatten. Sue hatte ihr vertraut. Bis jetzt.

Ihre Tante hatte ihr verschwiegen, dass sie mit Dr. Moore über sie gesprochen hatte. Ob sie auch noch andere Geheimnisse vor ihr hatte?

Kurz entschlossen stellte Sue die Cola wieder in den Kühlschrank zurück und schlich die Treppe hinauf. Das Zimmer ihrer Tante ging nach vorne hinaus. Die Tür war zu.

Einerseits schämte Sue sich dafür, dass sie bei ihrer Tante herumschnüffeln wollte, andererseits hatte sie ja wohl das Recht, herauszufinden, ob sie ihr noch trauen konnte.

Sue drehte den Knauf und öffnete die Tür.

Der kleine Raum war früher das Gästezimmer gewesen. Ihre Tante hatte sich geweigert, ins ehemalige Elternschlafzimmer zu ziehen. Das war eins der Dinge, die Sue ihr hoch anrechnete.

Sie ging durchs Zimmer und fing an, den Schreibtisch zu durchsuchen. In der flachen obersten Schublade befanden sich verschiedene Stifte, eine Schere und andere Büroutensilien. Die zweite Schublade enthielt Scheckformulare, Stapel bezahlter Rechnungen und eine Schachtel mit Briefpapier. Die dritte war bis obenhin mit Mappen vollgestopft. Sue zog eine davon heraus –

vergilbte Zeitungsausschnitte mit Rezepten, Schreib-maschinenpapier, Werbeprospekte mit Computern. Sue fiel wieder ein, dass Cliff sich einen zum Geburtstag wünschte. Tante Margaret wollte offensichtlich den besten aussuchen.

Sue durchsuchte eine Mappe nach der anderen, fand aber nichts Interessantes oder Überraschendes – erst recht keine Geheimnisse.

„Gut", dachte sie. „Jetzt leg diesen Kram zurück, und verdrück dich, bevor du erwischt wirst."

Als sie den Stapel Mappen gerade wieder hineinlegen wollte, entdeckte sie ganz hinten in der Schublade einen Umschlag. Sue legte die Mappen weg und zog ihn vorsichtig heraus.

Er enthielt einen zerknitterten Zeitungsausschnitt, der zwei Tage nach dem Tod ihrer Eltern erschienen war.

Die Schlagzeile sprang sie förmlich an:

MYSTERIÖSER TOD
VON PAAR AUS SHADYSIDE

Mysteriöser Tod? Sues Hände begannen so heftig zu zittern, dass sie Angst hatte, das Papier zu zerreißen. Am Tod ihrer Eltern war doch nichts Geheimnisvolles! Sie waren bei einem Autounfall ums Leben gekommen.

Oder etwa nicht? War das wieder eine Lüge von Tante Margaret?

Sue ging durchs Zimmer und ließ sich in den Schaukelstuhl fallen. Sie wollte den Artikel nicht lesen, aber sie musste es. Sie musste herausfinden, was wirklich mit ihren Eltern geschehen war.

Sie strich das Papier auf ihren Knien glatt und begann zu lesen:

Die Leichen von Michael und Abigail Verona wurden am frühen Mittwochmorgen in einer felsenübersäten Schlucht zwanzig Meilen außerhalb der Stadt gefunden. Das Paar war in seinem Wagen auf dem Rückweg nach Shadyside.

Es wird angenommen, dass eine Reifenpanne sie zum Anhalten zwang. Doch was danach geschah, ist der örtlichen Polizei ein Rätsel. Das Einzige, was sich mit Sicherheit sagen lässt, ist, dass ihre Körper regelrecht zerfetzt wurden.

Auf Fragen von Reportern sagte einer der zuständigen Polizeibeamten, es habe ausgesehen wie das Werk wilder Tiere.

17

„Warum hat Tante Margaret mich nur angelogen, Dr. Moore?", fragte Sue den Psychologen am nächsten Tag. „Warum hat sie mir nicht die Wahrheit gesagt?"

„Sie hat gelogen, um dich zu schützen", erklärte er mit sanfter Stimme. „Sie hat dir eine schmerzliche Wahrheit vorenthalten, weil sie dich nicht noch mehr verletzen wollte."

„Ich ... ich bin so wütend", gestand Sue, „und durcheinander. Ich hab die ganze Zeit gedacht, ich könnte meiner Tante trauen."

„Das kannst du auch ...", begann Dr. Moore.

Aber Sue schnitt ihm das Wort ab. „Sie hätte mir ja nicht gleich nach dem Unfall erzählen müssen, auf welche schreckliche Art meine Eltern ums Leben gekommen sind. Aber sie hätte es später tun können. Sie hätte es später tun *müssen*."

Dr. Moore beugte sich in seinem Stuhl vor. „Ich hatte gestern ein langes Gespräch mit deiner Tante ..."

„Ich weiß", unterbrach ihn Sue. „Als ich den Hörer abnahm, um zu telefonieren, hörte ich, wie sie mit Ihnen geredet hat. Warum haben *Sie* mir nicht wenigstens gesagt, dass Sie in Kontakt mit ihr stehen?"

Der Doktor lächelte und schüttelte den Kopf. „Weil das so nicht stimmt", antwortete er. „Sue, du kannst deiner Tante trauen, glaub mir. Sie hat sich gestern große Sorgen um dich gemacht, deswegen hat sie mich angerufen. Zum ersten Mal, seitdem du bei mir in Behandlung bist."

Gestern, dachte Sue und umklammerte die Armlehnen. Bis gestern hatte sie geglaubt, dass ihre Eltern bei einem Autounfall ums Leben gekommen waren. Nur mit einem hatte sie recht gehabt – sie waren in Stücke gerissen worden. Aber nicht von den Felsen.

Sie waren von wilden Tieren zerfetzt worden.

Sue schauderte. „Tante Margaret hat Sie angerufen, weil sie sich Sorgen gemacht hat", sagte sie zu Dr. Moore. „Und ich hab gehört, wie Sie sagten, das ginge Ihnen genauso. Ich muss es wissen, Doktor. Ist es ernster, als ich dachte?"

„Ich will dich nicht anlügen, Sue", antwortete er leise. „Ja, ich bin besorgt."

Sue sackte das Herz in die Kniekehlen. Es wurde also *tatsächlich* schlimmer mit ihr.

„Diese Fantasien, die du hast, sind nicht so außergewöhnlich. Das sagte ich dir ja bereits", fuhr der Doktor fort. „Aber je mehr du dich hineinsteigerst, desto länger wird es dauern, bis du sie wieder loswirst. Und das macht mir Sorgen."

Der Psychologe schwieg einen Moment. Dann stand er auf und setzte sich auf die Schreibtischkante. „Und deshalb sollten wir uns jetzt schleunigst an die Arbeit machen, Sue. Ich möchte, dass du dich auf die Zahlen konzentrierst und alles andere aus deinen Gedanken aussperrst."

Sue begann bei einhundert und zählte langsam rückwärts. Normalerweise spürte sie bei neunzig, wie sie anfing, sich zu entspannen.

Wie aus weiter Ferne hörte sie den Doktor sagen: „Geht es dir gut, Sue? Bist du jetzt ein bisschen ruhiger und entspannter?"

„Ja", murmelte sie.

„Gut. Dann sag mir, was du siehst."

Sue zuckte zusammen, als das Bild in ihrem Kopf auftauchte. „Dee!", rief sie aus. „Ich bin mit Dee unterwegs!"

„Wie fühlst du dich?", fragte Dr. Moore.

„Wütend. Und ängstlich. Sie hasst mich."

„Warum hasst sie dich?"

„Weil sie neidisch ist", erwiderte Sue. „Auf meine Stimme, auf meine Songs und wegen Kit. Sie will ihn für sich haben." Ihr Atem beschleunigte sich.

„Was geschieht jetzt?", fragte der Doktor.

„Ich laufe", antwortete Sue und atmete schneller.

„Läufst du vor Dee weg?"

Sie schüttelte den Kopf. „Nein ... nein, ich glaube, wir joggen zusammen." Sue runzelte die Stirn. „Nein, doch nicht – Dee joggt gar nicht. Sie rennt wie verrückt, und ..."

„Und?"

Sue keuchte. „Und ich renne hinter ihr her! Ich muss sie einholen. Ich komme immer näher!"

„Überholst du sie?", fragte Dr. Moore.

„Jetzt hat sie mich gepackt!", rief Sue. „Sie ist furchtbar wütend und will unbedingt unser Wettrennen gewinnen. Sie wird mich umbringen, nur damit ich sie nicht besiege!"

Sue hob die Hände. Ihre Finger bogen sich zu Klauen. „Aber Dee kann mich nicht töten! Das lasse ich nicht zu. Eher bringe *ich* sie um!"

Jeder Muskel in ihrem Körper spannte sich an, sie keuchte. „Jetzt kämpfen wir. Rollen uns im Schmutz. Sie ist stark ..."

Ein leises Stöhnen drang aus Sues Kehle. „Sie zerrt an meinen Haaren, aber ich habe meine Hände um ihren Hals gelegt! Ich werde sie …"

Aus großer Entfernung hörte Sue den Doktor mit den Fingern schnipsen. Einmal, zweimal.

Sie spürte, wie ihre Arme und Beine sich langsam entspannten, als der eingebildete Kampf mit Dee zu verblassen begann. Sie sank auf dem Stuhl zusammen und atmete wieder ruhiger.

„Wie fühlst du dich jetzt?", fragte Dr. Moore.

„Ich … ich weiß nicht", stotterte sie. „Nicht gut. Irgendwie hat es nicht richtig geholfen, Doktor. Ich weiß nicht, was ich tun soll. Ich hab sogar schon darüber nachgedacht, aus der Band auszusteigen."

Dr. Moore schüttelte den Kopf. „Ich kann dich natürlich nicht davon abhalten, Sue. Aber ich bin der festen Überzeugung, dass die Band das Beste für dich ist. Es gibt dir ein Ziel, etwas, was dich von deinen Problemen ablenkt."

„Ja, das stimmt", räumte Sue ein. „Ohne die Band würde ich wahrscheinlich nur in meinem Zimmer rumhängen."

„Was wäre das für eine Verschwendung von Talent!" Dr. Moore lächelte. „Du wirst wieder gesund werden. Ganz bestimmt. Aber wir beide haben noch viel Arbeit vor uns."

Sue nickte und stand auf, als der Doktor zur Uhr auf seinem Schreibtisch blickte. Ihre Zeit war um. Sie wünschte, sie könnte noch bleiben. Hier fühlte sie sich sicher. Aber wenigstens hatte sie sich vor der Praxis mit Caroline verabredet, um noch ins Café zu gehen.

Sue stieß die Tür auf und entdeckte sofort das kleine

rote Auto ihrer Freundin. Sie eilte über den kiesbestreuten Parkplatz zum Wagen. Er war leer.

„Caroline?", rief sie und blickte sich um. „Ich bin fertig! Wir können jetzt los!"

Sie hörte das Geräusch von Schritten, die im Kies knirschten, und drehte sich um.

Dee kam auf sie zu. Ihre bernsteinfarbenen Augen sprühten Funken.

„Was machst *du* denn hier?", fragte Sue. „Wo ist Caroline?"

Dee kam näher. „Ich will, dass du aus der Band aussteigst, Sue. Hörst du mir jetzt endlich mal zu? Verschwinde so schnell wie möglich!"

18

„Was redest du da für einen Schwachsinn? Wo ist Caroline?", fragte Sue.

Dee blieb stehen. „Keine Ahnung. Woher soll ich das wissen? Vielleicht musste sie weg?"

Sue zeigte auf Carolines Wagen. „Und was macht ihr Auto dann hier? Das nehm ich dir nicht ab. Also, wo ist sie?"

„Ist doch egal." Dee trat dicht an Sue heran. „Ich muss mit dir reden."

„Na toll", dachte Sue bitter. „Das hat mir gerade noch gefehlt."

Laut sagte sie: „Ich hab keine Zeit. Außerdem …"

„Hör mir doch endlich mal zu!", fauchte Dee sie an. „*Zeit* ist genau das, was du nicht mehr hast. Ich meine es verdammt ernst: Steig so schnell wie möglich aus der Band aus!"

Sue lehnte sich mit dem Rücken an Carolines Auto und verschränkte die Arme. „Ich werde *nicht* aus der Band aussteigen, verstehst du, Dee? Auch wenn du dir das noch so sehr wünschst. Es tut mir leid für dich, dass du nicht mehr die einzige Leadsängerin bist. Und es tut mir leid für dich, dass du wegen Kit auf mich eifersüchtig bist. Aber der Doktor meint, dass die Band das Beste für mich ist und …"

„Steig aus!", schnitt Dee ihr das Wort ab. „Ich warne dich …"

Sue richtete sich auf, die Hände zu Fäusten geballt.

Heiße Wut durchfuhr sie wie eine glühende Flamme. „Was passiert da nur mit mir?", dachte sie erschrocken. „Ich … ich hab gar keine Kontrolle mehr über mich!"

Mit einem wilden Knurren stürzte sie sich auf Dee. Ihre Finger krümmten sich zu Klauen und griffen nach Dees Kehle.

Dee versuchte, sich zu verteidigen. Sie packte Sue an den Haaren und riss mit aller Kraft daran.

Sue schrie vor Schmerz auf. Sie stieß Dee von sich, die ins Stolpern kam. Und schon stürzte Sue sich auf sie und zwang sie in die Knie.

Warum? Warum tue ich das? Was ist nur mit mir los?

Knurrend rang sie Dee zu Boden. Der Kies bohrte sich in ihre Ellbogen, aber das machte ihr jetzt nichts aus.

Dee keuchte vor Schmerz auf, als ein Kieselstein ihre Wange ritzte.

Blut!

Sue konnte es riechen! Sie konnte es beinahe schmecken. Salzig. Dickflüssig!

Sie hörte sich aufheulen – nach Blut heulen wie ein Tier.

Fauchend grub sie ihre klauengleichen Finger in Dees Kehle.

„Es ist genau wie in meinen Halluzinationen", durchzuckte es Sue. Aber das hier war keine Einbildung. Es war die Wirklichkeit.

19

Der Geruch des Blutes ließ Sues Puls rasen, ihr Herz pochte wie wild.

Ich muss es schmecken!

Mit eisernem Griff hielt Sue Dee an der Kehle gepackt.

Dee schlug wild um sich und stieß Sue ihre Knie in den Rücken.

„Dee! Sue! Hört auf!"

Sue hörte Carolines erschrockene Schreie und drehte sich um.

Plötzlich stürzte sich Dee mit ihrem ganzen Gewicht auf sie.

„Stopp! Hört sofort auf, ihr beiden!", schrie Caroline noch einmal. „Was macht ihr denn da? Seid ihr verrückt geworden?"

Sue spürte, wie Dees Gewicht von ihr weggezerrt wurde. Sie rappelte sich mühsam auf.

„Was ist denn hier los?", fragte Caroline, die blauen Augen vor Schreck und Bestürzung weit aufgerissen. Sie hielt Dee am Arm fest. „Was ist passiert?"

„Frag *sie*!", stieß Dee atemlos hervor. „Ich wollte mit ihr reden, und sie hat sich auf mich gestürzt wie … wie … ich weiß nicht, was!"

„Wie ein wildes Tier", dachte Sue keuchend. Sie beugte sich vor, die Hände auf die Knie gestützt, und versuchte, wieder zu Atem zu kommen.

Caroline sah Dee mit zusammengekniffenen Augen

an. „Dafür wird es ja wohl einen Grund geben. Was hast du zu ihr gesagt?"

„Nichts", murmelte Dee und befreite ihren Arm mit einem Ruck. „Überhaupt nichts. Vergiss es."

Mit einem letzten wütenden Blick auf Sue wirbelte Dee herum und rannte über den Parkplatz davon.

Als sie außer Sicht war, drehte Caroline sich zu Sue um. „Puh. Das war ja echt horrormäßig! Bist du okay?"

Sue nickte, immer noch schwer atmend. „Wo … wo warst du denn?"

„Ich war zu früh dran, deswegen bin ich noch kurz rüber zum Fluss gegangen", antwortete Caroline und legte den Arm um Sues Schultern. „Bist du sicher, dass alles okay ist? Was hat Dee zu dir gesagt?"

„Sie meinte, ich solle aus der Band aussteigen, und da …", sie holte tief Luft, „… da hab ich mich auf sie gestürzt, genau wie sie gesagt hat!"

„Reg dich nicht auf. Sie hat dich wütend gemacht, das ist alles."

„Wütend?" Sue schüttelte den Kopf. „Ich war mehr als wütend. Ich … ich wollte sie *umbringen*!"

„Na ja, ich finde, das kann man dir nicht übel nehmen", sagte Caroline. „Dee hat kein Recht, dir zu sagen, dass du verschwinden sollst. Sie sollte lieber …" Sie brach ab und biss sich auf die Lippe.

„Sie sollte *was*?"

„Sie sollte daran denken, was für die Band am besten ist", fügte Caroline hastig hinzu. „Dee ist doch gar nicht mehr zurechnungsfähig."

„Nein, du verstehst mich nicht", widersprach Sue. „*Ich* bin diejenige, die ausgerastet ist … Und dann hab ich ihr Blut gesehen, und das hat mich ganz verrückt gemacht! Was ist los mit mir, Caroline? Es war so … so *seltsam*!"

„Mit *dir* ist gar nichts los, außer, dass du jetzt mal wieder auf den Teppich kommen musst", antwortete Caroline, den Arm immer noch um Sue gelegt. „Komm, ich fahr dich am besten nach Hause."

Sue nickte stumm und stieg in den Wagen. Während der Fahrt blickte sie immer wieder zu ihrer Freundin hinüber, die angespannt auf ihrer Lippe herumknabberte. Ihre Hände umklammerten das Lenkrad so fest, dass ihre Knöchel weiß hervortraten.

Warum tat Caroline eigentlich immer so, als ob mit ihr alles in Ordnung wäre, fragte Sue sich. Sie wusste doch genau, dass irgendwas nicht stimmte. Sue konnte richtig spüren, dass Caroline Angst hatte – vielleicht sogar Angst vor ihr …

20

An diesem Abend zog Sue die schweren Vorhänge in ihrem Zimmer zurück und blickte hinaus in den dunklen Garten.

Der Mond schwebte tief und voll über den silbrig schimmernden Bäumen, und kühle Nachtluft strömte herein.

Sue wandte sich vom Fenster ab.

„Ich kann nicht fassen, dass ich das tun wollte", dachte sie und legte eine Hand auf die Lippen. „Ich kann nicht glauben, dass ich Dee so angefallen habe."

Sie befahl sich, an etwas anderes zu denken. „Schreib einen neuen Song. Versuch dich von dem abzulenken, was passiert ist."

Sue legte sich aufs Bett und stützte die Beine gegen das Fensterbrett. Sie schloss die Augen und ließ Worte und Bilder durch ihren Kopf strömen. Sie hatte sich schon oft ohne Gitarre ein neues Stück ausgedacht. Die Musik kam später dazu, wenn sie den Text hatte. Nach einer Weile begann er, Gestalt anzunehmen.

Ich heul den Mond an,
renn durch die Nacht
auf scharfen Klauen.

Ich heul den Mond an,
schmecke das Blut,
das Blut der Nacht.

„Seltsam", dachte Sue.

Ich heul den Mond an? Scharfe Klauen?

Mehr als seltsam. Unheimlich. Wie kam sie bloß auf dieses komische Zeug? Über Heulen und Klauen? Und Blut.

Sue öffnete die Augen und setzte sich auf. Draußen schien der Mond heller zu leuchten. Sie fröstelte und griff nach dem Vorhang.

Ihr Arm blieb mitten in der Luft hängen.

Hatte sich dort gerade etwas zwischen den Büschen bewegt?

Alle Muskeln angespannt, beobachtete Sue, wie eine schattenhafte Gestalt hinter einem Strauch hervortrat, sich vorsichtig umblickte – und zu ihrem Fenster hinaufstarrte.

21

Sue duckte sich hinter die Falten des Vorhangs. Verborgen in der Dunkelheit, schnappte sie erschrocken nach Luft.

Dann spähte sie vorsichtig um den Vorhang herum.

Ein Gesicht, das im fahlen Mondlicht unnatürlich bleich wirkte, sah zu ihr hinauf.

Billys Gesicht.

Sue lehnte sich aus dem Fenster. „Billy!", flüsterte sie laut. „Was machst du denn hier? Warte, ich komme runter!"

Weil sie Cliff und ihre Tante nicht aufwecken wollte, ging Sue auf Zehenspitzen die Treppe hinunter und in die Küche. Sie schloss die Hintertür auf und öffnete sie langsam.

Billy schlich ins Haus. Im Schein des Mondlichts, das nun in die Küche fiel, bemerkte Sue, wie nervös er war. Er ließ seinen Blick durch den Raum wandern und vermied es, Sue anzusehen. Die Hände hatte er tief in den Taschen seiner abgeschnittenen, ausgeblichenen Jeans vergraben.

Irgendwas stimmte nicht.

„Wieso schleichst du um diese Zeit in unserem Garten rum? Du hast mich echt erschreckt!", sagte Sue.

„Tut mir leid. Ich …" Billy schaute zur Küchentür. „Ich war zuerst an der Haustür, aber ich hab kein Licht gesehen und wollte euch nicht aufwecken."

„Was ist denn los?"

„Was los ist? Nichts." Wieder blickte Billy sich in der Küche um. „Ich … äh … ich wollte nur sichergehen, dass du für den Auftritt morgen Abend bereit bist."

Sue schaute ihn ungläubig an. Billy würde doch nicht nachts in ihrem Garten rumschleichen, nur um sie das zu fragen!

„Billy …"

„Der Club ist hier in Shadyside", unterbrach er sie hastig. „Das macht es eine ganze Ecke einfacher, was? Kein Packen, keine Fahrerei, keine miesen Hotels."

„Stimmt", sagte Sue, während sie sein Gesicht musterte und sich fragte, was er *eigentlich* hier wollte.

„So ein Heimspiel ist immer 'ne gute Sache", fuhr er fort. „Der Manager hat gesagt, sie wären ausverkauft."

„Das ist super."

Billy nahm die Hände aus den Hosentaschen, stützte sie in die Hüften und schob sie dann wieder in die Taschen. Er starrte auf seine Füße.

„Billy, was ist mit dir? Stimmt was nicht?"

Endlich schaute Billy sie an.

Sue zuckte zurück. Verzweiflung lag in seinem Blick.

Er fuhr sich mit der Zunge über die Lippen, trat von einem Fuß auf den anderen und kam dann langsam auf Sue zu.

„Weißt du, ich habe …"

„Was hast du?", rief Sue. Sie wich einen Schritt zurück und stieß gegen einen Küchenstuhl. „Jetzt sag doch schon!"

Billy kam noch näher. „Ich habe schlechte Nachrichten", flüsterte er. „Sehr schlechte Nachrichten."

22

„Schlechte Nachrichten?" Sue schlängelte sich um den Stuhl herum und schaute unauffällig zur Tür, die auf den Flur führte. Sie wollte plötzlich nur noch weg von Billy. So schnell wie möglich. „Worum geht es?"

„Um Dee."

„Dee?" Sue blieb stehen. „Was ist mit ihr?"

„Sie ist aus der Band ausgestiegen."

Sue starrte ihn an. *„Ausgestiegen?"*

Billy nickte. „Ich hätte ihr das bestimmt ausgeredet, aber sie hat es mir nicht persönlich gesagt. Ich hab nur ihren Brief gefunden."

„Hat sie geschrieben, warum?"

„Nicht so richtig", erwiderte Billy. „Nur, dass sie nicht damit umgehen kann, was passiert ist."

„Es ist bestimmt wegen mir", sagte Sue. „Sie hasst mich. Sie …"

„Nein!", fiel ihr Billy ins Wort. „Es geht nicht um dich." Er kam noch näher. „Ich weiß, dass sie es nicht wegen dir getan hat."

„Warum dann?", fragte Sue. Insgeheim war sie erleichtert, dass Dee sie in Zukunft nicht mehr mit ihrem finsteren Blick verfolgen würde.

„Ich …" Billy unterbrach sich. Er räusperte sich nervös. „Ist ja auch egal. Hör mal, ich geh jetzt besser. Tut mir leid, dass ich dich erschreckt habe. Wir sehen uns dann morgen bei der Probe."

Billy stieß die Fliegengittertür auf und verschmolz

rasch mit den Schatten im Garten. Sue versuchte nicht, ihn aufzuhalten. Froh, dass er verschwunden war, machte sie die Tür hinter ihm zu und schloss ab.

Sie merkte, dass sie zitterte. Billy hatte ihr mit seinem komischen Verhalten einen ganz schönen Schreck eingejagt. Sie hatte genau gemerkt, dass er ihr etwas verschwiegen hatte. Aber was?

Zurück in ihrem Zimmer, zog Sue die Vorhänge zu und ließ sich auf ihr Bett fallen. Es hatte keinen Zweck, jetzt noch an ihrem Song schreiben zu wollen. Ihre Gedanken kreisten um Billy.

Und Dee.

Was hatte Billy über sie sagen wollen?

Sue sprang auf und begann, nervös im Zimmer auf und ab zu laufen. Ihr war unheimlich zumute, und dass sie alleine war, machte es noch schlimmer. Sie brauchte jemanden, mit dem sie reden konnte, jemanden, der für sie da war.

Sie griff nach dem Telefon neben ihrem Bett und lauschte ein paar Sekunden dem Freizeichen. Wen sollte sie anrufen? Caroline?

Nein.

Kit. Kit hatte sie gern.

Er lebte allein im Kutscherhaus eines Guts in North Hills. Es war schon spät. Aber Sue war es egal, ob sie ihn aufweckte. Sie musste mit ihm reden.

Er hob gleich beim ersten Klingeln ab.

„Kit?"

„Sue", antwortete er. „Wie schön, deine Stimme zu hören."

Sue lächelte glücklich. „Geht mir auch so."

„Was gibt's?"

„Nichts, es ist nur …" Sue machte eine Pause. „Ich wollte mit jemandem reden. Mit dir, meine ich."

„Das freut mich zu hören. Aber du klingst nicht gut. Stimmt irgendwas nicht?"

„Ich weiß auch nicht genau", gab Sue zu. „Billy war gerade hier."

Kit klang überrascht. „Was wollte er denn?"

„Ich bin mir nicht sicher", antwortete Sue. „Er hat mir erzählt, dass Dee aus der Band aussteigt."

„Ja. Er hat mich heute auch schon angerufen deswegen." Kit klang jetzt richtig sauer. „Nett von Dee, uns so kurzfristig sitzen zu lassen, was?"

„Hat Billy dir von dem Brief erzählt, den sie geschrieben hat?", fragte Sue.

„Ja, aber ich bin nicht schlau daraus geworden." Kit seufzte. „Ist auch egal. Du sagtest, du wärst nicht sicher, warum Billy zu dir gekommen ist. Was glaubst du denn?"

„Ich weiß es nicht. Er hat nur über Dee geredet. Aber ich hatte das Gefühl, dass er noch etwas anderes sagen wollte." Sue fröstelte, als sie an Billys komisches Verhalten dachte. „Er wirkte ziemlich nervös."

„Na ja, er hat auch eine Menge im Kopf, besonders jetzt, wo Dee einfach abgesprungen ist", sagte Kit. „Das hat ihn echt umgehauen. Sonst ist er ja immer ziemlich cool …"

Das hatte Sue auch immer gedacht. Sie hatte ihn sogar richtig toll gefunden. Aber jetzt war sie sich nicht mehr so sicher. Irgendetwas an Billy beunruhigte sie.

„Sue? Bist du noch da?"

„Äh … ja", sagte sie. „Ich … ich bin nur ein bisschen durcheinander."

„Das klingt ja nicht so, als ob ich dir sehr geholfen hätte … Ich hab eine Idee: Möchtest du vielleicht, dass ich rüberkomme?"

„Das wäre wunderbar", antwortete sie schnell. „Wirklich, das wäre toll. Und du bist sicher, dass es nicht zu spät ist?"

„Ach was. Je später, desto besser. Ich bin doch ein Nachtmensch, schon vergessen?"

„Okay, super!" Sue überlegte einen Moment. „Aber komm bitte nicht an die Tür, ja? Meine Tante schläft schon. Wir treffen uns am besten vor dem Haus und machen einen Spaziergang."

„Gut. Ich bin in zehn Minuten da."

Acht Minuten später schlüpfte Sue aus der Haustür. Sie hatte das alte, verwaschene T-Shirt mit ihrem neuen dunkelblauen Top vertauscht, sich die Haare gebürstet und ein bisschen Make-up aufgelegt. Sie konnte das komische Gefühl, das Billys Besuch hinterlassen hatte, nicht abschütteln, aber sie wollte sich trotzdem für Kit hübsch machen.

Kurz darauf hielt ein Stück von ihrem Haus entfernt Kits weißer Mustang an.

„Du siehst toll aus", begrüßte Kit sie.

„Danke." Sue lächelte. In Kits Nähe fühlte sie sich gleich viel ruhiger. „Du auch."

Kit blickte auf seine ausgefransten Jeans und die alten Turnschuhe hinunter. Er grinste und nahm ihre Hand. „Komm, lass uns spazieren gehen."

Sie liefen schweigend nebeneinanderher. Ab und zu tauchte der Mond hinter den Wolken auf, die schnell über den Himmel zogen.

Sue schluckte hart. Wenigstens *einmal* machte ihr das

kalte Mondlicht nichts aus, überkamen sie nicht diese seltsamen Gefühle.

„Komisch", dachte sie. „Eigentlich müsste ich jetzt zittern. Und mich irgendwie anders fühlen, Angst haben. Aber heute nicht."

Sie schaute Kit aus dem Augenwinkel an. Es musste an ihm liegen, dass sie sich warm und sicher fühlte.

Als hätte er ihren Blick gespürt, lächelte Kit sie an. „Möchtest du über Billys Besuch sprechen?"

Sue schüttelte den Kopf. „Irgendwie ist mir im Moment gar nicht mehr danach."

„Na gut", erwiderte Kit mit sanfter Stimme. „Ich dachte nur, er hätte dich ziemlich aufgeregt, und du wolltest mir davon erzählen." Kit ließ ihre Hand los und legte ihr den Arm um die Schultern.

Aber Sue schüttelte ihn ab. Sie schaute hinauf zum Mond und spürte einen plötzlichen Energieschub. „Weißt du, was?", sagte sie. „Mir ist nach Bewegung. Komm, Kit, lass uns rennen!"

Ohne seine Antwort abzuwarten, stürmte Sue die Fear Street hinunter. Hinter ihr hörte sie Kit ihren Namen rufen. „Hey, warte auf mich!"

„Komm doch, und fang mich!", schrie Sue zurück, ohne langsamer zu werden.

Sie genoss das Gefühl, wie ihr der Wind übers Gesicht und durch die Haare fuhr. Das Klopfen ihres Herzens, das Geräusch ihrer Turnschuhe auf dem Pflaster.

„Schneller!", feuerte sie sich selbst an. „Noch schneller!"

„Sue!", hörte sie Kit weit hinter sich rufen, aber sie blieb nicht stehen. Sie *wollte* nicht stehen bleiben!

Warum tat sie das?, fragte sie sich. Warum rannte sie

wie eine Verrückte durch die Nacht? Sie wusste es nicht. Und es war ihr auch egal. Sie wollte jetzt nicht darüber nachdenken. Sie wollte nur rennen.

„Sue!" Kit war kaum noch zu hören. Er würde sie nie im Leben einholen.

Der Wind drehte sich. Sue schnüffelte. Die Augen zu schmalen Schlitzen zusammengekniffen, hielt sie an. Sie stand völlig reglos da und lauschte.

Irgendetwas war ganz in der Nähe. Ein Tier. Etwas Kleines. Sie konnte hören, wie sein winziges Herz vor Angst raste, sie konnte seine Angst riechen.

Dort, im Garten des Hauses neben ihr. Ein Kaninchen.

Sue lief das Wasser im Mund zusammen. Sie musste nur einmal ihre Zähne zuschnappen lassen, und schon könnte sie sein Blut kosten. So leise wie möglich sprang sie über eine niedrige Hecke und hetzte quer durch den Garten.

Für den Bruchteil einer Sekunde verharrte das Kaninchen wie erstarrt, dann flitzte es davon.

Sue senkte den Kopf und setzte ihm nach. „Ich werde dich kriegen!", dachte sie. „Ich kann dein Blut schon schmecken!"

23

„Hey, Leute!" Billys scharfe Stimme durchdrang das Stimmengewirr wie ein Messer. „Nur für den Fall, dass ihr's vergessen habt, heute Abend ist unser Auftritt. Wie wär's, wenn ihr zur Abwechslung mal ein bisschen proben würdet, anstatt hier rumzustehen und zu quatschen?"

Mary Beth runzelte die Stirn. „Wir haben schon geprobt, Billy. Jetzt machen wir gerade Pause."

„*Proben* nennt ihr das?", gab Billy zurück. „Wenn ihr euch noch ein klein bisschen mehr anstrengt, seid ihr vielleicht gut genug für einen Kindergeburtstag!"

Er schaute demonstrativ auf seine Uhr. „Fünf Minuten!", rief er, während er mit großen Schritten die Bühne verließ.

„Puh! Was ist denn mit dem los?", flüsterte Caroline Sue zu.

Sue schüttelte den Kopf. Was auch immer Billy gestern Nacht auf der Seele gelegen hatte, beschäftigte ihn offenbar noch immer.

„Hoffentlich regt er sich bald wieder ab", murmelte Mary Beth vor sich hin. „Der Abend heute sollte eigentlich was ganz Besonderes sein. Ich meine, wo *Bad Moonlight* doch zu Hause in Shadyside spielt und so …"

Sue fand, dass Mary Beth recht hatte. Sie freuten sich alle darauf, in Shadyside aufzutreten – besonders im *Red Heat*, der beliebtesten Disco der Stadt. Und heute

Abend war ausverkauft. Das *Red Heat* war früher mal ein großes Kaufhaus gewesen, deswegen bedeutete *ausverkauft* ein Publikum von mehr als zweihundert Leuten.

Eine heisere Stimme unterbrach Sues Gedanken. „Hey, Sue, bitte sag mir, dass Billy nicht immer so drauf ist." Shawna Davidson, die als Ersatzsängerin für Dee auftreten sollte, sah Sue fragend an und fuhr sich durch ihr glattes schwarzes Haar. Sie war eine Freundin von Kit. Er hatte sie heute Morgen schon ganz früh angerufen. Und sie hatte sich die Chance nicht entgehen lassen, bei *Bad Moonlight* einzusteigen.

„Ich fand, die erste Durchlaufprobe klang ziemlich gut", fuhr sie fort. „Aber ich hab nicht vor, mich mit Billy anzulegen. Nicht an meinem ersten Tag in der Band."

„Nein, er ist nicht immer so", versicherte ihr Sue schnell.

Shawna schaute auf ihre Uhr. „Noch zwei Minuten. Schätze, ich sollte mich schon mal fertig machen."

Als Sue sich umdrehte und weggehen wollte, stolperte sie über Kit, der neben einem der Verstärker kniete.

„Gut. Zwei zusätzliche Hände." Kit lächelte sie an. „Könntest du mal dieses Kabel für mich nehmen?"

„Klar." Sue hielt das dicke Kabel, während Kit es mit schwarzem Isolierband umwickelte. Als er mit seinen langen Fingern ihre Hand berührte, zuckte sie zurück.

Kit blickte auf. „Hab ich irgendwas Falsches gesagt?", fragte er.

„Wie bitte?"

Er schnitt das Isolierband durch und stand auf. „Na ja, als ich dich eben berührt habe, bist du zusammengezuckt, und gestern Nacht bist du vor mir weggelaufen.

Deswegen dachte ich, dass ich vielleicht irgendwas gesagt oder getan habe …"

„Nein. Überhaupt nicht", versicherte ihm Sue. „Und ich bin auch nicht vor dir weggelaufen, Kit. Ich bin einfach nur … gerannt."

Komisch. Sie erinnerte sich nur noch, dass sie gerannt war. Aber sie wusste nicht mehr, wohin. Oder warum.

Sue stieß ein nervöses Lachen aus. „Ich glaube, ich bin nur ein bisschen durch den Wind wegen Billy", sagte sie. „Er verhält sich so merkwürdig."

„Okay, Leute!", rief Billy in diesem Moment und stürmte wieder auf die Bühne. „Die Pause ist vorbei. Zeit, wieder an die Arbeit zu gehen!"

Die Bandmitglieder griffen nach ihren Instrumenten und nahmen hastig ihre Plätze ein.

Sue hatte den Text des Songs, den sie gestern Abend geschrieben hatte, leicht abgeändert. Und heute Morgen hatte sie sich die Melodie dazu überlegt. Sie spielte ein Intro und begann dann zu singen.

Ich starr den Mond an,
renn durch die Nacht
auf der Suche nach dir,
auf der Suche nach mir.

Beim zweiten Mal fiel Shawna mit ein. Ihre Stimmen passten gut zusammen – Sues hoch und klar, Shawnas tief und rauchig.

Obwohl sie den Text geändert hatte, war Sue bei dem Song immer noch unwohl. Aber als sie das Stück zu Ende gesungen hatten, zeigten Caroline und Mary Beth ihr den erhobenen Daumen.

Sue versuchte, ihr ungutes Gefühl abzuschütteln.

Danach spielten sie noch einige andere Stücke und hörten mit *Bad Moonlight* auf.

Billy gab keinen Kommentar zur Probe ab. „Die Vorstellung heute Abend beginnt um neun", sagte er nur. „Ich möchte, dass ihr alle um acht hier seid." Mit diesen Worten drehte er sich um und steuerte auf den Ausgang zu.

Auf der Tanzfläche holte Sue ihn ein. „Billy!"

Er blieb stehen und drehte sich sichtlich genervt um.

Sue holte tief Luft. „Ich weiß, dass du ziemlich viel Ärger hattest wegen Dee, aber was ist wirklich mit dir los, Billy?", platzte sie heraus. „Du bist so gereizt! Und letzte Nacht warst du total nervös."

Billy starrte sie an. Seine Augen wirkten in dem dämmrigen Licht des großen alten Kaufhauses riesengroß.

Sue sah, wie er sich mit der Zunge über die Lippen fuhr und schluckte.

Er antwortete nicht. Sagte kein Wort. Stattdessen drehte er sich um und stürmte durch die Tür.

Sue kam kurz vor acht im *Red Heat* an. Billy stand dicht neben Kit auf der Bühne und redete hektisch auf ihn ein. Caroline und Mary Beth übten noch mal das Intro eines Songs.

„Hey, Leute!", rief Sue, während sie die riesige Tanzfläche überquerte. „Ich dachte schon, ich wäre früh dran, aber ihr schlagt mich um Längen."

Kit lächelte. Mary Beth und Caroline ebenfalls.

Billy warf ihr einen kurzen Blick zu und wandte sich dann ab. „Hat schon jemand Shawna gesehen?", fragte er.

„Hier bin ich!" Die Eingangstür fiel zu, und Shawna stürmte zur Bühne.

„Gut", sagte Billy. „Caroline und Mary Beth wollten noch mal was mit dir durchgehen."

„Kein Problem", sagte Shawna atemlos. „Meine Bassgitarre ist oben. Ich hol sie schnell."

„Das kann ich auch machen", bot Sue an. Sie hielt ihr rotes Kleid hoch, das in einem Plastiküberzug steckte. „Ich muss das hier sowieso nach oben bringen."

„Danke. Der Bass ist in dem großen Schrankkoffer", sagte Shawna.

„Bin gleich zurück." Sue ging zu der schmalen Wendeltreppe aus Metall, die auf den Dachboden führte.

Eine Reihe von Umkleideräumen war in das niedrige Dachgeschoss des alten Kaufhauses gequetscht worden. Auf der restlichen Fläche türmten sich Ersatzscheinwerfer, Kabel und andere Ausrüstungsgegenstände.

Sue knipste die Deckenbeleuchtung an. Sie hängte ihr Kleid auf einen Ständer in der ersten Garderobe. Nun musste sie nur noch Shawnas Bassgitarre holen.

In einer düsteren Ecke des Lagerraums fand sie einen großen schwarzen, aufrecht stehenden Schrankkoffer mit drei Metallschließen.

„Mann, ist das heiß hier oben", dachte sie und wischte sich mit der Hand die Schweißperlen von der Stirn.

Der Koffer war zwischen einigen Pappkartons und einem Stapel Klappstühle eingekeilt. Sue packte den Griff und versuchte, den Koffer ein Stück herauszuziehen.

Er bewegte sich kein bisschen.

Was hatte Shawna außer ihrem Bass noch da drin? Eine Tonne Ziegelsteine?

Sue schob die Pappkartons beiseite. Jetzt ließ sich der Koffer öffnen.

Der Deckel schwang auf.

„Neiiiin!" Sue stieß einen lauten Schrei aus.

Ein lebloser Körper kam ihr entgegen.

24

Dee fiel Sue genau vor die Füße.

Sue stolperte rückwärts. Öffnete den Mund, um zu schreien. Aber es kam kein Ton mehr heraus.

Dees T-Shirt und Jeans waren zerfetzt. Lange, tiefe Kratzer zogen sich über ihre Arme. Auch ihr Hals war von tiefen Wunden übersät.

Beide Hände vors Gesicht geschlagen, wich Sue zurück und stieß gegen einen Mikrofonständer, der mit einem lauten Krachen umfiel.

Sie hörte es kaum.

Ihr Herz raste, ihre Ohren dröhnten. Sie kniff die Augen ganz fest zu und zwang sich dann, sie wieder zu öffnen.

Als Sue voller Entsetzen nach unten starrte, sah sie wieder die schrecklichen Bilder aus der Hypnose vor sich, wie sie mit Dee zusammen gerannt war. Wie sie hinter Dee hergerannt war und sie miteinander gekämpft hatten.

Dann musste sie an den echten Kampf denken, den sie sich auf dem Parkplatz vor Dr. Moores Praxis geliefert hatten. Wie sie Dee an die Kehle gegangen war.

Sie hatte sie töten, sie in Stücke reißen wollen.

Und jetzt lag Dee so zu ihren Füßen.

Genau wie Joey.

„War *ich* das? Habe ich die beiden umgebracht?", fragte sich Sue plötzlich.

Sie krümmte sich vor Entsetzen. Was war wirklich,

und was war Einbildung? Sie richtete sich auf und schüttelte sich. Natürlich war sie das nicht gewesen. Sie war doch keine Mörderin! Oder?

Dr. Moore hatte ihr versichert, dass sie ihre gewalttätigen Fantasien nicht ausleben würde. Aber wenn er nun unrecht hatte?

Ein eisiger Schauer durchfuhr Sue. „Du musst von hier verschwinden!", dachte sie. „Sofort!"

Als sie losrannte, stolperte sie über den umgefallenen Mikrofonständer und schlug der Länge nach hin. Ein scharfer Schmerz schoss durch ihr Knie, aber sie ignorierte ihn. Keuchend rappelte sie sich auf und humpelte den schmalen Korridor entlang.

Jemand wartete oben an der Treppe.

„Billy!" Sue kam stolpernd zum Stehen. „Was … äh … was tust du denn hier?"

Er starrte sie nur an und sagte kein Wort.

Sie sah ihm in die Augen, während die Gedanken durch ihren Kopf wirbelten. Billy war gestern Nacht furchtbar nervös gewesen, als er ihr erzählt hatte, dass Dee aus der Band ausgestiegen war. So nervös, dass es ihr Angst gemacht hatte. Sie hatte das Gefühl gehabt, dass er etwas vor ihr verschwiegen hatte.

War es *das* gewesen – der Mord an Dee?

Hatte Billy gewusst, dass sie tot war, als er zu ihr gekommen war? Hatte er sich deswegen so seltsam verhalten? War er es gewesen, der Dee ermordet hatte? Aber warum? Warum sollte er so etwas tun?

Billy verlagerte sein Gewicht auf das andere Bein und sah sie mit zusammengekniffenen Augen an.

„Er weiß es", wurde Sue plötzlich klar. „Er weiß, dass ich Dees Leiche entdeckt habe. Ich muss hier weg."

„Geh mir aus dem Weg!", schrie sie ihn an.

Billy rührte sich nicht. Er versperrte ihr den Weg zur Treppe.

„Lass mich durch!", kreischte sie in Panik. „Lass mich hier raus!"

„Nein, Sue. Tut mir leid. Aber ich kann dich nicht gehen lassen."

25

Sue spürte, wie eine Welle von Panik sie überflutete.

Was sollte sie jetzt tun?

Zurückrennen und sich irgendwo im Lagerraum verstecken zwischen all dem Gerümpel? Nein, damit würde sie in der Falle sitzen.

Sie drehte sich wieder zu Billy um. Auf einmal wurde ihre Angst von Ärger verdrängt. Nein, er würde sie nicht aufhalten! Mit einem lauten Brüllen stürzte sie sich auf ihn.

Er versuchte, sie zu packen, und erwischte ihren Arm. Seine Finger gruben sich ihr schmerzhaft ins Fleisch.

Doch sie holte aus und schlug ihm ihre Faust gegen die Schläfe.

Billy keuchte auf. Sein Griff lockerte sich.

Mit aller Kraft riss Sue sich los, schubste ihn beiseite und rannte die Treppe hinunter.

Sie war schon halb unten, als sich ihre Sandale in einer der Metallstufen der Wendeltreppe verhakte.

Sue schrie erschrocken auf und kämpfte um ihr Gleichgewicht. Ihr Schrei hallte in dem leeren Kaufhaus wider. Hastig schlüpfte Sue aus ihren Sandalen. Hinter ihr dröhnten schwere Schritte. Billy verfolgte sie.

Sue flog förmlich die Treppen hinunter.

„Du musst hier raus!", feuerte sie sich an. „Mach schnell!"

Sie übersprang die letzten drei Stufen, stolperte und

fing sich im letzten Moment. Dann stürmte sie zur Tür. Aus dem Augenwinkel sah sie Kits und Shawnas überraschte Gesichter. Hörte, wie Caroline und Mary Beth ihren Namen riefen.

Aber sie hielt nicht an. Mit ausgestreckten Armen stieß sie die schwere Eingangstür auf.

Ihr Auto war zugeparkt. Aber sie hätte sowieso nicht damit fahren können, weil der Schlüssel drinnen in ihrer Tasche war.

Sue wandte sich von den Autos ab. Ihre nackten Füße machten beim Laufen klatschende Geräusche auf dem Pflaster.

Sie rannte über den Parkplatz und von dort auf die Straße. Lautes Hupen ertönte, Bremsen quietschten, und Beschimpfungen hallten hinter ihr her.

Sue achtete nicht darauf. Über das Hupkonzert und die lauten Rufe hinweg hörte sie eine andere Stimme hinter sich.

„Sie entkommt! Haltet sie auf!"

„Schneller!", dachte Sue. „Schneller!"

Der Vollmond hing wie ein leuchtender Ball aus Eis am dunklen Himmel. Sue spürte, wie sein Licht auf ihre Haut fiel – auf ihr Gesicht, ihre Arme. Kalt. Gefährlich.

Sie rannte noch schneller.

Mit rasendem Puls flitzte sie quer über den Bürgersteig und stürmte in den Wald, der neben der Straße begann.

Die Stimmen hinter ihr wurden langsam leiser.

Sue lief immer weiter. Kiefernnadeln stachen ihr in die Füße. Zweige peitschten ihr ins Gesicht und zerrten an ihren Haaren.

Sie hatte Seitenstechen, und ihre Fußsohlen fühlten

sich ganz wund an. Sue verlangsamte ihr Tempo etwas, aber sie hielt nicht an. Sie wagte es nicht.

Als sich eine Ranke in ihrem Haar verfing, zögerte sie einen Moment. Vor sich hörte sie ein Geräusch.

Sue blieb stehen und lauschte angestrengt.

Nein, das waren keine Schritte, sondern nur das Plätschern von Wasser – der Fluss lag zu ihrer Linken.

Sie kannte diesen Wald aus ihrer Kindheit. Wenn sie quer hindurchlief, würde sie ganz in der Nähe ihres Hauses herauskommen.

Dieser Gedanke gab Sue neue Kraft. Sie atmete erleichtert auf, zog sich die Ranke aus dem Haar und lief weiter.

Während sie Zweige beiseiteschlug, die ihr im Weg waren, bemerkte sie einen Schimmer Mondlicht, der durch das dichte Geäst fiel. Sie war also schon fast wieder aus dem Wald heraus.

Dann fiel ihr wieder ein, dass Billy wusste, wo sie wohnte. Würde er dort auf sie warten? War er ihr deswegen nicht in den Wald gefolgt? Sue konnte jetzt nicht darüber nachdenken. Sie wollte einfach nur nach Hause.

Als sie ganz in der Nähe ein Rascheln hörte, blieb ihr vor Schreck fast das Herz stehen.

Stille. „Wahrscheinlich nur ein Eichhörnchen oder ein Vogel", versuchte sie sich zu beruhigen. „Lauf weiter!"

Schließlich erreichte Sue den Waldrand. Sie durchbrach die letzte Barriere aus Zweigen und spürte weiches feuchtes Gras unter ihren Füßen.

In welcher Richtung lag ihr Haus?

Doch bevor sie sich orientieren konnte, brach eine Gestalt durchs Unterholz und packte sie am Arm.

Sue stieß einen lauten Entsetzensschrei aus.

„Hey, es ist alles in Ordnung!", flüsterte eine Stimme. „Ich bin's!"

Caroline!

Sue seufzte erleichtert auf.

Zerkratzt und erschöpft warf sie sich in die Arme ihrer Freundin. „Ich ... ich kann nicht mehr weiterlaufen. Hilf mir, Caroline, bitte! Er wird mich sonst auch noch umbringen!"

Caroline legte ihre Arme um Sue und hielt sie ganz fest. „Ist ja gut, Sue. Natürlich helfe ich dir", murmelte sie leise.

„Ich muss so schnell wie möglich nach Hause!", stieß Sue hervor. „Er ... er könnte Tante Margaret oder Cliff was tun!"

„Beruhige dich erst mal wieder", sagte Caroline besänftigend. „Und dann gehen wir nach Hause."

Sue legte ihren Kopf auf Carolines Schulter. Nach und nach ging ihr Atem ruhiger, und sie hörte auf zu zittern.

Das Mondlicht überflutete sie. Sue überlief ein kalter Schauer. „Lass uns gehen", bat sie. „Verschwinden wir von hier."

„Beruhige dich doch erst mal", wiederholte Caroline. Aber ihre Stimme klang plötzlich ganz anders – tief und heiser.

„Nein! Komm schon. Wir müssen uns beeilen!", drängte Sue.

Doch diesmal antwortete Caroline nicht. Ihre Hände auf Sues Rücken fühlten sich plötzlich schwer an. Ein tiefes Geräusch stieg aus ihrer Brust auf.

„Alles in Ordnung?", fragte Sue.

Was war das für ein Geruch? Sie schnüffelte. Es roch

irgendwie säuerlich. Wie ein Hund, den man jahrelang nicht gebadet hatte.

Sue begann zu zittern. „Caroline?", flüsterte sie.

Sie löste sich von ihrer Freundin – und schnappte keuchend nach Luft. „Nein! Nein! Das kann nicht sein!"

Carolines blaue Augen funkelten sie aus einem Gesicht an, das mit grauem Pelz bedeckt war. Dasselbe borstige graue Fell, das jetzt auch auf ihren Armen und Beinen spross.

Wieder drang ein grollender Laut tief aus Caroline heraus. Und dann zog sie die wulstigen, purpurroten Lefzen zurück und entblößte eine Reihe scharfer gelber Fangzähne, die vor Speichel glitzerten. Fangzähne, die dafür geschaffen waren, sich in Fleisch zu graben und es zu zerreißen.

Im fahlen Schein des Mondlichts warf Caroline ihren hässlichen, fellbedeckten Kopf zurück und stieß ein langes, animalisches Heulen aus.

26

Das lang gezogene Heulen zerriss die nächtliche Stille und endete in einem hässlichen Knurren.

Caroline verdrehte wild die Augen. In ihren Pupillen spiegelte sich das silberne Licht des Mondes. Dickflüssiger Geifer tropfte auf ihr Fell. Wieder zog sie ihre wulstigen roten Lefzen zurück.

„Caroline!", rief Sue. „Du kennst mich doch. Ich bin deine Freundin. Bitte … tu mir nichts!"

Caroline hob ihre fellbedeckten Hände. Ihre Nägel waren gelblich und hatten sich zu nadelspitzen Krallen gebogen – Krallen, die reißen und zerfetzen konnten.

Wieder stieg ein unmenschliches Grollen tief aus ihrer Kehle auf. Grob packte sie Sue mit ihren scharfen Klauen.

„Caroline!", kreischte Sue. „Ich bin's doch. Caroline, bitte!"

Aber die blauen Augen waren alles, was von ihrer Freundin übrig geblieben war. Der Rest hatte sich in ein knurrendes, geiferndes Wesen verwandelt.

In einen Wolf.

Einen Werwolf.

Halb erstickt vor Entsetzen, versuchte Sue, sich loszureißen. Aber Caroline hielt sie eisern in ihren Klauen fest. Plötzlich sah Sue über ihre Schulter hinweg in einiger Entfernung zwei Lichter.

Scheinwerfer, schoss es ihr durch den Kopf. Ein Auto. Jemand, der ihr vielleicht helfen konnte!

So laut sie konnte, schrie sie: „Hilfe! Hierher! Hilfe!"

Das Brummen eines Motors war zu hören. Die Scheinwerfer kamen näher.

Caroline stieß ein wütendes Knurren aus und schaute sich um. Ihr Griff lockerte sich etwas.

Diesen Augenblick nutzte Sue, riss sich los und rannte auf die Scheinwerfer zu.

„Hey!", rief sie und schwenkte die Arme über dem Kopf. „Hierher! Hilfe!"

Die Helligkeit blendete sie für einen Moment. Dann schwangen die Scheinwerfer zur Seite, und sie konnte den Wagen sehen. Aber es war kein normaler Wagen. Es war ein Kleinbus.

Der Kleinbus der Band, mit Billy und Mary Beth darin.

Mit quietschenden Reifen kam der Van zum Stehen. Die beiden sprangen heraus und stürmten auf Sue zu.

„Nein!", schrie sie ihnen entgegen. „Kommt nicht näher! Wir müssen von hier verschwinden!"

Billy und Mary Beth schienen sie nicht zu hören. Als sie aus den Schatten der Bäume traten, überspülte sie das eisige Mondlicht.

Ihre Gesichtszüge verzerrten sich. Ihre Augen glitzerten angriffslustig, und ihre zurückgezogenen Lippen enthüllten scharfe, spitze Zähne.

Sue keuchte entsetzt auf, als auf ihren Gesichtern, ihren Armen und ihren Händen Fell zu sprießen begann.

Werwölfe! Billy, Mary Beth und Caroline – sie waren alle Werwölfe!

Als Sue entsetzt herumfuhr, sprang auch schon Caroline auf allen vieren auf sie zu. Der Geifer spritzte von ihren Lefzen.

Hinter ihr legten Billy und Mary Beth ihre Wolfsköpfe in den Nacken und stießen ein schrilles Geheul aus.

„Keine Chance zu entkommen!", dachte Sue verzweifelt. Ihr Herz klopfte wie verrückt, und das Blut pochte in ihren Schläfen.

„Geht weg!", schrie sie. „Bitte, geht doch weg! Lasst mich in Ruhe!"

Aber die drei Wölfe bauten sich vor ihr auf und schnitten ihr den Fluchtweg ab. Fauchend und knurrend trieben sie Sue zurück.

Ihr widerlicher, säuerlicher Geruch hüllte sie ein.

Unaufhaltsam kamen sie näher. Drängten sie zurück. Drängten sie immer weiter zurück in den Wald …

Bis sie kaltes Wasser spürte, das um ihre Knöchel aufspritzte.

Sue schrie auf. Sie hatten sie bis zu dem schmalen Fluss zurückgetrieben. Was hatten sie vor? Warum hatten sie sie nicht längst in Stücke gerissen? Wie Joey. Und Dee.

Sue rutschte auf einem glitschigen Stein aus und stürzte ins kalte Wasser.

Wimmernd vor Angst rappelte sie sich ein Stück hoch.

Sie warf einen Blick in Richtung des Transporters. Er war gar nicht so weit weg.

Konnte sie ihn erreichen, bevor die drei Wölfe sie angriffen? Konnte sie schneller dort sein als sie?

Sie musste es irgendwie schaffen!

Sue holte tief Luft, richtete sich ganz auf und rannte auf einmal los – in weitem Bogen um die Wölfe herum. Sie rutschte immer wieder aus, als sie über den feuchten Boden sprintete.

Hinter ihr hörte das Knurren plötzlich auf.

Sue schaute zurück. Die anderen jagten nicht hinter ihr her. Hatten sie etwa aufgegeben?

Sie strengte sich an, um zu sehen, was da vor sich ging, aber die Dunkelheit hatte sich wie ein schwerer Vorhang über den Wald gelegt. Eine große Wolke verdeckte den Mond.

„Sue?", hörte sie Caroline rufen. „Jetzt ist wieder alles in Ordnung. Du brauchst nicht mehr vor uns wegzulaufen." Ihre Stimme klang ganz normal.

„Sie hat recht, Sue!", rief Mary Beth.

„Wir werden dir nichts tun", fügte Billy hinzu.

Doch Sue zögerte. Sie hätte ihnen gern vertraut, aber das war unmöglich. Das Mondlicht hatte sie in Wölfe verwandelt. Das böse Mondlicht.

Jetzt war der Mond durch eine Wolke verdeckt, und sie hatten wieder ihre menschliche Gestalt angenommen. Aber Sue wusste genau, dass sie sich in dem Moment, in dem die Wolke verschwand, wieder in Wölfe verwandeln und sie zerreißen würden.

Und dann ertönte auf einmal eine andere Stimme aus der Nacht. „Sue!"

Sie erkannte die Stimme. Eine Welle der Erleichterung überflutete sie.

„Kit!", rief sie und lief durch den Matsch auf ihn zu.

„Beeil dich, Sue!" Kit streckte ihr die Hand entgegen. „Ich hab meinen Wagen hier."

„Der Van ist näher!", rief sie atemlos.

„Dafür hab ich keinen Schlüssel. Mach schon, Sue!"

Sie versuchte zu rennen, aber ihre Beine gaben plötzlich unter ihr nach. Ihre Muskeln verkrampften sich. Sie konnte nicht mehr weiter. „Hilf mir, Kit!"

„Geh nicht zu ihm!", hörte sie Billy rufen. „Kit wird dich nicht retten. Er ist einer von uns!"

Sue erstarrte – unfähig, sich zu bewegen oder zu atmen.

„Kein schlechter Versuch, Billy." Kits Stimme klang gepresst vor Wut. „Hör nicht auf ihn, Sue. Er lügt!"

„Kit wird dich nicht retten!", wiederholte Billy verzweifelt. „Komm zurück, Sue!"

In ihrer Panik schaute Sue gehetzt von einem zum anderen.

„Billy ist ihr Anführer!", sagte Kit eindringlich. „Wir dürfen jetzt keine Zeit verlieren, Sue." Er bewegte sich ganz langsam auf sie zu, die Hand immer noch ausgestreckt. „Komm schon", drängte er.

Auch Billy, Caroline und Mary Beth kamen immer näher und riefen sie zu sich.

Sue sah gehetzt von einem zum anderen. Was sollte sie nur machen? Wem sollte sie glauben?

27

„Vertrau mir, Sue", flüsterte Kit.

„*Ihm* vertrauen?" Billy stieß ein sarkastisches Lachen aus. „*Wir* sind deine Freunde, Sue. Komm zu uns, bitte!"

Billy und Kit starrten sich finster an. Schwer atmend blickte Sue von einem zum anderen.

„Na, los!", befahl sie sich. „Du musst dich entscheiden!"

Sie schaute Caroline und Mary Beth an. Die beiden warfen nervöse Blicke zum Himmel.

„Sie warten darauf, dass die Wolke vorbeizieht und das Mondlicht sie wieder in Werwölfe verwandelt", dachte Sue. „Damit sie mich in Stücke reißen können."

„Kit!", rief sie. Sie fuhr herum und rannte auf ihn zu.

Er nahm ihre Hand. „Wir müssen von hier verschwinden! Die Wolke zieht weiter!"

Zusammen rannten sie auf die Autos zu. Sue fühlte neue Hoffnung in sich aufsteigen. Sie würden es schaffen!

Doch während sie rannten, schien die Nacht plötzlich heller zu werden.

„Das Mondlicht", dachte Sue erschrocken. Da war es wieder! Sie konnte seinen kalten Glanz auf ihren Schultern spüren.

„Sieh nicht zurück!", befahl Kit.

Sue hörte ein lang gezogenes Heulen dicht hinter sich.

Sie stolperte und brachte Kit fast zu Fall. Er packte sie um die Taille und zerrte sie hoch.

Das laute Knurren eines Wolfs ließ Sue erschrocken zusammenfahren. Als sie sich umdrehte, sah sie, wie Billy auf Kits Rücken sprang. Knurrend rang er ihn zu Boden.

„Lauf, Sue!", keuchte Kit heiser. „Lauf weg, solange du noch kannst!"

Billy fauchte und knurrte, während er und Kit sich auf der Erde wälzten. Kit kämpfte verbissen, aber gegen den kräftigen Wolf kam er nicht an.

Sue ließ ihren Blick zu Mary Beth und Caroline wandern, die auf allen vieren auf sie zujagten.

„Ich muss Kit irgendwie helfen", dachte Sue verzweifelt. „Aber ich kann nicht gegen alle drei kämpfen. Ich muss irgendwie zum Van kommen und Verstärkung holen."

Kit und Billy rangen immer noch im Schlamm miteinander. Die beiden anderen Wölfe näherten sich Sue.

Sie beugte sich hinunter. Kratzte eine Handvoll feuchte Erde zusammen. Die beiden Wölfe knurrten grollend, Geifer tropfte aus ihren offenen Mäulern. Sue richtete sich auf, schleuderte ihnen die Erde in die Augen – und stürmte zum Van.

Die Fahrertür stand offen. Ein metallisches Glitzern erregte ihre Aufmerksamkeit.

Der Schlüssel! Er steckte noch im Zündschloss.

Mit einem triumphierenden Ausruf rutschte Sue auf den Fahrersitz, knallte die Tür zu und drückte den Knopf für die Zentralverriegelung.

Mit einem wütenden Knurren sprangen Caroline und

Mary Beth seitlich gegen den Wagen, der heftig hin und her schaukelte.

Mit zitternder Hand griff Sue nach dem Schlüssel.

Drehte ihn.

Der Motor stotterte, sprang kurz an – und erstarb.

28

Die Scheinwerfer des Wagens strahlten die Bäume an.

Die Batterie konnte es also nicht sein.

Zitternd vor Angst, machte Sue das Licht aus und griff dann wieder nach dem Zündschlüssel.

Mary Beth und Caroline stürzten sich erneut auf den Wagen, der unter ihrem Aufprall wankte.

Sues schweißfeuchte Hand rutschte vom Schlüssel ab.

Krallen scharrten über das Fenster der Fahrerseite.

Sue drehte den Zündschlüssel, und der Motor gab wieder stotternde Geräusche von sich.

Endlich sprang er dröhnend an.

Sue legte den Gang ein und trat das Gaspedal durch, doch die Reifen drehten nur im Schlamm durch. „Los! Mach schon!", brüllte sie. Mit einem kräftigen Ruck fuhr der Wagen an. „Ja!"

Im Rückspiegel konnte Sue beobachten, wie die beiden Wölfe hinter dem Van herstürmten. Doch schon bald blieben sie zurück.

„Ich hab's geschafft!", rief Sue laut.

Aber was war mit Kit?

„Bitte, Kit! Du musst irgendwie durchhalten, bis ich zurückkomme", dachte sie verzweifelt.

Als sie den Kleinbus über die holprige Holzbrücke lenkte, die zur Straße führte, atmete Sue tief durch und versuchte, einen klaren Gedanken zu fassen.

Billy war offenbar der Anführer. Hieß das, dass *er* Joey und Dee getötet hatte? Aber warum?

Plötzlich fiel ihr das Geheul wieder ein, das sie vor dem Hotelfenster gehört hatte. Das waren ihre sogenannten Freunde gewesen, die den Mond anheulten.

Sue erinnerte sich, wie ihre eigenen Fingernägel länger geworden waren und sich zu Krallen gekrümmt hatten.

Sie erinnerte sich, wie sie selbst Dees Blut hatte schmecken wollen. Und an ihr brennendes Verlangen, sie zu töten.

„Wollten sie mich auch in einen Werwolf verwandeln?", fragte Sue sich schaudernd.

„Aber es hat nicht funktioniert", beruhigte sie sich. „Ich bin immer noch ich. Und kein Wolf."

Während der Van die Fear Street hinunterraste, zwang sie sich, mit dem Grübeln aufzuhören. Sie musste jetzt unbedingt Hilfe holen.

Immer wieder schaute sie nervös in den Rückspiegel.

Nichts als Dunkelheit. Niemand folgte ihr.

„Halt durch, Kit!", murmelte sie.

Schließlich kam ihr Haus in Sicht. Sue riss die Fahrertür auf, bevor der Wagen richtig stand.

Der Atem rasselte in ihrer Kehle, als sie den Bürgersteig entlangraste. Auf der hölzernen Eingangstreppe stolperte sie und bohrte sich dabei einen Splitter in die Handfläche. Sie ignorierte den Schmerz und lief weiter.

Die Haustür war verschlossen.

„Tante Margaret!", rief sie und hämmerte mit den Fäusten gegen die Tür. „Tante Margaret, mach auf! Schnell!"

Sie klopfte noch einmal, kräftiger diesmal. „Tante Margaret! Ich bin's, Sue! Beeil dich doch!"

Stille.

In einiger Entfernung heulte ein Tier. Ein Hund? Oder ein Wolf?

„Tante Margaret! Cliff!" Sie hämmerte mit aller Kraft gegen die Tür. „Macht auf!"

Gerade wollte sie ums Haus zur Hintertür laufen, als sie Schritte im Flur hörte. Die Verandabeleuchtung ging an, und ein Schlüssel drehte sich im Schloss.

Die Tür schwang auf. Sue stürmte hinein und prallte gegen ihre Tante.

Tante Margaret trug einen leichten hellblauen Morgenmantel. Ihr rotes Haar stand strubbelig ab, und ihre Augen waren vom Schlaf geschwollen. „Sue? Was ist los?", fragte sie.

„Ich hab keine Zeit für Erklärungen", rief Sue nur gehetzt. „Schnell, wir müssen die Polizei rufen!"

Sie wollte in die Küche laufen, aber ihre Tante hielt sie am Arm fest. „Die Polizei rufen?", fragte sie. „Ist bei eurem Konzert irgendwas passiert? Mein Gott, wie siehst du überhaupt aus, Sue? Und du bist verletzt", fuhr Tante Margaret fort. „Komm mit ins Badezimmer. Ich muss diese Schnitte und Kratzer säubern."

„Nein!", schrie Sue verzweifelt. „Mir geht's gut. Kit braucht Hilfe! Sie werden ihn umbringen!"

„Was? Wer will wen umbringen? Sue, jetzt beruhige dich doch erst mal, und erzähl mir alles."

„Billy! Und Mary Beth und Caroline!", keuchte sie. „Sie sind alle Werwölfe!"

Tante Margarets Augen wurden groß.

„Mich hatten sie auch schon in die Enge getrieben, aber ich bin ihnen entkommen. Und jetzt haben sie Kit, und sie werden ihn töten!"

Sue riss sich los, rannte den Flur hinunter und in die

dunkle Küche. Sie krachte gegen einen Stuhl, stieß ihn beiseite und schnappte sich das Telefon.

Das Licht in der Küche ging an.

„Sue", sagte Tante Margaret mit fester Stimme.

Sue ignorierte sie. Es war ja nur natürlich, dass ihre Tante ihr diese wilde Geschichte nicht abnahm. Sie würde sie später davon überzeugen, dass es die Wahrheit war. Hastig begann sie die Nummer der Polizei zu wählen.

Tante Margaret drückte auf die Gabel.

„Was machst du denn da?", rief Sue. „Ich weiß, dass es merkwürdig klingt, aber es ist wahr. Sie sind Werwölfe, und sie wollen Kit töten. Genau in diesem Moment!"

Verzweifelt versuchte Sue, die Hand ihrer Tante wegzuschieben. „Warum tust du das? Glaubst du mir etwa nicht? Hältst du mich für verrückt?"

Tante Margaret schüttelte den Kopf. „Nein, mein Schatz, ganz und gar nicht. Ich weiß, dass du nicht verrückt bist."

„Aber …?"

„Es tut mir leid, Sue, aber ich kann nicht zulassen, dass du die Polizei rufst." Ein seltsames Lächeln breitete sich auf Tante Margarets Gesicht aus. „Du musst zurück zu den anderen, Liebes. Wir haben alle sehr hart dafür gearbeitet. Du kannst uns jetzt keinen Strich durch die Pläne machen, die wir mit dir haben."

29

Sie musste sich bestimmt verhört haben, dachte Sue. Das konnte ihre Tante nicht gesagt haben. Das machte doch keinen Sinn!

Tante Margaret nahm ihr sanft den Hörer aus der Hand und legte ihn auf die Gabel.

„Du musst zu ihnen zurück, Sue", wiederholte sie. „Sie würden dich nie im Leben entkommen lassen. Eher würden sie dich töten."

Nein, schoss es Sue durch den Kopf. Das konnte nicht wahr sein. Sicher war das wieder eine von ihren Halluzinationen. Wenn sie einfach abwartete, würde es bestimmt vorbeigehen. Als sie Tante Margarets Arm um ihre Schulter spürte, machte sie sich ganz steif.

„Sue!" Tante Margaret klang verletzt. „Hab keine Angst vor mir. Komm, setz dich an den Tisch, und ich koch dir erst mal einen schönen Tee."

Sue schüttelte den Kopf und stieß den Arm ihrer Tante weg. „Ich muss Hilfe für Kit holen!"

Tante Margaret seufzte. „Das geht nicht, mein Schatz. Bitte hör mir doch zu. Ich kann nicht zulassen, dass du unseren Plan durchkreuzt. Wir haben alle so lange dafür gearbeitet."

Sue blickte sich in der Küche um. Die Uhr tickte monoton. Der Kühlschrank brummte. Die Pflanzen wiegten sich sanft in der leichten Brise, die durchs Fenster drang, hin und her.

„Sieh den Tatsachen ins Auge. Das hier passiert wirklich", sagte sich Sue. „Das ist die Realität. Tante Margaret ist eine von *ihnen*!"

Sie schluckte. „Wie konntest du ihnen nur helfen?", flüsterte sie heiser. „Du bist doch meine Tante!"

Tante Margaret schüttelte langsam den Kopf. „Nein, bin ich nicht."

„Wie meinst du das?", kreischte Sue. „Ich kenne dich doch schon mein ganzes Leben. Natürlich bist du meine Tante!"

„Du hast deine echte Tante nicht mehr gesehen, seit du ganz klein warst."

„Aber ... aber ...", stotterte Sue.

„Ich habe ihren Platz eingenommen", enthüllte die Frau.

„Aber was ist mit meiner Tante passiert?", fragte Sue.

Die Frau strich sich das rote Haar zurück und seufzte wieder. „Das tut nichts zur Sache. Je weniger du weißt, desto leichter ist es für dich ..."

„Sag es mir!", forderte Sue.

„Nun gut, deine echte Tante ist tot", antwortete sie unverblümt. „Genau wie deine Eltern. Alle drei sind auf die gleiche Weise gestorben."

„Was redest du da? Meine Tante war doch gar nicht dabei, als Mum und Dad ihren schrecklichen Autounfall hatten!"

„Nein, natürlich nicht", sagte sie. „Aber sie haben sie genauso aus dem Weg geräumt wie deine Eltern."

Sue schnappte entsetzt nach Luft.

Der Zeitungsartikel! Ihre Eltern waren von irgendwelchen Tieren in Stücke gerissen worden, hieß es dort. Von irgendwelchen Tieren ... Sue wurde schwindelig. Konnte es sein, dass das keine normalen Tiere gewesen waren, sondern … Werwölfe? Werwölfe hatten sie getötet.

„Das gehörte alles zum Plan", fuhr die falsche Tante Margaret mit ihrer Erklärung fort. „Wir mussten deine Verwandten aus dem Weg räumen, damit ich für dich sorgen konnte. Damit ich ein Auge auf dich haben und alles in die richtigen Bahnen lenken konnte."

„Wie … wie meinst du das?"

Die Frau beugte sich dichter zu Sue. „Du hast dich mit aller Macht dagegen gewehrt, aber du hattest keine Chance", flüsterte sie. „Du kannst uns nicht entkommen. Du bist schon fast so weit, dass du seine Braut werden kannst!"

„Wessen Braut?", rief Sue. „Was redest du da für wirres Zeug?"

„Die Braut eines Werwolfs." Ihre falsche Tante lächelte triumphierend. „Unseres Herren. Er braucht eine Frau, Sue, und er hat dich ausgewählt – schon vor langer Zeit."

„Billy!", dachte Sue, während ein eisiger Schauer des Entsetzens durch ihren Körper fuhr. „Ich soll dieses *Wesen* heiraten?"

Sie wich zurück, aber die Frau reagierte sofort und packte sie am Arm. Sie war klein, aber sie hatte einen kräftigen Griff.

„Lass mich los!", schrie Sue. „Ich mach nicht mit bei eurem widerlichen Plan."

„Es ist zu spät!", flüsterte die falsche Tante Margaret.

Sue blickte sich gehetzt in der Küche um und überlegte, wie sie entkommen könnte.

„Versuch's gar nicht erst", sagte die Frau warnend.

„Es ist sinnlos. Ich lasse dich nicht gehen. Ich lasse nicht zu, dass du alles verdirbst."

Sue versuchte verzweifelt, sich aus ihrem Griff zu befreien.

„Hör auf!", zischte die Frau. „Du machst es dir nur noch schwerer."

„Hey, was ist los?", fragte plötzlich eine schrille Stimme hinter ihnen.

„Cliff!", rief Sue. Ihr kleiner Bruder stand in seinem Superman-Schlafanzug im Türrahmen und blinzelte sie verschlafen an.

„Warum streitet ihr denn?", fragte er mit einem lautstarken Gähnen.

„Es ist nichts", erwiderte die Frau hastig. „Geh wieder ins Bett." Als er nicht sofort reagierte, fauchte sie ihn an: „Leg dich jetzt sofort wieder hin!"

Er runzelte die Stirn. „Okay, okay. Ich hab doch nur gefragt, warum ihr …"

„Hör mir zu, Cliff!", unterbrach ihn Sue und sah ihn eindringlich an. „Lauf nach oben, und ruf die Polizei."

„Die Polizei?" Cliff machte große Augen. „Ist bei uns eingebrochen worden, oder was?"

Die Frau lachte rau auf. „Deine Schwester will dir nur einen Streich spielen. Du weißt doch, wie gern sie dich auf den Arm nimmt."

„Nein!", rief Sue. „Das ist kein Spaß! Bitte, hol die Polizei!"

Cliff zögerte. Sein Blick wanderte zwischen seiner Schwester und seiner Tante hin und her.

„Cliff, du tust jetzt, was ich dir gesagt habe, und gehst wieder ins Bett", befahl die falsche Tante Margaret.

Sie machte einen Schritt auf ihn zu und lockerte dabei

ihren Griff um Sues Arm. Mit einem Aufschrei riss Sue sich los und schubste die Frau weg, die stolperte und zu Boden stürzte.

Ohne auf ihre wütenden Schreie zu achten, stürmte Sue zur Hintertür und riss sie auf.

Draußen stand Billy. Er funkelte sie an.

30

„Hallo Sue, wo willst du hin?", fragte Billy und grinste hämisch.

„So weit wie möglich von dir weg!", schrie Sue ihn an. Bevor er reagieren konnte, schubste sie ihn rückwärts die Hintertreppe hinunter.

Billy schrie überrascht auf und versuchte, nach ihr zu greifen. Aber Sue sprang mit einem großen Satz über ihn hinweg. Sie landete unsanft auf allen vieren, rappelte sich wieder auf und flitzte um die Hausecke.

„Halt sie auf!", hörte sie die Frau aus der Küche rufen und gleich darauf Cliffs erschrockene Schreie.

Würde die Frau ihm etwas antun?

Aber dann beruhigte sich Sue damit, dass die Werwölfe nicht hinter Cliff her waren. Sie wollten eine Braut für Billy. Eine Braut für den den Anführer der Wölfe.

Hinter ihr hämmerten schwere Schritte auf dem Boden. Billy!

Unter Aufbietung aller Kräfte rannte Sue durch den Vorgarten und sprang in den Van.

Sie verriegelte die Türen und fummelte ungeschickt den Autoschlüssel aus der Tasche ihrer Shorts. Dabei rutschte er ihr aus der Hand. Sie beugte sich hinunter und tastete hektisch den schmutzigen Wagenboden ab.

Billy warf sich gegen den Van. „Sue!", rief er. „Lauf nicht vor mir weg!"

Sie fand den Schlüssel und schob ihn mit zitternden Fingern ins Zündschloss.

Billy kratzte mit den Nägeln über die Scheibe auf der Fahrerseite. „Mach die Tür auf!", brüllte er. „Lauf nicht weg!"

Doch Sue drehte den Zündschlüssel und gab Gas.

Billys Hände kratzten immer noch über das Fenster.

„Verschwinde!", schrie Sue.

Der Motor heulte auf. Sie legte den Gang ein und fuhr los. Im Rückspiegel sah sie, wie Billy hinter ihr herjagte.

Sue trat das Gaspedal durch und raste die Fear Street hinunter. Der Wagen schwankte wild hin und her, als sie mit quietschenden Reifen auf die Mill Street einbog.

Von Billy war nichts mehr zu sehen.

„Ich bin in Sicherheit", dachte sie. „Wenigstens fürs Erste."

Sue ging etwas vom Gas. Sie musste nachdenken. Wo sollte sie jetzt hin? Wen sollte sie um Hilfe bitten?

Sie konnte natürlich zur nächsten Polizeiwache fahren. Aber wenn man ihr dort nicht glaubte, würde man sie zurück zu ihrer falschen Tante bringen …

Wem konnte sie trauen? Wer würde ihr helfen?

Als sie auf der Mill Street in Richtung Norden fuhr, sah sie plötzlich ein Gesicht vor sich: Dr. Moore!

Er hatte gesagt, sie könne ihn jederzeit anrufen, wenn sie Hilfe bräuchte. Egal ob Tag oder Nacht. Und Hilfe brauchte sie jetzt wirklich.

Sue wendete und brauste zum Einkaufsviertel von Shadyside zurück. Die Geschäfte und Büros lagen leer und verlassen da.

Das Mondlicht fiel auf die dunklen Gebäude. Das

böse Mondlicht. Es hatte Billy und die anderen in Werwölfe verwandelt. Und sie beinahe auch. Aber wie konnte das sein?

Sie war in ihrem Leben doch schon tausendmal bei Mondschein draußen gewesen. Und nie hatte sie sich irgendwie komisch oder angriffslustig gefühlt – bis sie angefangen hatte, in der Band zu spielen.

„Billy muss irgendwelche geheimnisvollen Kräfte besitzen", dachte Sue.

Die Straße wirkte plötzlich dunkler. Als sie durch die Windschutzscheibe nach oben blickte, entdeckte sie eine dichte Wolkenbank, die sich über den Himmel auf die Stadt zuschob.

„Gut", dachte sie. „Vielleicht verdecken die Wolken den Mond so lange, bis Dr. Moore und ich uns überlegt haben, was wir tun sollen."

Das große viktorianische Haus des Psychologen kam in Sicht. „Hoffentlich war er zu Hause", dachte Sue verzweifelt.

Sie brachte den Wagen mit quietschenden Reifen zum Stehen und sprang hinaus. Spitze Kiesel bohrten sich schmerzhaft in ihre nackten Füße, als sie über den Parkplatz rannte.

„Dr. Moore!" Sue klingelte und hämmerte zugleich mit den Fäusten gegen die Tür. „Bitte, machen Sie auf!"

In dem alten Haus blieb alles dunkel und still.

Sue presste ihren Finger wieder und wieder auf den Klingelknopf. Sie hörte es drinnen summen.

Schließlich – es kam ihr wie eine Ewigkeit vor – ging die Außenbeleuchtung an. Eine Kette rasselte, ein Schloss klackte, und die Tür schwang auf.

Dr. Moore starrte zu ihr hinaus und blinzelte sie überrascht an. Er trug eine zerknitterte Hose und ein weites Sweatshirt. Sein grauer Haarkranz lag platt am Kopf an.

„Gott sei Dank!", keuchte Sue und drängte sich an ihm vorbei ins Haus. „Ich hatte schon Angst, Sie wären nicht da!"

„Ich bin beim Lesen auf der Couch eingeschlafen", murmelte Dr. Moore und fuhr sich mit der Hand übers Gesicht. „Was ist los, Sue? Was ist passiert?"

Sue schlug die Tür zu. „Ich glaube nicht, dass Billy auf die Idee kommt, dass ich hier bin", flüsterte sie verängstigt. Sie verriegelte die Tür und legte die Kette wieder vor. „Aber ich bin mir nicht sicher, Dr. Moore. Er besitzt geheimnisvolle Kräfte!"

Der Doktor riss verwirrt die Augen auf. „Was sagst du da? Du wirst verfolgt?", fragte er und betrachtete ihr Gesicht. Seine Miene veränderte sich. „Du bist ja verletzt, Sue! Dein Gesicht ist ganz zerkratzt. Komm in mein Büro, das muss ich mir näher ansehen."

„Ich bin okay", widersprach Sue, als der Doktor sie zum Büro führte. „Die Kratzer sind nicht so wichtig. Bitte! Ich bin in Gefahr, und Sie sind es auch, wenn Billy herausfindet, dass ich hier bin!"

„Immer mit der Ruhe!", sagte Dr. Moore sanft. „Du kannst mir das alles gleich erklären. Aber lass mich erst mal nachsehen, ob alle Türen und Fenster verschlossen sind."

Sie sah ihm hinterher, als er aus dem Büro eilte.

„Wenigstens war sie hier erst mal in Sicherheit", dachte sie und stieß erleichtert die Luft aus. „Aber was konnte sie tun? Was konnten er und sie gegen eine Horde Werwölfe ausrichten?"

Ein paar Sekunden später kam der Doktor zurück. „Alles abgeschlossen", sagte er und machte die Tür hinter sich zu. „Und die Alarmanlage ist auch eingeschaltet. Es kann niemand ins Haus."

„Sie werden einen Weg finden", murmelte Sue. „Aber selbst, wenn sie es nicht schaffen, wir können auch nicht für immer hier drinbleiben. Und sie werden garantiert auf uns warten, wenn wir herauskommen!"

„Sue." Dr. Moores Stirn kräuselte sich besorgt. „Versuch, dich zu beruhigen, und erzähl mir, was passiert ist."

„Ich kann mich nicht beruhigen!", rief Sue und ging mit großen Schritten im Büro auf und ab. „Sie verstehen das nicht, Dr. Moore! Sie haben ja keine Ahnung!"

„Nein, habe ich nicht", antwortete der Doktor ruhig. „Du wirst mir schon alles erzählen müssen."

„Sie sind Werwölfe!", platzte Sue heraus. „Ich weiß, es klingt verrückt, aber es ist wahr. Billy, Caroline und Mary Beth aus meiner Band, sie sind alle Werwölfe. Tante Margaret auch – und sie ist gar nicht meine richtige Tante. Sie ist …"

Dr. Moore hob die Hand. „Ich kann dir nicht ganz folgen, Sue. Bitte, atme erst mal tief durch, und fang dann ganz von vorne an."

Sue zwang sich, ihre Gedanken zu ordnen. Sie nahm einen tiefen Atemzug, verschränkte die Arme vor der Brust und begann mit ihrem Bericht. Sie versuchte, so ruhig wie möglich zu klingen, damit er sie nicht für verrückt hielt.

Dr. Moore lauschte ihr reglos. Nachdem sie geendet hatte, ging er zu dem kleinen Kühlschrank in der Ecke des Büros und nahm eine Packung Orangensaft heraus.

284

„Trink ein bisschen was", sagte er und drückte sie ihr in die Hand. „Du hast einen Schock."

„Nein, hab ich nicht!", protestierte Sue ärgerlich. „Sie *müssen* mir glauben! Ich hab mir das nicht ausgedacht! Bestimmt nicht!"

„Habe ich das behauptet?", erwiderte er ruhig. „Aber dein Körper braucht dringend Zucker." Er hielt ihr ein Glas hin. „Aber wenn du möchtest, kann ich dir auch eine Spritze geben, damit du dich beruhigst."

„Nein!" Sue setzte die Packung an die Lippen, ohne das angebotene Glas zu benutzen. „Ich muss wachsam bleiben."

Der Doktor nickte. „Das ist gut. Ich möchte dir helfen, Sue. Aber willst du dich nicht wenigstens einen Moment hinsetzen? Du musst dich ein bisschen ausruhen."

Sue schüttelte den Kopf. „Billy könnte rauskriegen, dass ich hergekommen bin", widersprach sie. „Wir müssen uns irgendwas einfallen lassen, um sie zu fangen."

„Eine Falle?"

„Ja." Sue trank noch etwas von dem Orangensaft. „Aber es muss drinnen sein. Wenn sie draußen sind und das Mondlicht sie trifft, verwandeln sie sich wieder in Wölfe. Und dann haben wir keine Chance."

„Ja, ich verstehe."

„Wirklich?", fragte Sue. „Dann … dann glauben Sie mir also?"

Der Doktor nickte langsam. „Ich glaube dir."

„Gott sei Dank!" Sue trank noch einen Schluck Saft. Sie fühlte sich schon viel besser. Und kräftiger. „Okay. Dann sollten wir uns jetzt überlegen, wie wir vorgehen wollen."

Als es an der Tür klopfte, ließ Sue vor Schreck den Saft fallen, der sich in einer Pfütze zu ihren Füßen ausbreitete.

„Dad?", rief eine Stimme. „Wo ist sie? Ist sie da drin bei dir?"

Sue erkannte die Stimme sofort.

Kit!

Ihr Herz begann zu rasen. Kit lebte!

„Ja. Deine Braut wartet hier drinnen auf dich", antwortete der Doktor.

31

Kit kam ins Büro stolziert. „Danke, Dad", sagte er ernst.

Seine Miene hellte sich auf, als er sich zu Sue um-drehte. „Hier bist du also!", rief er aus.

Sue konnte förmlich spüren, wie alles Blut aus ihrem Gesicht wich.

„Ich habe mich geirrt", dachte sie. „Es ist gar nicht Billy. Es ist Kit. Ich soll *seine* Braut werden!"

„Ich verstehe nicht, wie du zulassen konntest, dass so etwas passiert", sagte Dr. Moore kopfschüttelnd zu Kit. „Du hast unverschämtes Glück gehabt, dass sie zu mir gekommen ist. Sie hätte uns entwischen können."

„Sorry, Dad. Es ließ sich nicht ändern." Kit grinste Sue an. „Aber jetzt ist sie ja hier. Also ist alles in Ord-nung."

„Nein!", flüsterte Sue heiser. Sie wich hinter den Schreibtisch zurück, als Kit auf sie zuging. „Komm nicht näher!"

„Sue, hör mal …", setzte Kit an.

Dr. Moore schnitt ihm das Wort ab. „Lass sie ein paar Sekunden in Ruhe, Kit", befahl er. „Es war alles etwas zu viel für sie heute Abend. Gib ihr die Chance, sich zu beruhigen."

Kit nickte. „Klar, kein Problem", murmelte er und ließ sich in den tiefen Armsessel vor dem Schreibtisch fallen.

„Wie bist du den anderen entkommen?", rief Sue.

Kit zuckte mit den Achseln. „Eine meiner leichtesten

Übungen. Sobald du weggefahren warst, habe ich alles Weitere dem Mondlicht überlassen. Billy und die anderen können es nicht mit mir aufnehmen."

„Dann bist du also wirklich einer von ihnen", murmelte Sue wie betäubt. „Die ganze Zeit warst du einer von ihnen." Sie wandte sich an Dr. Moore. „Und Sie gehören auch dazu."

Der Doktor nickte ernst.

„Aber ich bin nicht nur einer von ihnen, Sue", sagte Kit und beugte sich dabei im Sessel vor. „Ich bin ihr Anführer."

„Ich dachte, Billy …"

„Billy!" Kit wedelte abschätzig mit der Hand, als würde er eine Fliege verscheuchen. „Der tut, was ich ihm sage. Er ist zwar der Manager der Band, aber das ist er nur nach außen hin. Aber er, Caroline und Mary Beth, sie stehen alle unter meiner Kontrolle. So wie du bald auch", sagte er zu Sue gewandt.

Sie konnte nur wütend den Kopf schütteln, denn sie brachte kein Wort heraus.

„Mein Sohn hat recht", bestätigte Dr. Moore. „Aber das ist kein Grund zur Panik. Du stehst bereits stark unter unserem Einfluss."

„Wie … wie meinen Sie das?", krächzte Sue.

„Deine Therapie", sagte Kit. „Deine Besuche bei meinem Vater."

Sue starrte den Doktor verständnislos an.

„Es ist eigentlich ganz einfach", sagte Dr. Moore. „Ich habe dich gar nicht behandelt. Stattdessen habe ich dir während der Hypnose Dinge eingeflüstert, durch die du dem Bann des Mondlichts verfallen bist."

„Das Mondlicht ist entscheidend für die Verwandlung", erklärte ihr Kit. „Aber das allein reicht noch nicht aus. Du musst dich auch verwandeln *wollen*. Zumindest am Anfang. Also hat Dad das Verlangen danach in dir geweckt."

„Hypnose ist eine wundervolle Sache." Der Doktor lachte glucksend. „Ich habe dir sogar deine Liedtexte eingeflüstert, Sue!"

„Die Songs", dachte sie. „Diese seltsamen Songs über Heulen und Krallen und Blut." Jetzt war ihr auch klar, warum sie dieses Zeug geschrieben hatte.

„Siehst du, Sue?", sagte Kit. „Die Kontrolle funktioniert bereits. Und das schon seit fast drei Jahren."

„Du lügst!", rief Sue. „Vor drei Jahren kannte ich dich noch nicht mal!"

„Aber ich dich", entgegnete Kit. „Du erinnerst dich vielleicht nicht mehr daran. Aber vor drei Jahren bist du zu einem Rockkonzert im Park gegangen. Da sind damals ein Haufen Bands aufgetreten."

Sue konnte sich sehr gut an das Konzert erinnern. Aber nicht wegen der Musik. Sondern weil drei Abende später ihre Eltern ums Leben gekommen waren.

„Ich war mit einer der Bands da", fuhr Kit fort. „Als Roadie. Nachdem das Konzert zu Ende war, hab ich dich hinter der Bühne gesehen, wie du versucht hast, ein Autogramm zu kriegen. Und da wusste ich es."

„Wusstest du *was*?"

„Dass du meine Braut werden würdest." Kits hellblaue Augen glänzten.

„Wolfsaugen", dachte Sue. Ihr schauderte. Sie fragte sich, wie sie seine Augen jemals hatte schön finden können. Sie waren so kalt. So … eisig kalt.

„Nachdem ich dich erst einmal ausgewählt hatte, habe

ich alles in die Wege geleitet", fuhr Kit fort. „Zuerst musste ich dich natürlich isolieren. Damit du ganz auf dich gestellt warst."

Isolieren. Das Wort traf Sues wunden Punkt. Sie wusste genau, was Kit damit meinte.

„Meine Eltern", stieß sie mit hasserfüllter Stimme hervor. „*Du* hast meine Eltern getötet." Sue musste sich beherrschen, um sich nicht auf ihn zu stürzen. Sie wollte ihn kratzen und treten und beißen. Ihm so wehtun, wie er ihr wehgetan hatte.

Kit nickte. „Und deine Tante. Ich musste sie alle aus dem Weg räumen, sonst hätte mein Plan nicht funktioniert."

„Er wird nicht funktionieren!", fuhr Sue ihn hitzig an. „Das verspreche ich dir. Du kannst so viele Leute töten, wie du …" Sie unterbrach sich.

Als könnte er ihre Gedanken lesen, nickte Kit wieder. „Du hast gerade an Joey und Dee gedacht. Stimmt, die beiden waren mir im Weg."

Der Anblick ihrer furchtbar zugerichteten Leichen blitzte in Sues Kopf auf. Sie blinzelte, um die schrecklichen Bilder zu vertreiben, und starrte Kit an. „Warum?", fragte sie. „Sie gehörten doch zu euch. Warum hast du sie umgebracht?"

„Joey wusste, dass du meine Braut bist, aber er hat trotzdem mit dir geflirtet." Kits Augen funkelten wütend. „Ich habe ihn gewarnt. Aber er hat nicht damit aufgehört. Das konnte ich mir nicht gefallen lassen."

„Und was ist mit Dee? Was hatte sie verbrochen? Vergessen, sich vor dir zu verbeugen?", schrie Sue.

Kit sprang auf und ballte die Fäuste.

„Lass dich nicht zu etwas Unüberlegtem hinreißen",

mischte Dr. Moore sich ein. „Wir sind viel zu dicht dran, mein Sohn."

„Du hast recht." Langsam öffnete Kit die Fäuste und kam auf den Schreibtisch zu.

Sue zitterte.

Aber Kit ging an ihr vorbei zu dem kleinen Kühlschrank. Er griff nach einer Flasche Wasser und nahm einen langen Schluck. „Dee wollte dich vor mir warnen", sagte er zu Sue, als hätte es keine Unterbrechung gegeben. „Sie hat mich hintergangen und alles versucht, damit du aus der Band aussteigst."

Sue schloss die Augen. Plötzlich wurde ihr klar, dass Dee versucht hatte, sie zu retten. Dafür hatte Dee mit dem Leben bezahlt. Und sie hatte die ganze Zeit gedacht, sie würde sie hassen!

„Verstehst du denn nicht, Sue?", fragte er. „Ich konnte nicht zulassen, dass Dee alles kaputt macht."

Sue schüttelte traurig den Kopf.

Kit seufzte. „Und dann hat auch Billy noch versucht, dich zu retten."

„Billy?" Sue riss verblüfft die Augen auf. „Ich dachte, er tut, was du sagst."

„Ja, genauso wie Mary Beth und Caroline", bestätigte Kit. „Aber es ist schwierig, ein Wolfsrudel jede Sekunde unter Kontrolle zu haben. Besonders bei Tag. Jedenfalls schien Billy plötzlich eigene Ideen zu entwickeln. Heute Abend im Wald wollte er dich tatsächlich beschützen. Zum Glück hast du dich entschieden, zu mir zu kommen."

„Armer Billy", murmelte Dr. Moore.

„Ja, ich mochte ihn auch", sagte Kit. „Aber er wird dafür büßen, dass er sich mir widersetzt hat. Bitter büßen!"

„Du bist ja krank!", rief Sue. „Warum willst du ihn umbringen? Lass ihn doch einfach laufen!"

Kits Augen wurden kälter. „Niemand betrügt mich. Niemand!"

Sue zitterte unter seinem eisigen Blick. „Dann musst du mich auch töten."

„Das würde ich niemals tun", flüsterte Kit.

„Die Braut eines Werwolfs befindet sich völlig in seiner Macht", erklärte der Doktor. „Sobald ihr erst einmal zusammengehört, Kit und du, wirst du dich gar nicht mehr gegen ihn stellen wollen. Du wirst ihm ganz und gar verfallen sein."

Sue drehte den Kopf weg. Sie konnte Kits Anblick nicht mehr ertragen. „Wie konnte ich je zulassen, dass er mich berührt?", dachte sie angewidert.

Kit seufzte wieder. „Ich denke, ich kann nicht erwarten, dass du dich jetzt schon freust", sagte er zu ihr. „Aber das kommt noch, Sue. Ganz bestimmt."

„Niemals", dachte sie voller Entsetzen. So weit durfte es nicht kommen.

Ohne den Kopf zu drehen oder den Blick zu heben, schaute sie sich unauffällig im Büro um.

Der Doktor stand an der Tür. Kit neben dem Schreibtisch. Sie saß in der Falle.

Oder doch nicht?

Hinter dem Schreibtisch gingen verglaste Türen auf die Terrasse hinaus, an die sich ein großer Garten anschloss. Und dahinter lag der Fluss.

Vielleicht konnte sie eine Scheibe einschlagen? Aber womit? Der lederbezogene Sessel hinter dem Schreibtisch sah schwer aus. Sie würde ihn bestimmt nicht hochheben können. Aber er hatte Rollen. Wenn sie ihn mit voller Wucht ins Fenster rammte, würde das vielleicht ausreichen.

„Es ist Zeit", verkündete Kit. „Komm, Vater. Führ die Zeremonie durch – draußen im Garten, im Mondlicht." Kit und sein Vater sahen sie erwartungsvoll an.

Mit einem verzweifelten Schrei griff Sue nach einem Ordner auf dem Schreibtisch und schleuderte ihn Kit ins Gesicht.

Er duckte sich, und der schwere Ordner knallte gegen die Wand.

Sue packte den Stuhl. Aber bevor sie ihn gegen die Scheibe rammen konnte, sprang Kit vor und umschlang sie fest. Er zog sie ganz dicht zu sich heran. „Du kannst nicht gewinnen", flüsterte er, und sein heißer Atem ließ ihre Haut kribbeln.

Sue fuhr herum, griff in seine Haare und riss daran, so fest sie konnte.

Kit schnappte vor Schmerz nach Luft.

Sue trat nach ihm und riss wieder an seinen Haaren.

Dann legte sich eine kräftige Hand auf ihre Schulter. „Du machst es dir nur noch schwerer", sagte Dr. Moore und nickte Kit zu.

Während der Doktor sie festhielt, sah Sue voll hilfloser Wut zu, wie Kit die großen verglasten Türen zur Terrasse öffnete.

„Komm, Sue." Kit drehte sich lächelnd zu ihr um. „Es ist so weit."

Zu ihrem Entsetzen stellte Sue fest, dass sie keine Wahl hatte. Sie konnte nicht entkommen.

32

Obwohl Sue sich nach Kräften wehrte, zerrten Kit und sein Vater sie durch die Fenstertüren auf die Terrasse und die Treppen hinunter in den Garten.

„Schau doch, Sue", kommandierte Kit. „Schau, wer alles gekommen ist!"

Caroline, Mary Beth, ihre falsche Tante und Billy hatten sich im Garten versammelt.

Sue warf den Kopf zurück. „Billy!", rief sie. „Caroline! Haltet sie auf. Helft mir doch, bitte!"

Caroline trat nervös von einem Fuß auf den anderen. Sie schlug die Augen nieder und wich Sues Blick aus.

„Billy, hilf mir!", flehte sie.

Doch Billy starrte sie nur an. Sein ohnmächtiger Gesichtsausdruck ließ Sues Hoffnung sinken.

„Kit wird dich umbringen, Billy! Ist dir das klar?", rief sie. „Er wird dich töten, weil du dich gegen ihn gestellt hast. Willst du hier einfach so zusehen?"

Doch Billy reagierte nicht, und auch Mary Beth wirkte seltsam leblos wie ein Roboter.

„Ihr solltet euch mal sehen!", schrie Sue. „Was für ein jämmerlicher Haufen! Einfach lächerlich!"

„Es hat keinen Zweck, sie zu provozieren", sagte Dr. Moore. „Und du brauchst auch gar keine anderen Tricks zu versuchen, Sue."

Sue starrte ihn finster an, aber sie wusste, dass er recht hatte. Nichts würde funktionieren. Sie saß in der Falle.

Der Doktor klatschte wie ein Zeremonienmeister in die Hände. „Lasst uns anfangen", rief er.

Die Gruppe bildete einen lockeren Kreis um Kit und Sue.

Kit nahm ihre Hand und hielt sie eisern fest, als Sue angewidert zurückzuckte. „Bevor mein Vater gleich mit dem Ritual beginnt, möchte ich, dass du für mich singst, Sue. Nur für mich."

Sie starrte ihn ungläubig an. „Du bist doch …" Sie brach ab. Vielleicht konnte sie ein bisschen Zeit schinden, um doch noch einen Ausweg zu finden.

„Was möchtest du denn hören?", fragte sie Kit.

„*Bad Moonlight.*" Er lachte leise. „Das ist unser Lied." Er drückte ihre Hand.

Bei seiner Berührung zog sich ihr Magen zusammen.

„Na gut", murmelte Sue. Sie räusperte sich, holte tief Luft und begann mit hoher, dünner Stimme zu singen.

Bad moonlight, so kalt und weiß,
bad moonlight, fühl mich wie Eis.

Ihre Stimme zitterte. „Ich kann das nicht", dachte sie und schaute zu Kit und seinem Vater. Die beiden beobachteten sie. Auf Kits Gesicht lag ein starres Lächeln. Dr. Moore knabberte angespannt auf seiner Unterlippe herum.

Sie hustete. „Könnte ich vielleicht einen Schluck Wasser haben?", bat sie Kit.

Dr. Moore schüttelte ungeduldig den Kopf. „Mach weiter", befahl er barsch.

Kit sah zum Himmel auf. Sue folgte seinem Blick.

Die Wolken, die sie vorhin gesehen hatte, hingen immer noch dort. Aber sie zogen weiter, und bald würde der Mond wieder scheinen.

„Es wird Zeit", sagte Kit zu Sue. „Aber ich möchte dieses Lied so gern auf unserer Hochzeit hören. Wenn du willst, kannst du es auch summen."

Sue drehte Kit den Rücken zu und schaute die anderen an. Leise begann sie, die Melodie zu summen. Dabei schritt sie langsam den Kreis von Kits Wolfsmeute ab und sah jedem fest in die Augen. Doch es kam keine Reaktion. Willenlos schienen sie unter Kits Bann zu stehen. Sue blieb nichts anderes übrig, als sich auf sich selbst zu verlassen. Aber das Lied würde bald zu Ende sein, und sie hatte immer noch keine Ahnung, wie sie es anstellen sollte zu fliehen.

Leise summend näherte sie sich Billy und schaute ihm in die Augen.

„Ich habe versucht, dich zu retten", flüsterte er ihr zu. „Aber du bist weggelaufen."

Sue spürte neue Hoffnung. Billy hatte mit ihr gesprochen! Offenbar stand *er* nicht unter dem Einfluss von Kit.

„Ich hab's versucht", flüsterte Billy noch einmal. „Aber jetzt kann ich nichts mehr für dich tun. Du musst dir selbst helfen."

Sue sah ihn nur fragend an.

„Sieh zum bösen Mondlicht auf", sagte Billy leise. „Lass es einfach geschehen."

Und als er ihren skeptischen Blick bemerkte, fügte er noch hinzu: „Überlass dich dem Mondlicht. Dann wirst du wissen, was du zu tun hast."

Sue wandte sich von ihm ab. Tausend Fragen wirbelten ihr durch den Kopf. War das eben der richtige Billy gewesen, oder hatte Kit ihm die Worte eingegeben?

Konnte sie ihm vertrauen?

Oder war sein Rat nur ein fauler Trick? Wenn ja, war sie verloren, aber das war sie sowieso.

Sue summte die letzten Takte.

„Gut!", rief Kit aus. „Und jetzt beginnt die Zeremonie."

Kit nahm wieder Sues Hand. Seine Berührung ekelte sie an, aber sie zwang sich, nicht wieder zurückzuzucken, um ihn nicht misstrauisch zu machen.

Dr. Moore baute sich vor ihnen auf.

Sue blickte unauffällig nach oben. Die Wolken trieben nun schneller über den Himmel und gaben nach und nach den Mond frei. Sein bleiches Licht tauchte alles in einen silbernen Schimmer.

Sieh zum bösen Mondlicht auf, hatte Billy zu ihr gesagt. Sie fragte sich, was geschehen würde, wenn sie seinem Rat folgte.

Währenddessen hatten die anderen sich an den Händen gefasst, und der Kreis wurde enger.

Sue warf Billy einen Blick zu, doch er sah zu Boden. Konnte sie ihm vertrauen?

Langsam hob Sue die Augen. Die Wolken waren jetzt ganz verschwunden. Der Mond hing tief am Himmel.

Sue erschauerte vor seinem eisigen Glanz, aber sie sah nicht weg. Sie starrte hinauf zum bösen Mondlicht.

Und wartete.

33

Die Sekunden verstrichen. Sue hörte wie aus weiter Ferne Dr. Moores Stimme. Dann merkte sie, wie ihr Körper sich zu verändern begann.

Ihre Haut prickelte und fing an zu jucken. Ihre Kehle schnürte sich zu. Als sie hustete, klang ihre Stimme wie ein tiefes Grollen.

Sue sah, wie dicke, borstige Haare auf ihren Händen wuchsen und sich über ihre Arme ausbreiteten. Und als sie die Finger ihrer freien Hand krümmte, spürte sie, wie sich Krallen in ihre Handflächen gruben. Mit einem lauten Knurren zog sie die Lefzen zurück.

Überlass dich dem Mondlicht. Dann wirst du wissen, was du zu tun hast.

„Oh ja, Billy hatte recht", dachte Sue. „Ich weiß tatsächlich, was ich zu tun habe."

Sie drängte sich näher an Kit heran. Ein leises Grollen begann tief in ihrem Bauch. Es stieg durch ihren Körper nach oben und entfuhr ihrem Mund als lautes Brüllen.

Dann riss Sue ihre kräftigen Kiefer auf und schlug ihre Zähne tief in Kits Kehle. Sie hörte seinen lauten Schmerzensschrei.

Sue grub ihre Wolfszähne tiefer in Kits Hals.

Ein schrilles Heulen drang aus seinem offenen Mund. Er warf den Kopf wild hin und her.

Doch Sue ließ nicht von ihm ab.

Dann war nur noch ein ersticktes Wimmern zu hören.

Er sank auf die Knie und fiel vornüber ins Gras.

Nun erst drangen die Schreie der anderen zu ihr durch, doch sie richtete ihren Blick auf den Mond. Den bleichen weißen Mond, der jeden Moment wieder von einer Wolke verdeckt werden würde. Sein Licht wurde schwächer. Und schwächer …

Sues Körper prickelte und schmerzte, als sie wieder ihre menschliche Gestalt annahm. Sie kniff die Augen fest zu und wartete darauf, dass das unangenehme Gefühl aufhörte.

Als sie die Augen wieder öffnete, sah sie gerade noch, wie Dr. Moore in die Knie ging. Er begann zu zittern und bebte schließlich am ganzen Körper. Immer heftiger und heftiger. Als würde er von einem unsichtbaren Erdbeben durchgeschüttelt.

Sein Körper zuckte unbeherrscht. Und dann begann er sich vor ihren Augen aufzulösen. Immer durchscheinender wurde seine sich windende Gestalt, bis schließlich auch noch die letzten Umrisse im Dunkel der Nacht verschwanden.

Hinter sich vernahm Sue ein leises Stöhnen. Sie fuhr herum und sah, wie die Frau, die sich so viele Jahre als ihre Tante Margaret ausgegeben hatte, sich ebenfalls auflöste. Sah, wie auch Kits Körper zu zucken begann.

Und dann kamen plötzlich Billy, Caroline und Mary Beth angestürmt. Billys Augen leuchteten. „Du hast es geschafft, Sue. Du hast uns befreit!"

„Du hast den Bann gebrochen!", rief Caroline glücklich. Sie schlang die Arme um Sue und drückte sie. „Danke! Danke!"

„Kit hat uns alle zu seinen Kreaturen gemacht", erklärte Mary Beth. „Wir waren nicht stark genug, um uns zu befreien. Aber wir waren auch noch nicht durch und

durch Wölfe – wie Kit und sein Vater. Und deine Tante."
Ihre grünen Augen strahlten vor Dankbarkeit. „Deshalb
hast du nur den Werwolf in uns vernichtet. Aber der
menschliche Teil lebt. Endlich haben wir unser normales Leben wieder!"

Sie umringten Sue und erstickten sie beinahe mit ihren begeisterten Umarmungen.

Doch plötzlich durchzuckte Sue ein entsetzlicher Gedanke. Cliff! War auch er schon halb Mensch, halb
Wolf? Oder hatte die Frau ihm vielleicht in ihrem Zorn
etwas angetan? Behutsam löste sie sich von ihren
überglücklichen Freunden, rannte ins Haus und rief
Cliff an.

Nach dem zehnten Läuten erst hob er ab. Er klang völlig verschlafen und war nur sauer, dass er nun schon
zum zweiten Mal in dieser Nacht geweckt worden war.

Sue atmete erleichtert auf und verspürte ein starkes
Gefühl der Zuneigung zu ihrem Bruder. Sie waren jetzt
völlig auf sich allein gestellt und würden darum kämpfen müssen, dass sie zusammenbleiben konnten. Aber
sie hatte sich dem Kampf mit einem Werwolf gestellt –
und gewonnen! Jetzt konnte sie nichts mehr schrecken.

Nachdem sie Cliff gesagt hatte, dass sie bald nach
Hause kommen würde, ging Sue zu den anderen zurück.
Caroline und Mary Beth hatten sich auf die Terrassen-
stufen gesetzt und blickten zum Himmel auf.

Sie starrten den Mond an, als würden sie ihn zum ersten Mal sehen. Sein weißes Licht schien klar und silbrig
auf sie herab – es hatte seine bösen Kräfte verloren.

Billy legte zärtlich den Arm um Sues Schulter. „Jetzt
müssen wir das Mondlicht nicht mehr fürchten", sagte
er.

Sue ließ sich gegen ihn sinken. „Es würde mir auch nichts ausmachen, den Mond nie wieder zu sehen", sagte sie seufzend. „Weißt du, worauf ich mich richtig freue?"

„Worauf?"

Sue grinste Billy an. „Auf die gute alte Sonne!"

Über den Autor

„Woher nehmen Sie Ihre Ideen?"
Diese Frage bekommt R.L.Stine besonders oft
zu hören. „Ich weiß nicht, wo meine Ideen herkommen",
sagt der Erfinder der Reihen *Fear Street*
und *Fear Street Geisterstunde*. „Aber ich weiß,
dass ich noch viel mehr unheimliche Geschichten
im Kopf habe, und ich kann es kaum erwarten,
sie niederzuschreiben."
Bisher hat er mehrere Hundert Kriminalromane
und Thriller für Jugendliche geschrieben, die
in den USA alle Bestseller sind.
R.L.Stine wuchs in Columbo, Ohio, auf.
Heute lebt er mit seiner Frau Jane und seinem Sohn Matt
unweit des Central Parks in New York.

R.L.STINE

FEAR STREET®

Noch mehr Spannung mit den Hardcovertiteln

Eiskalter Hass
Er kommt dich holen

Teuflische Freundin
Du entkommst ihr nicht

Mörderische Gier
Bei Geld hört Freundschaft auf

- Der Angeber
- Der Aufreißer
- Der Augenzeuge
- Besessen
- Blutiges Casting
- Eifersucht
- Eingeschlossen
- Eiskalte Erpressung
- Eiskalter Hass
- Die Falle
- Falsch verbunden
- Das Geständnis

- Jagdfieber
- Mörderische Gier
- Mörderische Krallen
- Mörderische Verabredung
- Mordnacht
- Die Mutprobe
- Ohne jede Spur
- Rachsüchtig
- Schuldig
- Schulschluss
- Das Skalpell
- Die Stiefschwester

- Der Sturm
- Die Todesklippe
- Tödliche Botschaft
- Tödliche Liebschaften
- Tödliche Lüge
- Tödlicher Beweis
- Tödlicher Tratsch
- Teufelskreis
- Teuflische Freundin
- Im Visier